अबाबील की उड़ान

कहानी-संग्रह

अबाबील की उड़ान

सारा राय

राजकमल प्रकाशन

ISBN : 978-81-7178-563-6

मूल्य : ₹ 595

पहला संस्करण : 1997
तीसरा संस्करण : 2025

प्रकाशक : राजकमल प्रकाशन प्रा.लि.
1-बी, नेताजी सुभाष मार्ग, दरियागंज
नई दिल्ली-110 002
शाखाएँ : अशोक राजपथ, साइंस कॉलेज के सामने, पटना-800 006
पहली मंजिल, दरबारी बिल्डिंग, महात्मा गांधी मार्ग, प्रयागराज-211 001
1, अनमोल सोराबजी सन्तुक लेन, धोबी तलाव, मरीन लाइंस, मुम्बई-400 002
वेबसाइट : www.rajkamalprakashan.com
ई-मेल : info@rajkamalprakashan.com

मुद्रक : विकास कम्प्यूटर एंड प्रिंटर्स
ट्रॉनिका सिटी-201 102

ABABIL KI UDAAN
Stories by Sara Rai

ममी और जान को

सारा राय की कहानियाँ

कहानी में 'देखने' का सुख उससे कहीं अधिक उज्ज्वल और उन्मुक्त होता है जो हम दैनिक दुनिया की लगी-बँधी 'रूटीन' दुनिया में देखते हैं। यथार्थ जीवन की रेल-पेल में केवल अवकाश के क्षणों में ही विगत का जायज़ा ले पाते हैं— कुछ याद रह जाता है, कुछ हमेशा के लिए बह जाता है—किन्तु कहानी में देखना ही परखने का काम देता है। कहानी के तथ्य और अवकाश की स्पेस में कोई विभाजन-रेखा नहीं है, सारा राय की कहानियाँ इस महत्त्वपूर्ण तथ्य को नई रोशनी में उजागर करती हैं। हम थोड़ा-सा सतह से ऊपर उठकर उस दुनिया को देखते हैं, जो सतह के नीचे है। ऊपर की धूप और नीचे के अँधेरे से मिलकर जो झिलमिलाता-सा लैंडस्केप उभरता है, सारा राय उसे अपने कथ्यात्मक धागे में समेटने का प्रयास करती हैं। यह कोई सधा-बँधा बहुत मज़बूत धागा भी नहीं है, वह टूटता है, तो वह उसे टूट जाने देती हैं, ज़बरदस्ती उसे खींच-तानकर साफ़-सुथरी कहानी बनाने का प्रयत्न नहीं करतीं। इसीलिए उनकी कहानियों में एक सहज प्रवाह-सा मिलता है; एक पहाड़ी नाले-सी बहती हुई वे रास्ते में कूड़ा-करकट, फूल-पत्ते, रिश्तों का दुख-दर्द जो कुछ मिलता है, उसे समेटते हुए चलती हैं, जो चीज़ छूटती है उसे छूटने देती हैं लेकिन उनके अभाव को साथ ले चलती हैं। कहानी में 'न होने' की प्रतीत भी उतनी ही सघन होती है जितनी होने की। अन्त में जो चीज़ हाथ लगती है, वह सिर्फ़ किसी अकेले आदमी की पोर्ट्रेट हो सकती है, किसी पुरानी याद की खरोंच, किसी बीते क्षण का सुख—कुछ भी हो—वह कोई ऐसी चीज़ होती है, जो हमेशा अपनी एक विशिष्ट लय के साथ मुखरित होती है।

यह लय क्या है, कौन इसे निर्धारित करता है? इसके लिए सारा राय कोई चमत्कारिक प्रयोगवादी विधि नहीं, एक बहुत पुराना-सा दीखनेवाला परम्परागत टेकनीक अपनाती हैं—वह एक तटस्थ विवरण से कहानी शुरू करती हैं, किसी व्यक्ति से जो किताबों की दुकान में झोला लटकाए खड़ा है और कोई लड़की उसे देख रही है या सड़क पर कोई युवक चला आ रहा है। जिसकी 'चाल को देखकर यह तय कर पाना मुश्किल हो जाता है कि उसे कहीं पहुँचने की जल्दी है या वह किसी चीज़ से जल्दी से छुटकारा पा लेना चाहता है' या कभी-कभी महुआ के पेड़ या घर में घूमते हुए चूहों के विवरण से भी कहानी की शुरुआत हो सकती है। महीन सूत से कते ये विवरण कुछ अपने में ही इतने आकर्षक जान पड़ते हैं, कि उनके टेक्सचर को छूते हुए हम एक क्षण के लिए भूल जाते हैं, कि उनका प्रयोजन क्या है, कुछ वैसे ही जैसे दुकान में किसी कपड़े के रंग-रूप को देखते हुए हम यह पूछना भूल जाते हैं कि वह परदों के लिए है या मेज़पोश के लिए। लेकिन ज्यों-ज्यों कहानी आगे बढ़ती जाती है हमें एक अजीब-सी परेशानी होने लगती है। विवरण के जो ब्योरे हमें अभी तक 'तटस्थ' लगते थे, उसकी हर डिटेल किसी पात्र की अनिवार्य नियति के सूत्र खोलते जान पड़ने लगते हैं और यह 'उद्‌घाटन' कहानी के अन्त में नहीं होता—वे इन्हीं विवरणों के झरोखों से बाहर झाँकते हैं। हर वाक्य एक खिड़की-सा खोलता प्रतीत होता है, जिसमें कमरे का कभी एक कोना खुलता है, कभी दूसरा—अन्त में सिर्फ़ यह होता है—कि सारी खिड़कियाँ एकसाथ खुली दिखाई देती हैं।

विवरणात्मक कहानी की लगभग मृतप्राय शैली को (जिसमें बातचीत लगभग नहीं के बराबर है) सारा राय ने यदि इतने सधे, संवेदनशील ढंग से पुनर्जीवित किया है तो उसके पीछे उनकी तीक्ष्ण और जिज्ञासापूर्ण दृष्टि है जो चुपचाप, बिना कोई शोर किए वहाँ जाती हैं, जहाँ वस्तुएँ और पात्र और उनका परिवेश कोई रहस्यपूर्ण क्रीड़ा करने में मगन रहते हैं। इससे एक अजीब भ्रम उत्पन्न होता है—विवरण कहानी लेखिका देती है—लेकिन जो आवाज़ सुनाई देती है, वह उन वस्तुओं और पात्रों के मुँह से जिनके बारे में विवरण दिया जा रहा है। कहानी जो तृतीय पुरुष (थर्ड पर्सन) में कही जाती है, धीरे-धीरे 'प्रथम पुरुष' में सुनाई देने लगती है।

सारा राय यह 'ट्रिक' (अगर इसे ट्रिक मानें) इन जीवन्त और स्पंदनशील 'रूपकों' के इस्तेमाल से करती हैं, जहाँ घर, वस्तुएँ, बाग़ और व्यक्ति बराबर एक-दूसरे पर रोशनी फेंकते रहते हैं। जिन कहानियों में कथोपकथन का लगभग अभाव-सा है, वहाँ इन 'चीज़ों' के बीच बराबर एक वार्तालाप चलता रहता है। वह ख़ाली घर का 'ख़ालीपन' ऐसे व्यक्त करती हैं : 'मैंने घंटी बजाई तो वह घर के अन्दर गूँजती हुई दूर तक चली गई जैसे कि घर ख़ाली पड़ा हो और उसकी आवाज़ को रोकने के लिए रास्ते में कुछ न हो।' (झींगुर)

घर अगर सचमुच ख़ाली होता तो घंटी की आवाज़ सिर्फ़ एक आकर्षक उपमा होती—कहानी को सजाने का महज़ शिल्प-कौशल। किन्तु घर सच में ख़ाली नहीं था इसलिए वह आवाज़ उस घर की नहीं, उस आदमी के अकेलेपन को व्यक्त करती है, जो घर में बैठा है। व्यक्ति जो कह सकता है, अपने बारे में कुछ नहीं कहता; चीज़ें जो चुप रहती हैं, उसके बारे में सबकुछ कह देती हैं; 'कमरा काफ़ी छोटा था और उसमें ढेरों सामान होने की वजह से जैसे वह और भी सिकुड़ गया था। मैं उसमें एकाध बार आ चुका था लेकिन हर बार वह मुझे नया-सा लगता था। मुझे लगता, उसके अन्दर का सामान मनमाने बच्चे की तरह कभी इस कोने में खड़ा हो जाता, कभी किसी और।'

सारा राय की कहानियों का अवसाद भी इसलिए किसी बाहरी ट्रेज़ेडी या भीतर के किसी झुलसे पैशन से उत्पन्न नहीं होता, वह हवा के भीने झोंके की तरह याद आता है; किसी एक घटना या दुर्घटना के घाव से रिसता नहीं, स्मृति के खुरंड को हलके से खुजलाता हुआ बह जाता है। वह कहीं टिकता नहीं। वहाँ छोटे-छोटे सुख-दुखों की रेखाएँ हैं, ख़ाली जगहें, कुछ पेंसिल के स्केच, जिसे ड्राइंग की टीचर बच्चों को दे देती है ताकि वे उनमें रंग भर सकें—सारा राय इन रंगों को प्रकृति से उधार लेकर लाती हैं—'अन्दर जाने से पहले उसकी नज़र एक बार सड़क के पार ख़ाली जगह पर चली गई जहाँ अभी कुछ नहीं बना था। वहाँ ऊँची-ऊँची जंगली घास थी जो नवम्बर की धूप में सुनहरी होकर चमक रही थी।'

जिस तरह ख़ाली जगह में उगती नवम्बर की झिलमिलाती घास एक अजीब-सा दिलासा लेकर आती है, वैसे ही सारा राय

की कहानियों में प्रकृति चुप क़दमों से प्रवेश करती है। हिन्दी की नव-कथा पर 'समाज' की आक्रामकता कुछ इतनी अधिक होती है कि प्रकृति का परिवेश अपेक्षाकृत उपेक्षित पड़ा रहता है। ज़्यादा से ज़्यादा वह एक निष्क्रिय पृष्ठभूमि में रहती है, पारसी थिएटर के रंगीन परदे की तरह। इस दृष्टि से सारा राय की कहानियाँ एक अपवाद हैं। व्यक्ति और वस्तुओं के 'वार्तालाप' में जहाँ ख़ाली जगहें (सारा राय का प्रिय बिम्ब), विराम के क्षण, ख़ामोशी के स्थल आते हैं, वहाँ प्रकृति का साफ़ स्वर सुनाई देता है, मौन के रिक्त स्थानों को भरता हुआ नहीं, बल्कि उसे एक अनोखा, अप्रत्याशित-सा अर्थ देता हुआ। हम मनुष्य की अहंग्रस्त दुनिया की दम घोंटती दीवारों से उठकर एक नए विस्तार में आ जाते हैं, कुछ वैसे ही जैसे 'हनीमून' की कहानी के पहाड़ बूढ़े होते दम्पती के सादे जीवन में एक ऐसी सुखद स्मृति के द्वार खोल देते हैं, जो मुद्दत से बन्द पड़े थे। प्रकृति के बिम्ब कोई अजाना, नया प्रदेश नहीं दिखलाते जिन्हें हम पहले से नहीं जानते थे, झींगुर की आवाज़ की तरह वह व्यक्ति के भीतर छिपे उस सत्य को आतंकित कर देता है, जो हमेशा से वहाँ मौजूद था, किन्तु जिसे हम नहीं देख पाए थे। उनकी एक मार्मिक कहानी 'अबाबील की उड़ान' में एक छोटी बच्ची के बड़े भाई की मृत्यु दूसरे शहर में हो जाती है, जहाँ वह गरमी की छुट्टियाँ बिताने गया था। वह उसे देखने अपनी माँ के साथ ट्रेन में जा रही है। अचानक उसे ट्रेन की खिड़की से हवा में उड़ता पक्षी दिखाई देता है, जिसे देखकर वह सोचती है : 'क्या यह अबाबील थी ? भाई ने बताया था कि अबाबील सारी चिड़ियों से ऊपर उड़ती है। वही एक चिड़िया है जो एकदम मुक्त है, अगर वह अबाबील है तो भाई ज़रूर वापिस आएगा। दोनों बातें उसी आसानी से जुड़ी जान पड़ रही थीं जैसे हवा और चिड़िया के फैले पंख।'

यदि फार्सटर के कथन 'ओनली कनेक्ट' में कला का मर्म छिपा है, तो सारा राय में उसकी विलक्षण प्रतिभा है—वह निपट अजनबी चीज़ों के बीच रिश्ता खोजकर एक विस्मयकारी सत्य उजागर कर सकती हैं। वह यह अन्तर्सम्बन्ध दो 'असम्बन्धित' भाषाओं में भी खोज लेती हैं। हिन्दी और उर्दू के शब्द उनकी कहानियों में बिना कोई मिशनरी आग्रह लिये अपने-आप चले आते हैं और वे कहीं भी आरोपित नहीं जान पड़ते। उत्तरी-पूर्वी भारत के पारिवारिक परिवेश में वे उतने ही स्वाभाविक जान पड़ते

हैं जितने हिन्दू-मुस्लिम परिवारों के सम्मिश्रित रीति-रिवाज। सारा राय का संवेदन-तंत्र दोनों सम्प्रदायों की स्मृतियों और संस्कारों के तन्तुजाल में इस तरह गुँथा है कि एक को दूसरे से अलग करना असम्भव है। दोनों समाजों के परिवेश में वह 'इनसाइडर' भी हैं और 'आउटसाइडर' भी। इसलिए वह उनका विवरण गहरी आत्मीयता के साथ भी कर सकती हैं और ठंडी तटस्थता के साथ भी। एक छोटे-से शहर में हिन्दू-मुस्लिम झगड़ा कितने नगण्य कारण से हो सकता है, उसके लिए उन्हें किसी सिद्धान्त या आइडियॉलॉजी की शरण में नहीं जाना पड़ता। वह एक ऐसी शहरी मजबूरी से उत्पन्न हो सकता है, जिसके लिए कोई ज़िम्मेवार नहीं है :

'तंग गली के दोनों तरफ़ मकान थे जिनकी सफ़ेदी पर बरसाती काई किसी ख़तरनाक खाल की बीमारी की तरह लिपट गई थी...एक दुमंज़िले मकान के छज्जे पर एक नौजवान औरत कचरी हुई धोती सूखने डाल रही थी। कुछ पानी की बूँदें छिटककर गली में गिरीं। इसी तरह से एक साल पानी की बूँदें नीचे से गुज़रती रामलीला की चौकी पर पड़ गई थीं। बात इतनी बढ़ी थी कि हिन्दू-मुसलिम दंगे की नौबत आ गई थी।'

धोती की टपकती कुछ पानी की बूँदों के कारण ख़ून की होली खेली जा सकती है यह केवल वही लेखक देखता है जो बाहर का बुद्धिजीवी या पत्रकार नहीं, भीतर का भोक्ता प्राणी है जहाँ 'देखने' और 'परखने' के यंत्र अलग-अलग हैं। किन्तु मुझे लगता है इसका अतिरिक्त—और शायद ज़्यादा महत्त्वपूर्ण कारण वह नारी दृष्टि है जिसमें चीज़ों के प्रति एक खुला, ऐन्द्रिक, मांसल लगाव, हर छोटी से छोटी घटना को उलट-पुलटकर देखने की अदम्य आकांक्षा और उन्हें आर-पार भेदकर किसी सुदूर रहस्य को आत्मीय बनाने की लालसा छिपी रहती है।

सौभाग्य से सारा राय अपने 'नारीत्व' के प्रति अतिरिक्त रूप से आक्रांत या सम्मोहित नहीं हैं, इसलिए वह अलग से प्रदर्शन या विद्रोह की मुद्रा में प्रगट न होकर मेहँदी की तरह उनकी कहानियों में रसी-बसी दिखाई देती हैं। वे उस आक्रामक अर्थ में 'फ़ेमिनिस्ट' लेखक (लेखिका) नहीं हैं जो सिर्फ़ पुरुष की होड़ में या उसके विरुद्ध अपनी अस्मिता प्रमाणित करती हैं। वह प्रमाणित कुछ भी नहीं करतीं इसलिए वह हमारा ध्यान अपनी ओर नहीं, उन चीज़ों,

के प्रति आकृष्ट करती हैं, जो नारी स्पर्श के कारण एक नया आयाम, एक गहराई, एक विचित्र लयात्मकता ग्रहण कर लेती हैं। एक स्त्री के तौर पर उन्हें जो अन्तर्दृष्टि प्रकृति से मिली है, वह उसका उपयोग 'महिला कथाकार' की हैसियत से नहीं, एक स्वतंत्र कलाकार के रूप में करती हैं। शायद यह एक कारण है कि उनकी कहानियों का यह प्रथम संग्रह हिन्दी कहानी के वर्तमान परिवेश में हवा के ताज़े झोंके का सुखद आभास देता है।

—निर्मल वर्मा

अनुक्रम

अबाबील की उड़ान

झींगुर

काली कमीज़ और गहरे रंग का पतलून पहने, कन्धे से झोला लटकाए, दोपहर की ख़ाली सड़कों पर शेखर बिना मक़सद के मँडराता है, जैसे कि सूने आकाश में काले बादल का टुकड़ा बेवजह भटक आया हो। एक सड़क से दूसरी, कभी इस इलाक़े, कभी किसी और में वह मारा-मारा फिरता है। मुझे हाल में वह कई बार दिख चुका है—जल्दी-जल्दी चलता हुआ। उसकी चाल देखकर यह तय कर पाना मुश्किल हो जाता है कि उसे कहीं पहुँचने की जल्दी है या किसी चीज़ से वह जल्दी से छुटकारा पा लेना चाहता है। या हो सकता है कि बराबर चलते रहने में ही उसको एक तरह की स्थिरता, किसी भी निश्चय पर पहुँच जाने की शान्ति मिल पाती है।

शेखर के बाल ग़ायब होना शुरू हो गए हैं; शायद सफ़ेद होने की शर्म से बचने के लिए। काली कमीज़ उसके दुबले शरीर पर ढीली होने की वजह से कुछ अटपटी सी दिखती है। वह मोंढों पर से लटक आई है और ज़ाहिर है कि मौक़ा मिलने पर कन्धों से फिसल पड़ेगी। जिन नाकाफ़ी कन्धों का डील उसमें फैलकर समाने के क़ाबिल नहीं, उन कन्धों को ढँके रहना यक़ीनन कमीज़ की शान के ख़िलाफ़ होगा। शेखर के समतल गालों पर छाई बदली को देखते हुए अन्दाज़ लगा लेना आसान है कि उसको कई दिनों से दाढ़ी बनाने की फ़ुर्सत नहीं मिली है। या वह भूल गया है। या हो सकता है कि उसने जानबूझकर दाढ़ी नहीं बनाई है क्योंकि उसको अपना मेघाच्छन्न चेहरा अच्छा लगता है। शायद उसको लगता हो कि तीन-चार दिनों पुरानी इस खेती की वजह से उसके चेहरे पर एक तरह की रोमांचक उदासी छा जाती है जो उसकी बेमतलब सी ज़िन्दगी को भी एक रंग दे देती है। अपनी इस उदासी को शायद वह देखना चाहता हो।

मुझे मालूम है कि शेखर को अपने आप को देखने का मर्ज़ है। इस बात की जानकारी मुझे सालों से है, उन दिनों से जब हम शाम को शेखर के घर तक़रीबन

रोज़ ही मिला करते थे। हम धुएँ से भरे कमरे के एक कोने में बैठे थे। शेखर अपनी कुर्सी पर सीधा बैठा सिगरेट पी रहा था। उसके चेहरे पर कोई शिकन नहीं थी; वह एकदम सपाट था, जैसे कि वह शीशे का बना हो। मैंने उसके कन्धे पर हाथ रखकर कहा, 'देखो, कैसे वह अपने आप को भूल गया है।' और मैंने कमरे के एक तरफ़ रखी विशाल गोल मेज़ की ओर इशारा किया जिसके ऊपर चढ़ा हुआ गोपाल पैर पटक-पटककर नाच रहा था। गोपाल, जिसके लहीम-शहीम जिस्म की वजह से हम उसको 'पहलवान' कहने लगे थे। हमारे और साथी, नशे में चूर, झूम-झूमकर ताली बजा रहे थे।

'तुम कुछ देर के लिए अपने को भूलकर नाच का मज़ा क्यों नहीं लेते? तुम्हें कोई देख थोड़ी रहा है।' मैंने थोड़े जोश से, कुछ मज़ाक़ में कहा। शेखर ने कुर्सी पर टेक लगाते हुए मुझ पर विचित्र सी नज़र डाली। 'मैं तो देख रहा हूँ।' वह बोला और हमारे ठीक ऊपर लगे झाड़फानूस की तरफ़ देखने लगा जिसमें हज़ारों शेखर कुर्सी पर टेक लगाकर बैठ गए थे।

उसके बाद मैं उसकी अपने आप को देखती हुई शक्ल को पहचानने लगा। किसी भी वक़्त, कुछ भी करते हुए उसकी आँखें, चील जैसी, बाहर देखते हुए भी अन्दर, अपने आप पर गड़ी रहतीं; मजाल नहीं थी कि वे पल भर के लिए कहीं भटक जाएँ। एक बार मैं 'नेशनल स्कूल ऑफ़ ड्रामा' गया था। वहाँ, पेड़ों के नीचे, मैंने अभिनेताओं को अपने जुमले दोहराते हुए देखा। उनके चेहरों पर मुझे वही बात नज़र आई—एक असीम कोशिश और वही अपने आप को देखती हुई आँखें। कुछ देर के लिए मैं असमंजस में पड़ गया। कुछ याद नहीं आया कि आँखों की वह कैफ़ियत मैंने कहाँ देखी है। फिर मुझे एकदम से शेखर का ख़याल आया तो याद की खोई हुई कड़ी मिल गई। हो सकता है शेखर के चेहरे पर छाई बदली किसी नई भूमिका का हिस्सा हो। लेकिन इतनी छोटी सी बात पर इतना ज़्यादा वक़्त और सोच ज़ाया करने से कोई फ़ायदा है?

शेखर मुझे अकसर दिख जाता है। दफ़्तर से आते-जाते या दिन में किसी ज़रूरी या ग़ैरज़रूरी काम के लिए निकलते वक़्त मेरी आँखों के सामने वह अकसर पड़ जाता है। ज़्यादातर मैं रुककर उससे कुछ बोल लेता हूँ पर एकाध बार ऐसा भी हुआ है कि मैं उसे अनदेखा करके आगे बढ़ गया हूँ। एक माने में यह मेरी हार का नतीजा कहा जा सकता है। मुझे लगता है इतने सालों से उसको जानने के बाद भी उसको समझने में मैं असमर्थ हूँ। जब भी मैं शेखर को देखता हूँ एक अधूरा सा एहसास मुझे घेर लेता है जिसके बोझ के नीचे मैं बेचैन हो उठता हूँ। लगता है उसके बारे में कोई ऐसी बात है जिस पर मैं उँगली नहीं रख पा रहा हूँ। ऐसा भी नहीं है कि उसकी हर बात विचित्र है, या वह कोई अजूबा चीज़ है जिसको समझने के लिए किसी ख़ास कला की ज़रूरत पड़े। फिर भी, उसके व्यक्तित्व के तार न जाने किस

तरह से बजते हैं कि मुझे लगता है कहीं कोई स्वर सही नहीं है। इसकी वजह से राग पहचानने में मुझे मुश्किल होती है और मन में कुछ खटककर रह जाता है। उसको देखकर मन में कुछ अजीब तस्वीरें उभरने लगती हैं जिनका, मेरी नज़र में, शेखर से कोई ताल्लुक़ नहीं है। जलते पत्तों की बू, काँच के टूटने की आवाज़, बाजे का ढीला पड़ गया तार...भला इन चीज़ों का शेखर से दूर-दूर तक कोई रिश्ता ढूँढ़ा जा सकता है?

पिछले हफ़्ते मैंने सफ़दरजंग अस्पताल के चौराहे पर लाल बत्ती देखते हुए गाड़ी रोकी तो खिड़की के ठीक सामने मुझे शेखर खड़ा हुआ दिख गया। शायद वह सड़क पार करने का इन्तज़ार कर रहा था। बत्ती लाल हो जाने पर गाड़ियों की रेंगती हुई लकीर स्थिर हो गई। अब वह सड़क पार करेगा, मैंने सोचा। पर वह सोच में डूबा वहीं खड़ा रहा जैसे कि कोई बहुत बड़ी समस्या एकदम से उसके सामने आ गई हो। ज़ाहिर था कि कुछ देर से सड़क पार करने के लिए ही वह वहाँ खड़ा था। पर अब, ऐन वक़्त पर जैसे वह दुविधा में पड़ गया था कि क्या वह सचमुच सड़क पार करना चाह रहा था? क्या बेहतर नहीं होगा कि वह सीधा चलता चला जाए?

पतझड़ के दिन थे। दोपहर के बारह बजते-बजते आसमान से उदासी बरसने लगती थी। शहर अपने को पीले पत्तों के हवाले कर देता। पत्ते उसे ढक लेते और शहर धूप में चित पड़ा काँपता। गर्मी धीमे-धीमे, बड़ी चालाकी से दिन पर हावी होने लगी थी पर हवा के दिल में अभी ठंडक बाक़ी थी। फिर भी, गर्मी की जीत यहाँ तक हो चुकी थी कि शेखर के काले कपड़ों को देखकर आँखों को ज़रा भी राहत नहीं मिल रही थी।

मैंने खिड़की से सिर बाहर निकालकर कहा, 'क्यों भाई शेखर, कहाँ चल दिए?'

कुछ देर तक वह मेरे चेहरे को भावहीन आँखों से देखता रहा। मुझे लगा उसने मुझे पहचाना नहीं। मेरी आवाज़ सुनकर उसने एक हाथ से अपना काला झोला पीठ की तरफ़ खिसका दिया था और अब वह दिखाना चाह रहा था कि उसके कन्धे पर कोई झोला-वोला नहीं है, हालाँकि मैंने उसके झोले में कोई दिलचस्पी नहीं दिखाई थी। मैंने फिर से कहा, 'हलो शेखर, मैं तुम्हें कहीं छोड़ सकता हूँ?'

इस बार उसके चेहरे पर पहचानी हुई मुस्कुराहट पल भर के लिए खेल गई। 'अरे, तुम हो, विमल!' उसकी आवाज़ के रंग को मैं फ़ौरन पहचान नहीं सका। उसने एक परखती सी निगाह मेरे चेहरे पर दौड़ाई, जैसे वह अन्दाज़ लगाना चाह रहा हो कि मैं उसके बारे में क्या सोच रहा हूँ। फिर वह ज़रा रुककर बोला, 'नहीं, मैं पैदल चला जाऊँगा। पास में ही जाना है...और तुम ठीक हो?'

'बस ज़िन्दा हूँ। कहो, कुछ समय हो तो हम कहीं चाय पीने चल सकते हैं,' मैंने कुछ उत्साह से कहा।

उसके चेहरे पर अनिश्चय की छाया दोबारा डोल गई। 'नहीं, इस वक़्त तो जाने दो...' उसने फीकी सी आवाज़ में कहा।

'क्यों, क्या बात है? कोई ज़रूरी काम है क्या?' मैंने थोड़े तंज़ से पूछा।

'हाँ, बस यूँ ही समझो...' वह ठिसियाई हुई हँसी हँसा जैसे कि वह उसकी नहीं किसी और की हँसी हो जिसको ख़र्च करने में उसे तकल्लुफ़ महसूस हो रहा हो। वह फिर बोला, 'इसी बहाने थोड़ा टहल लेता हूँ। नहीं तो शरीर टूटकर चूर हो जाए।'

वह फिर फीकी सी हँसी हँसा जो उसकी आँखों तक पहुँचने से पहले ही बुझ गई।

मैंने शायद उसकी दुखती रग पर उँगली रख दी थी। किसी भी ज़रूरी काम के ज़िक्र से शेखर बौखला सा जाता था। उसकी आँखें इधर-उधर सहारा ढूँढ़ने लगतीं और वह फ़ौरन साबित करने की कोशिश में लग जाता कि वह वाक़ई कोई ज़रूरी काम करने जा रहा था। उसकी इस आदत से हम, उसके साथी, अच्छी तरह वाक़िफ़ थे। बल्कि हमको पता था कि वह आदत किन जड़ों से उगी होगी। शेखर अमीर बाप का बेटा था। उसे अपनी ज़िन्दगी में किसी चीज़ के लिए कोशिश नहीं करनी पड़ी। ज़िन्दगी का ख़र्च चलाने के लिए क्योंकि वह काम करने पर निर्भर नहीं था, किसी भी काम में लग जाना कभी उसके लिए ज़रूरी नहीं मालूम दिया। इसलिए पैंतीस साल की उम्र हो जाने के बावजूद भी वह अपने वक़्त का ख़ुद ही मालिक था। जो भी चीज़ उसने चाही वह जैसे ख़ुद-ब-ख़ुद ही उसके सामने आकर हाज़िर हो गई।

उसका यह इतिहास जानते हुए भी मुझे हमेशा थोड़ा ताज्जुब होता था किस तरह शेखर की ज़िन्दगी, बिना किसी हड़बड़ी या कोई काम के ज़रूरी होने के एहसास के साथ, बड़ी ही सहजता से अपनी धीमी चाल से चलती रहती। जब मैं, जैसे कि मेरे और साथी, अपनी-अपनी नौकरीपेशा ज़िन्दगी की बदहवासी से जूझते, शेखर का जीवन इस बदहवासी के समुद्र के बीच, जैसे किसी जादू के ज़ोर से, हमारे जीवन की तुच्छता से दूर, शान्त धाराओं में बहता रहता।

उसकी ज़िन्दगी की आसानियों को देखकर मुझे, और हम सभी को, उससे ईर्ष्या होती थी। हमको लगता कि हम उसकी जगह होते तो कितना कुछ कर पाते। कितने सपने हमारी पहुँच के दायरे में आ जाते। लेकिन शेखर पर इस आसानी का दूसरा ही असर हुआ। जिस तरह का आत्मविश्वास उसके अन्दर पैदा हो जाना चाहिए था, वह न होकर जैसे एक हीन भावना ने उसमें जड़ ले ली हो—एक जुर्म के एहसास ने, जैसे कि उसको हर वक़्त किसी को अपना हिसाब देना हो, कि हाँ कुछ ऐसे ज़रूरी काम हैं जो वह भी करता है।

'ज़रूरी काम' के बारे में पूछकर मुझको अब पछतावा होने लगा। नाहक़ ही मैंने उसकी चोट दुखा दी। उसके मले-दले कपड़ों को देखकर लगता था कि शायद वह रात उन्हीं को पहनकर सोया होगा। उसके जूते, जो ऊपर से खुले हुए थे, उस

क़िस्म के थे जिनका फ़ैशन दो-एक साल पहले चला था लेकिन घिस जाने की वजह से अब वह अलग ही तरह के दिख रहे थे। मुझे याद आया कि शेखर को हमेशा से महँगे जूते ख़रीदने का शौक़ था। जब हम बाज़ार घूमने निकलते थे तो वह जूतों की दुकान की तरफ़ जैसे अपने आप ही खिंचता हुआ चला जाता था। और जब वह नए जूते पहनकर शान से चलता तो जूते महज़ पैर को महफ़ूज़ रखने का साधन नहीं, अपने आप में कोई लाजवाब चीज़ मालूम देते थे। इस बात का हम सब पर गहरा असर पड़ता था। जब हम नए जूते पहनते, चाहे वे महँगे से महँगे क्यों न हों, वे जूतों के स्तर से कभी उभर नहीं पाते थे। उनका कला की वस्तु बन जाने का सवाल ही नहीं था। नहीं, शेखर की बात और थी।

लेकिन आज शेखर को देखकर मुझे फिर उस अजीब से एहसास ने घेर लिया जिस पर मैं उँगली नहीं रख पाता था। उसकी आँखों में न जाने कितनी दूरियाँ, कितने फ़ासले मुझको नज़र आने लगे—जैसे कि बहुत दूर जाता हुआ कोई रास्ता हो और शेखर के अन्दर रहनेवाला उस रास्ते पर कहीं चला गया हो। मुझे लगा मैं शेखर से मिलकर भी उससे नहीं मिल रहा हूँ। फिर दिमाग़ में एक और तस्वीर उभरी। नदी के किनारे बना हुआ एक ख़ाली मकान था। उसकी खिड़कियाँ बन्द थीं और अन्दर आबादी के कोई निशान नहीं थे।

अपने जूतों पर मेरी नज़र गड़ी देखते हुए वह शायद भाँप गया कि मैं क्या सोच रहा हूँ क्योंकि वह झेंप सा गया और फिर बत्ती की तरफ़ देखने लगा जो अभी-अभी हरी हो गई थी। हमारे बीच एकदम से उग आए अनकहे शब्दों के जंगल को जल्दी से पार करने की कोशिश में मैंने कहा, 'शेखर, मैं तुम्हें कहीं पहुँचा सकता हूँ?'

'नहीं,' वह लाचार सी आवाज़ में बोला।

'अच्छा, तो चलता हूँ। मैं तुमसे घर पर आकर मिलूँगा।'

'हाँ, मिलेंगे।'

मैंने एक्सिलरेटर दबाया तो गाड़ी बेचैनी से आगे लपकी। जैसे कि हमारी बातों से बेज़ार, आख़िर आगे बढ़ने के मौक़े को वह जल्दी से अपना लेना चाहती हो। गाड़ी के आईने में शेखर अब भी मुझे दिख रहा था। अपनी दुविधा पर शायद उसने विजय पा ली थी। सड़क पार न करके अब वह धीमी चाल से सीधा चला जा रहा था। इतनी दूर से भी मैं देख पा रहा था कि वह कुछ आगे को झुका हुआ था। जैसे कि वह ज़मीन पर कुछ ढूँढ़ रहा हो। क्या उसका कुछ खो गया है? मेरे दिमाग़ में भटकता हुआ ख़याल आया।

उसके दूर होते हुए आकार में एक तरह की ध्यानमग्नता थी, जैसे कि वह किसी ख़ास चीज़ पर ग़ौर करना चाह रहा हो। उसके आगे को झुके हुए बदन को देखकर एकदम से कुछ दिनों पहले की एक छोटी सी घटना याद आ गई। माँ को ज़मीन पर कुछ टटोलते हुए देखकर मैंने पूछा, 'क्या हुआ, माँ? कुछ खो गया है क्या?'

वह मेरी तरफ़ मुड़ीं तो उनकी आँखों में हैरानी थी। 'बेटा, यह गुलदान मुझसे टूट गया। जोड़ना चाह रही थी पर यह जुड़ता नहीं...कहीं इसका कोई टुकड़ा छटक तो नहीं गया?'

एक हफ़्ते बाद, बिना ख़ास कोशिश किए, मैंने अपने को शेखर के इलाक़े में पाया। कई दिनों से मैं उसके घर जाने का इरादा कर रहा था। अपने कमरे के एक कोने में रखे पुराने रेकार्ड के बक्से के सबसे नीचे रखा सुचित्रा मित्रा का गाया हुआ रवीन्द्र संगीत का रेकार्ड मुझको एक दिन मिल गया था। यह रेकार्ड शेखर का बहुत प्रिय था। एक ज़माने में हम लोग उसको दिन-रात सुना करते थे। यहाँ तक कि बँगला न जानते हुए भी मुझको उसके सारे शब्द रट गए थे। लेकिन अब बहुत दिनों से हमने उसे नहीं सुना था। मैंने सोचा उसे देखकर शेखर उछल पड़ेगा। हालाँकि उसके घर जाने में मुझे अजीब सी झिझक हो रही थी।

शाम को घर से निकला था तो शेखर के घर जाने का ख़ास इरादा नहीं था फिर भी मैंने रेकार्ड एहतियातन साथ रख लिया था। सोचा था बाज़ार हो लूँगा और फिर टहलने का मन हुआ तो शेखर के घर तक आगे बढ़ लूँगा। बाज़ार में कई छोटे-छोटे काम थे। बहुत दिनों से माँ कह रही थीं बिजली की दुकान पर अभी से इत्तिला दे दो तो महीने भर बाद आदमी आकर कूलर लगा जाएगा। और भी काम उनको हमेशा याद आ जाते थे। दरज़ी से कपड़ा लेना था, चीनी ख़त्म हो गई थी, कल 'डालडा' के डिब्बे की जगह 'पोस्टमैन' आ गया था...उसे मैं लौटा सकूँ तो अच्छा होगा। इसी तरह के कई और काम थे। उनको निपटाने में मुझे ख़ासी देर हो गई और मैं थक भी गया। एक बार सोचा घर लौट जाऊँ पर अकेले अपने कमरे में बैठने के ख़याल से घुटन होने लगी और मैं शेखर के घरवाली सड़क पर मुड़ गया, जिस पर अभी-अभी शाम गहरी हुई थी।

सड़क एकदम सुनसान थी। उस पर कोई ट्रैफ़िक नहीं था, जैसे कि शहर के एक सिरे से दूसरे तक ख़ुद ही को पहुँचाने में वह थक गई हो। सड़क की बग़ल से जाते हुए पतले से रास्ते पर मैं चलने लगा। उसके दोनों तरफ़ 'पापलर' के ऊँचे सीधे पेड़ों की क़तार थी जो शायद वन विभाग ने शहर को ख़ूबसूरत बनाने की कोशिश में वहाँ लगाए थे। सड़क पर लगी रोशनी में उनके तनों की मद्धिम चमक को मैं कुछ देर देखता रहा। मुझको लगा वे चाँदी के बने हुए हैं; चाँदी जो बरसों रखे रहने पर काली पड़ गई है और माँजने पर चमक उठेगी। कहीं दूर से कुत्ते के भूँकने की आवाज़ आई और हवा पर तैरती हुई जलते पत्तों की बू। शेखर के घर के ठीक सामने सूखे पत्तों का छोटा सा ढेर जल रहा था। हालाँकि आग के नाम पर उसमें सिर्फ़ चिंगारी बची थी, धुएँ की नाज़ुक-सी लकीर उसमें से उठ रही थी।

मैंने गर्दन ऊपर घुमाकर देखा तो मधुमालती की घनी लतर के पीछे से शेखर के कमरे में बत्ती जलती हुई नज़र आई। इसका मतलब शेखर आज घर पर था। कई

बार ऐसा भी हुआ था कि उसके कमरे में अँधेरा देखकर मैं लौट गया था। मैंने घंटी बजाई तो वह घर के अन्दर गूँजती हुई दूर तक चली गई जैसे कि घर ख़ाली पड़ा हो और उसकी आवाज़ को रोकने के लिए रास्ते में कुछ न हो। मगर दरवाज़े में पतली सी दरार से अन्दर झाँकने पर मुझको एक कमरा दिखा जो कि छोटा ही था और उसमें बहुत सा सामान भरा हुआ था। शायद पीछेवाले कमरे ख़ाली हों पर फ़िलहाल तो मेरी नज़र को रोकने के लिए कमरे में काफ़ी कुछ था। दरवाज़ा न खुलते देख मैंने फिर से घंटी बजाई। मेरी घड़ी शाम के साढ़े आठ दिखा रही थी। इतनी जल्दी क्या वह सो गया होगा?

लेकिन जब मैं लौटने ही वाला था, दरवाज़ा एकदम से खुल गया। आज भी शेखर काले ही कपड़े पहने था। शायद उसको काला रंग बहुत पसन्द होगा। काले रंग के बारे में कोई मेरी राय पूछता तो मैं कहता कि वह नाटकीय लगता है, या फिर मनहूस। वह कुछ देर चुपचाप खड़ा रहा। उसकी साँस से शराब की बोझिल सी महक हवा पर थोड़ी देर तैरने के बाद डूब गई। फिर वह हलका सा मुस्कुराया और मुझे वही विचित्र सा एहसास हुआ कि वह हँसी उसकी नहीं, किसी से माँगी हुई है जिसे वह बहुत सँभालकर ख़र्च करना चाहता है।

'अन्दर आओ, विमल!' उसने कहा और मुझे रास्ता देने के लिए दो क़दम पीछे हट गया।

जैसा कि मैंने बाहर से ही अन्दाज़ लगा लिया था, कमरा काफ़ी छोटा था और उसमें ढेरों सामान होने की वजह से जैसे वह और भी सिकुड़ गया था। यह घर शेखर के पिता ने उसके लिए हाल में ही लिया था और मैं उसमें एकाध बार आ चुका था, लेकिन हर बार मुझे वह नया सा लगता था। मुझे लगता उसके अन्दर का सामान मनमाने बच्चे की तरह कभी इस कोने में खड़ा हो जाता, कभी किसी और। गहरे ऊदे रंग की सोफ़ानुमा कुर्सियाँ पिछली बार क्या यहीं रखी थीं, मैंने याद करना चाहा। बीच में रखी गोल मेज़ के शीशे पर चाय, सिगरेट और पानी के मिले-जुले धब्बे तो नए नहीं थे; अब वह मेज़ की शख़्सियत का ज़रूरी हिस्सा बन चुके थे, उनको छुड़ाने की कोशिश भी नहीं की जाती थी। कोने में खड़ी लकड़ी की अलमारी का पट खुला हुआ था—नीचेवाले ख़ाने में बहुत सारे जूते दिख रहे थे और ऊपर कपड़ों का अम्बार। अलमारी में ही एक तरफ़ शेखर का काला झोला भी रखा था। उस दिन वह झोले में क्या ले जा रहा होगा, मैंने अन्दाज़ लगाना चाहा पर असफल रहा। कुर्सियों पर कपड़े और किताबें लदी हुई थीं। कोने में खड़े लैम्प से रोशनी दीवार पर अजीब आकृतियाँ पैदा कर रही थी। पलँग पर बिस्तर ठीक नहीं किया गया था।

शेखर ने एक कुर्सी पर से कपड़े वग़ैरह उठाकर सँभालकर पलँग पर रख दिए और ख़ाली की हुई कुर्सी पर बैठने के लिए मुझे इशारा किया। 'व्हिस्की लोगे?' उसने मेरे सामने बैठते हुए पूछा।

कमरे में सिगरेट का धुआँ किसी ठोस चीज़ की तरह भरा हुआ था। इस धुएँ से भरे माहौल के बीच साँस लेने के लिए फड़फड़ाती पीली रोशनी, सामान का बेतरतीब ढेर, शेखर के काले कपड़े, सबका मिला-जुला असर यह हुआ कि मैं बेचैन हो उठा। जी चाहा मना कर दूँ और बहाना करके फ़ौरन वापस लौट जाऊँ। लेकिन मेरी गर्दन, शायद आदतन, 'हाँ' में हिल गई।

उसने गोल मेज़ पर रखे अपने गिलास से एक लम्बी सी घूँट ली और उठकर खड़ा हो गया। 'मैं अभी आया।' उसने कहा और अन्दर के कमरे की तरफ़ बढ़ा। मैं कुर्सी पर बैठा उसको देखता रहा। उसके क़दम सीधे पड़ रहे थे पर न जाने क्यों लगता था कि वह बहुत सँभलकर चल रहा है, जैसे कि कोई नाव अँधेरे समुद्र में नुकीले पत्थरों के बीच से बचकर निकलना चाह रही हो। वह कुर्सियों और अन्य सामान के बीच इस तरह बच-बचकर चल रहा था जैसे कि उसका वहाँ होने का कोई अधिकार न हो। एक कुर्सी से वह हलका सा टकरा गया तो उसने जल्दी से एक हाथ से उसे छू लिया जैसे कि वह उससे माफ़ी माँग रहा हो।

फिर वह अन्दरवाले कमरे में चला गया और वहाँ से खटर-पटर की आवाज़ आने लगी। शायद वह मेरे लिए गिलास ढूँढ़ रहा था। मैं बैठे-बैठे कमरे का जायज़ा लेने लगा। पर मेरी नज़र कमरे में भरे सामान से टकराकर लड़खड़ा गई और मैंने सामने कुर्सी पर रखी किताब पर आँखें टिका दीं। किताब की जिल्द पुरानी हो चुकी थी और उस पर लिखे शब्द मिट गए थे। मैंने किताब उठाकर पास से उसका शीर्षक पढ़ना चाहा। उसके पन्नों के बीच से कुछ फड़फड़ाकर नीचे गिरा तो मैंने झुककर उसे उठा लिया। वह रीनी की तस्वीर थी। शायद काफ़ी साल पहले की होगी। उसमें रीनी बहुत दुबली और सुन्दर लग रही थी। साड़ी का आँचल लापरवाही से कन्धे पर डला हुआ था और वह ऊपर देखकर मुस्कुरा रही थी। उसकी तस्वीर देखकर मैं चौंक सा गया, जैसे कि उसकी फ़ोटो नहीं, वह ख़ुद बिना चेतावनी के मेरे सामने आकर खड़ी हो गई हो। शेखर से याद करके पूछूँगा कि आजकल वह कहाँ है, मैंने सोचा। उसको देखे कई साल हो गए।

जब शेखर और रीनी ने शादी की थी तो हम लोगों को लगा था कि शेखर शादी कर नहीं रहा है, उसकी शादी हो रही है। एक शाम को किसी दावत में रीनी शेखर से मिली थी और मिलकर उसने उसे पसन्द कर लिया था। हफ़्ते भर उससे मिलते रहने के बाद रीनी ने शेखर से कहा वह उससे शादी करना चाहती है। शेखर राज़ी हो गया। शादी रीनी के घर पर हुई और फिर शेखर वहीं रह गया। क्योंकि उसके माँ-बाप शादी से ख़ुश नहीं थे, वह दो साल तक वहीं रहता रहा। फिर एक दिन सुनने में आया कि रीनी शेखर को छोड़ रही है। इस ख़बर का हम तक पहुँचना भी एक तरह का रहस्य है क्योंकि उन दो सालों में हमारा शेखर से मिलना सिर्फ़ गिनी-चुनी बार हुआ और वह भी बेहद अफ़रातफ़री के बीच। ऐसा भी नहीं था कि हम बहुत

सारे लोगों को जानते थे जो शेखर के भी जाननेवाले थे। किसी के मुँह से यह ख़बर सुनना याद नहीं आता। फिर भी, यह बात शहर के वातावरण में किसी गन्ध की तरह फैल गई।

शेखर की ज़िन्दगी में अगर कोई फ़र्क़ आया तो बस इतना कि रीनी के घर से वह अपने बाप के घर लौट आया। शेखर के पास हमारे लिए फिर से ज़्यादा समय बचने लगा और ज़िन्दगी अपने पुराने ढर्रे पर लौट आई जैसे कि वह किसी और दिशा में मुड़ी ही न हो। वे दो साल शेखर की ज़िन्दगी से एकदम सफ़ाई से मिट गए, जैसे एक बुलबुला हो जिसके फूटने के बाद उसके वुजूद का कोई निशान न बचा हो।

शेखर को हाथ में गिलास लिए लौटते देखकर मैंने फ़ोटो को जल्दी से किताब के अन्दर डाल दिया। किताब को मेज़ पर रखते हुए मैं शेखर की तरफ़ औपचारिकता से मुस्कुरा दिया। नाहक़ ही मैंने फ़ोटो छिपाने की कोशिश की क्योंकि मुझको किताब मेज़ पर रखते देखकर वह फ़ौरन समझ गया कि उसके अन्दर रखी तस्वीर मैंने देख ली है और अब शायद उसके बारे में सोच रहा हूँ। एक आत्मीयता जो उसकी शख़्सियत में अजनबी सी दिखती थी, उसकी आवाज़ में भटक आई और उसने पूछा, 'क्या रीनी की फ़ोटो देख रहे थे?'

शायद व्हिस्की का असर होगा या हमारे यूँ अकेले बैठकर पीने का, कि आज वह रीनी का नाम इस खुली तरह से ले रहा था।

रँगे हाथों पकड़े जाने पर मैं ही कुछ सटपटा गया। उसके सवाल को अनसुना करके मैंने थोड़ा हकलाते हुए उससे दूसरा सवाल पूछ लिया, 'आजकल रीनी कहाँ है?'

'बम्बई में। उसे एक फ़िल्म में छोटा-मोटा रोल मिल गया है।' यह कहकर वह मेरा चेहरा देखने लगा जैसे कि पता लगाना चाह रहा हो कि इस ख़बर का मुझ पर क्या असर होगा। मुझे कुछ न बोलते देख उसके चेहरे पर मायूसी की छाया रेंग गई लेकिन वह जल्दी ही ग़ायब हो गई और उसकी भूरी आँखें फिर मेरे चेहरे पर टिक गईं। ज़ाहिर था कि वह मेरे और कुछ पूछने का इन्तज़ार कर रहा था और यह देखते हुए मैंने उस आड़ को छोड़ दिया जिसके पीछे से मैं अब तक उसको देखता रहा था और बहादुरी से पूछा, 'तुम दोनों के बीच क्या हुआ, शेखर... ?'

यह पूछने के साथ मैं ख़ुद ही झेंप गया जैसे कि मैंने एकदम से अपने कपड़े उतारकर फेंक दिए हों और उसको मेरी असलियत साफ़ नज़र आ रही हो—मेरे मन का कौतूहल, दूसरे की ज़िन्दगी को कुरेदने की मेरी चाह, मेरी तुच्छता। मैंने जल्दी से अपनी ग़लती ठीक करनी चाही, 'अगर तुम जवाब न देना चाहो तो बोलने की कोई मजबूरी नहीं है...आख़िर मैं कौन होता हूँ तुमसे यह सब पूछनेवाला...' लेकिन उसके चेहरे को देखकर ज़रा भी नहीं लगा कि वह मेरी बात का बुरा मान रहा है।

बल्कि जब वह धीमी आवाज़ में बोला तो लगा कि वह मेरे सवाल का जवाब नहीं देकर कोई बात कह रहा है जिसके बारे में वह ख़ुद बहुत देर से सोच रहा था और अब उस सोच को शब्दों में उतार रहा है, 'वह अब भी मुझे चाहती है...हमारे बीच कुछ नहीं बिगड़ा। उसने सिर्फ़ रहने की जगह बदल ली है...'

मुझे उसकी बात का कोई जवाब नहीं सूझा। वह ख़ुद ही फिर से बोला, 'मैं किसी को छोड़ नहीं पाता...शायद किसी दिन हम फिर साथ रहने लगें...'

वह चुप होकर सामने रखे व्हिस्की के गिलास को देखने लगा जिसमें छोटे-छोटे बुलबुले उठ रहे थे। कमरे की पीली रोशनी ने उसका चेहरा और भी पीला रँग दिया था और एक ही जगह अटकी हुई उसकी आँखों को देखकर कुछ देर के लिए मुझे वहम हुआ कि वह मुखौटा पहने हुए है—किसी भी पल वह उसे उतारकर अलग रख देगा और नीचे से जो इनसान निकलेगा उसे मैं फ़ौरन पहचान लूँगा। उसे देखकर मेरे मन में यह अधूरेपन का एहसास नहीं खटकेगा।

'डैडी ठीक हैं?' मैंने विषय बदलते हुए पूछा।

'हाँ, उनको कुछ दिनों के लिए देहरादून जाना पड़ा। अरे, मैंने देखा नहीं, तुम्हारा गिलास तो ख़ाली है।'

उसने अपने गिलास में बची हुई व्हिस्की एक लम्बी घूँट में ख़त्म कर दी, फिर दोनों गिलासों में बराबर की व्हिस्की उँडेल दी। फिर उनमें ऊपर तक सोडा भरते हुए उसने पूछा, 'बर्फ़ लोगे?'

मैंने गर्दन हिलाई तो उसने बग़ल में रखे बर्तन से बर्फ़ के दो टुकड़े चम्मच में उठा लिये। उसकी उँगलियाँ बेहद लम्बी और ख़ूबसूरत थीं पर न जाने क्यों उनको देखकर लगता कि वह एक-दूसरे पर लड़खड़ा जाएँगी और बर्फ़ उठाने जैसी मुश्किल हरकत उनसे हरगिज़ न हो पाएगी। मैं दम साधे उसकी उँगलियों को देखता रहा। उसके हाथ हलके से काँप रहे थे और जब उसने बर्फ़ मेरे गिलास तक पहुँचा दी तो मैंने चैन की साँस ली।

थोड़ी देर चुप रहने के बाद मैंने उसकी तरफ़ झुककर पूछा, 'शेखर, तुमने कुछ सोचा है तुम अपनी ज़िन्दगी के साथ क्या करना चाहते हो?'

वह कुछ देर गुमसुम सा बैठा सोचता रहा। फिर बोला तो उसकी आवाज़ में उत्तेजना भर आई थी, 'मैं तो बहुत कुछ करना चाहता था...मैं न्यूक्लियर साइंटिस्ट बनता, या फ़िलासफ़र, या मैथमेटीशियन...लेकिन दुनिया बहुत बड़ी है और मैं हर चीज़ से हैरान हो जाता हूँ...'

वह अपनी भूरी आँखों से मुझे देखता रहा, किसी बच्चे की तरह जो मुझसे पूछना चाह रहा हो कि वह चाँद क्यों नहीं ले सकता, जिसको यह ख़याल ही न आया हो कि सपने पूरा करना शायद इतना आसान नहीं। मुझको लगा वह अपने को मेरी आँखों से देख रहा है। जिस तरह से उसको लगता होगा मैं उसे देख रहा हूँ—

बिलकुल निरीह, बेमक़सद। जैसे कि अब, जब मैंने उसका यह हाल देख ही लिया तो कम से कम वह अपनी इस भूमिका का पूरा मज़ा ले लेना चाहता हो।

वह एक गहरी ख़ामोशी में ढलक गया जिसका भारी सा वुजूद मेरे चारों तरफ़ बह रहा था। उसके आसपास की हवा जैसे खोई हुई सम्भावनाओं से बोझिल हो उठी थी। मेरे दिमाग़ में फिर एक तस्वीर उभरी—कहीं बहुत दूर, मेरी कल्पना के परे एक द्वीप था, कोहरे से ढँका हुआ, जिस तक पहुँचना मुश्किल था। मैंने बग़ल में रखे काग़ज़ के थैले से सुचित्रा मित्रा वाला रेकार्ड निकाला तो कमरे की ख़ामोशी में काग़ज़ की खड़खड़ाहट ज़ोर से गूँज उठी। मैंने कोशिश करके अपनी आवाज़ को हलका बनाते हुए कहा, 'देखो, मुझे बक्से के नीचे रखा हुआ क्या मिल गया!'

उसने मेरे हाथ से रेकार्ड ले लिया और कुछ देर तक उसको शून्य आँखों से देखता रहा। मुझे कोई भी संकेत नहीं मिला कि वह उसे पहचान रहा है, कि अभी इस पल के पहले भी उसने उसे देखा है। यहाँ तक कि मुझे शक होने लगा कि क्या मैंने ही कोई ग़लती कर दी है? क्या सचमुच उसको यह रेकार्ड देखकर कुछ याद नहीं आता? कोई भी चीज़ क्या उसके लिए मतलब नहीं रखती? मेरी नज़र अपने चेहरे पर पाकर वह मुस्कुरा दिया।

'गाना सुनोगे, बजाऊँ?' उसने पूछा, जैसे कि मुझे ख़ुश करने के लिए वह रेकार्ड सुनने को तैयार है।

'नहीं शेखर, फिर कभी। इस वक़्त चलता हूँ। माँ इन्तज़ार करती होंगी।'

वह फ़ौरन ही उठकर खड़ा हो गया जैसे कि मुझको विदा करके उसको बहुत सारे काम निपटाने हों। बाहर निकलकर मैंने पीछे मुड़कर देखा तो वह धीरे से दरवाज़ा बन्द कर रहा था, जैसे कि उसे डर हो कि कोई जाग जाएगा। बाहर पूरी तरह से अँधेरा था। कहीं रात के मख़मली कालेपन से झींगुरों की आवाज़ बराबर आ रही थी। क्या झींगुर इस मौसम में निकलते हैं? मुझे ख़याल था उनका स्वर सिर्फ़ बरसात में सुनाई देता है। लेकिन वह झींगुरों की ही आवाज़ थी जो बराबर कान में आ रही थी—निरन्तर, एक अजीब लय के साथ, जैसे कि कहीं रात की गहराई में कोई छिपा हुआ ख़ुशी का स्रोत हो। झींगुर अपने पैरों को रगड़कर यह आवाज़ निकालते हैं। यह सुर पैदा करना उनका ही काम है और वे बड़ी मेहनत से उसको करते हैं। बिना इस काम को किए, अपने सुरों के बग़ैर क्या वे ज़िन्दा रह सकते हैं, मेरे मन में सवाल उठा। उनका संगीत सुनता हुआ मैं कुछ देर वहीं खड़ा रहा। मुझे लगा आज अचानक, बिलकुल ही इत्तिफ़ाक़ से, शेखर के व्यक्तित्व के उस खोए हुए स्वर को मैंने पहचान लिया; वह स्वर जिसको सुनने की कोशिश मैं इतने सालों से कर रहा था।

पी. सुन्दरम् की शाम

सुन्दरम् ने गाने की कोशिश की तो आवाज़ शरीर के अन्दर ही कहीं गुम हो गई। जैसे सुर जाकर किसी कुएँ में डूब गए हों। दोबारा कोशिश करने पर आवाज़ ने एक दबी हुई भनभनाहट की सूरत इख़्तियार कर ली। जो स्वर बार-बार बन्धन तोड़कर बाहर निकलना चाह रहे थे वे अन्दर, उसी जगह गूँजकर रह गए। सुन्दरम् ख़ामोश हो गए। एक गाना था, बरसों से उनके मन में अटका हुआ। बीच-बीच में उसकी धुन उनके मन में बजने लगती थी। जब वह ख़ाली बैठते थे तब, और किसी काम में लीन रहते थे, तब भी। धीमे-धीमे बजती थी वह, बड़े ठहराव के साथ। धुन ऐसी मुश्किल भी नहीं थी कि वह उसे गुनगुना न सकें। सालों से सुन्दरम् उसके सुरों को पकड़ना चाह रहे थे; स्वरों का चमचमाता हुआ जाल बुनना चाह रहे थे। लेकिन जब भी वह गाने की कोशिश करते, तो यही होता। चमकती हुई मछलियों की तरह सुर किसी गहराई में उछल जाते और सुन्दरम् के दिल में ख़लिश बनी रहती। उनकी नज़र खिड़की पर टँगे सस्ते, मोटे कपड़े के पर्दे पर पड़ी। उस पर भी मछलियाँ बनी थीं। पर्दे की नाप से जहाँ कपड़ा कटा हुआ था, वहाँ मछलियों को तैरने की ही हरकत में रुक जाना पड़ा था। कुछ देर के लिए इस मजबूरी की, धारा के बीच में रुकने की ज़बरदस्ती की सारी मायूसी सुन्दरम् के दिल में उतर आई। इस मजबूरी को वह अच्छी तरह जानते थे; बहुत पहले से उनका उससे परिचय था।

वह झटके के साथ उठे, जैसे कि इस तरह अचानक उठ जाने से वह अपने मन के अन्दर पनपती उदासीनता को वहीं फड़फड़ाता हुआ छोड़ देंगे—वहीं, जिस कुर्सी पर वह बैठे थे। पर्दे को अलग खिसकाकर, वह खिड़की के सामने खड़े हो गए। बन्द शीशे के उस पार दिल्ली शहर पर शाम आहिस्ता-आहिस्ता उतर रही थी—गर्मी के गहरे बैगनी रंग की शाम। कमरे के अन्दर गर्मी थी। एक भारी सी उमस, जैसे वहाँ हज़ारों अदृश्य जीव चुपके-चुपके साँस ले रहे हों। सुन्दरम् ने खिड़की खोल

दी तो बाहर की हवा अन्दर दाख़िल हो गई। बाहर की हवा में ठंडक थी, और नर्मी भी। शायद पहाड़ों में बारिश हुई होगी। हवा के स्पर्श से सुन्दरम् की मूँछें हल्की सी काँप गईं—मूँछें, जो किसी बूढ़ी चिड़िया के पंख की तरह थीं। अपनी कमीज़ की जेब से सुन्दरम् ने एक अधजली सिगरेट निकाली और पतलून की जेब से माचिस की डिबिया। एक हाथ से हवा के झोंके को रोककर वह जलती हुई लौ के स्थिर हो जाने का इन्तज़ार करते रहे। फिर सिगरेट का गहरा कश खींचकर सुन्दरम् बाहर देखने लगे। एक बूढ़ा होता हुआ, अकेला आदमी शाम को खिड़की के सामने खड़ा क्या सोचता है?

सुन्दरम् की खिड़की के बाहर दूर तक बैगनी रोशनी फैली हुई थी। थोड़ी देर के लिए उनको भ्रम हुआ कि शाम घरों पर नहीं उतर रही बल्कि हर घर स्याही उगल रहा है, हर छत ने अपने सिर पर कालिख उँडेल ली है। वहीं खड़े-खड़े वह इस पहेली को बूझने की कोशिश करते रहे। शाम घरों को निगल रही है कि घर शाम को उगल रहे हैं? वह किसी निश्चय पर नहीं पहुँच पाए। सुन्दरम् कुछ नहीं सोच रहे थे। उनके दिल में शाम के रंग घुल गए। अन्दर कहीं एक आईना था जिसमें शाम की छाया छलक आई थी। डूबते सूरज की रोशनी खिड़की के शीशे पर पड़ी तो सुन्दरम् को उसमें अपनी शक्ल साफ़ नज़र आने लगी। अधपके बाल, कुछ दबीज़ से होंठ जो बराबर सिगरेट पीने की वजह से नीले से पड़ गए थे, और बड़ी-बड़ी आँखें जिनमें उनकी थकन और ऊब छिप नहीं पाई थी। उनकी परछाईं अपनी अफ़सुर्दा आँखों से उन्हें देखती रही। मन में गाना कहीं दूर पर अब भी बज रहा था। लेकिन मरीचिका तक पहुँचने की कोशिश न करके सुन्दरम् फिर बाहर देखने लगे।

सुन्दरम् कुछ नहीं सोच रहे थे। अकसर वह ऐसा ही किया करते थे। अपनी खिड़की या दरवाज़े पर खड़े होकर वह ख़ामोशी को दिल में बस जाने देते थे। यूँ खड़े रहकर बाहर देखने से उनको सुकून मिलता था। आसपास के मकान, चलते-फिरते लोग और खेलते बच्चे देखकर उन्हें अच्छा लगता था। कुछ नहीं सोचना, चुपचाप खड़े रहना भी उनके लिए एक तरह का ऐश था, फ़िज़ूलख़र्ची। उसमें समय को दौलत की तरह बेहिसाब ख़र्च करने का मज़ा था। यह मज़ा उनकी नौकरीपेशा ज़िन्दगी में शाम को ही नसीब हो पाता था।

सुबह तड़के, बिस्तर से उठते ही, दफ़्तर जाने का ख़याल दिमाग़ में सबसे ऊपर रहता था। दफ़्तर और घर के बीच इतने बड़े शहर की दूरी...उसको पार करना ही एक भारी समस्या जान पड़ती थी। पहले वह बस से जाया करते थे। कभी खड़े रहकर; कभी सौभाग्य से बैठने की जगह मिल जाती थी। कुछ दिनों बाद दफ़्तर के एक साथी से उन्होंने उसका पुराना स्कूटर ख़रीद लिया। मरियल सा जानवर था वह स्कूटर पर दफ़्तर तक उन्हें पहुँचा देता था। उसके होने से वह घर आठ के बजाय साढ़े आठ पर छोड़ सकते थे। सड़क की गहमागहमी के बीच वह एक दृढ़ इरादे के

चींटे के समान धीमे-धीमे बढ़ते हुए निकल जाते थे। रास्ते भर धुएँ और शोर का सामना होता था। फिर दफ़्तर पहुँचकर वह फ़ाइलों में खो जाते—फ़ाइलों का समुद्र, जो बरसों से उमड़ता चला आ रहा था। एक मेज़ को हज़म करता हुआ दूसरी मेज़, फिर तीसरी मेज़। इन्हीं मेज़ों के बीच कहीं सुन्दरम् की मेज़ भी थी। इस मेज़ पर बैठकर सुन्दरम् और सिरों के बीच एक और सिर बन जाते थे। एक अंक। वह फ़ाइलों के समुद्र में डूब जाते थे। वह दस्तख़त बनाते चले जाते थे—पी. सुन्दरम्, पी. सुन्दरम्, पी. सुन्दरम्। दस्तख़त की लकीर तीस साल लम्बी हो चुकी थी। उसका नियम था आगे बढ़ना और उसकी प्रगति ने पीछे धकेल दिया था उस गाने को जो सुन्दरम् के मन में सालों से बज रहा था। पिंजरे से छूटना चाह रहा था।

दिन भर सुन्दरम् दफ़्तर के काम से जूझते रहते थे। और हर दिन उसके पहलेवाले दिन जैसा ही लगता था। रोज़ तारीख़ बदल जाती पर लगता था कि वही दिन है जो बार-बार घट रहा है। सुन्दरम् थक गए थे। अब उनका मन फ़ाइलों को देखने में ज़रा भी नहीं लगता था। अकसर वह उन पर सरसरी सी नज़र डालकर जल्दी से दस्तख़त कर देते थे। मन पर एक बोझ सा छा गया था। कभी-कभी, सोचने पर, सुन्दरम् को लगता था कि उनकी ज़िन्दगी यूँ ही, एकदम फ़िज़ूल के कामों में निकल गई। जैसे किसी मुसाफ़िर ने सफ़र तय करते-करते पीछे मुड़कर देखा हो और वहाँ सिर्फ़ रेगिस्तान नज़र आया हो। दूर तक बालू ही बालू। कहीं पानी का स्रोत नहीं। लेकिन शाम को, खिड़की पर खड़े हुए सुन्दरम् के ख़याल बदल जाते थे। बिना किसी ख़ास वजह के ही, वह अपने को हलका महसूस करने लगते थे। कुछ करना नहीं। वह दिमाग़ को एकदम ख़ाली छोड़ सकते थे। कुछ भी सोचने की ज़रूरत नहीं। इस वक़्त समय पिघलकर बैगनी हवा का तालाब बन जाता था। वह इस तालाब में डूबे रह सकते थे। हवा उनका बदन धीरे-धीरे सहलाती रहती थी; उनका ज़ंग खाया हुआ शरीर जिसमें बरसों से क़ैद गाना फव्वारा बनकर फूटना चाहता था, चमचमाते स्वर के रूप में आकाश में फैलने के लिए उत्सुक था।

खिड़की पर खड़े सुन्दरम् अपने पड़ोस का जायज़ा लेने लगे। उनका घर इस सड़क पर आख़िरी घर था। सालों पहले जब वह यहाँ किराएदार बनकर आए थे, तब इस मकान के आगे, सड़क के उस पार कोई घर नहीं था। दूर तक वीराना फैला हुआ था। रात को इस बियाबान पर लड़खड़ाती हवा उनमें एक अजीब सा डर पैदा कर देती थी। जाने कहाँ-कहाँ की आवाज़ें उनको उसमें सुनाई देने लगती थीं। फिर धीमे-धीमे करके वीराना बस गया। अब जिधर देखो हज़ारों मकान अलग-अलग रंग के कुकुरमुत्तों की तरह उग आए थे। गुलाबी, हरे और पीले घरों की तादाद बढ़ गई थी। हालाँकि ज़्यादातर मकान अब भी सफ़ेद थे। जहाँ दूसरी मंज़िल पर सुन्दरम् खड़े थे, वहाँ से उनको ऊँची-नीची छतें दिख रही थीं, कहीं खुली खिड़कियाँ, कहीं बन्द दरवाज़े। किसी छत पर कपड़े सूख रहे थे या अलगनी पर कबूतर क़तार बाँधे

बैठे थे, सफ़ेद, ख़ामोश बर्फ़ के टुकड़े। सामने, गुलाबी घर की बाल्कनी पर शर्मा और उनकी बीवी 'सिनेमा' देख रहे थे। बाल्कनी लम्बी और पतली होने की वजह से मियाँ–बीवी कुर्सी एक के पीछे एक लगाकर अकसर बैठे नीचे सड़क का तमाशा देखा करते थे। आज भी वे मौजूद थे। सुन्दरम् का मकान–मालिक कई सालों से उनको वहाँ से हटाना चाह रहा था। उसके मकान का नया किराया सुन्दरम् के बरायनाम किराए से कई गुना ज़्यादा होगा। बीच–बीच में सुन्दरम् इसके बारे में सोचकर परेशान हो जाते थे। पर इस वक़्त नहीं। इस वक़्त सारे मोहल्ले का संसार उनकी आँखों में उग आया था।

कहीं से गीली मिट्टी की ख़ुशबू आ रही थी—जैसी अचानक बौछार हो जाने से सूखी ज़मीन से उठती है। सुन्दरम् ने थोड़ा आगे को झुककर नीचे झाँका। बग़ल में, बाग़ची के छोटे से बग़ीचे में एक लड़की पेड़ों और घास को सींच रही थी। उसके हाथ में काले रबर की पतली सी नली का एक सिरा था। दूसरा सिरा दीवार में लगे नल से लगा हुआ था। लड़की के हाथवाले सिरे से पानी की हँसमुख धार निकलकर पौधों पर पड़ रही थी। लड़की ने पाइप के मुँह पर हाथ रख दिया तो पानी धनुष के आकार में उछलकर दूर, कोने में लगे रंगीन पत्तोंवाले पौधे पर पड़ने लगा। अगर दोपहर की धूप होती तो पानी में इन्द्रधनुष के रंग दिखते, सुन्दरम् ने सोचा। क्या यह लड़की बाग़ची परिवार की नई नौकरानी थी? हर आठ–दस महीने पर बाग़ची कलकत्ता से कोई लड़की या लड़का बुलवा लेते थे। उनको यहाँ के लोगों पर भरोसा नहीं था। वैसे नौकर कोई रखे ही क्यों? सुन्दरम् को यह प्रथा बड़ी शर्मनाक लगती थी। और फिर यह लड़की तो बिलकुल बच्ची थी। उसकी उम्र मुश्किल से दस–बारह साल की होगी। मली–दली लाल फ्रॉक पहने, उसके गले पर मैल की लकीर सुन्दरम् को यहाँ, ऊपर से भी, दिख रही थी। उसका पूरा ध्यान अपने काम पर था। कभी वह कोचिया के हरे फुटबालनुमा पौधे से होली खेलती, कभी बेले के फूल से लदी लतर को पानी के लिए तरसाती; फिर उसने घास पर पानी छिड़का तो उसमें से ताज़े तरबूज़ की ख़ुशबू उठी। शायद वह गुनगुना भी रही थी। उसके होंठ धीमे–धीमे चल रहे थे। सुन्दरम् को फिर अपना गाना याद आ गया। हाय, वह गाना। उनके दिल में एक कसक चुभी। तभी लड़की ने उनको ऊपर खड़ा देखा तो वह मुस्कुरा दी। उसके साँवले चेहरे पर सफ़ेद दाँत चमक उठे। पल भर के लिए सुन्दरम् ने ईर्ष्या महसूस की। फिर वह अपने ऊपर ही खीझ गए। यह छोटी लड़की, अपने घर से अलग, इतनी सी उम्र में काम करने पर मजबूर; यह भी क्या ईर्ष्या की पात्र हो सकती थी? तभी घर के अन्दर से किसी ने उसको पुकारा तो वह पाइप को घास पर रखकर अन्दर भाग गई।

कुछ देर तक सुन्दरम् अनिश्चित से खड़े रहे। उन्होंने तय करना चाहा कि पार्क तक घूम आएँ या नहीं। अभी वहाँ बूढ़ों का जमघट होगा। घास पर गोलाई में बैठकर

वह अपनी बीमारियों की बातें करेंगे या अपने बच्चों की। सुन्दरम् को उनसे मिलकर घबराहट होने लगती थी। उनको लगता था दो-एक साल में उनका भी वही हाल होगा। सुन्दरम् ने शादी नहीं की। किसी ख़ास वजह से नहीं। बस, संयोग नहीं हुआ। अब इसके बारे में सोचकर उनको कभी-कभी अफ़सोस होता था। कोई बोलनेवाला तो होता। उनको ऐसी घुटन भी नहीं होती। पर इन बातों को सोचने से क्या फ़ायदा? और फिर अकेले रहने का भी तो अच्छा पहलू था।

थोड़ी देर तक निश्चय टालते रहने के बाद सुन्दरम् बाहर निकल आए। सड़क शान्त थी। एकाध बच्चों के अलावा कोई दिखाई नहीं दे रहा था। लाल ईंट के टुकड़े से बच्चों ने सड़क के एक तरफ़ लकीरें खींच दी थीं और उनमें वह 'इक्खट दुक्खट' खेल रहे थे। सुन्दरम् बिना उनकी तरफ़ ध्यान दिए आगे बढ़ गए। वह पार्क की दिशा में चले जा रहे थे जब दूर से शास्त्री आते हुए दिखे। तेल से चिपके हुए बाल और किनारेदार धोती और कुर्ता पहने वह धीमे-धीमे इसी तरफ़ आ रहे थे। उनकी चाल से नहीं लगता था कि वह किसी ख़ास जगह जा रहे हैं। बहकती हुई, अनिश्चित सी चाल थी, जैसे कि उन्होंने अपने को हवा के झोंके के हवाले छोड़ दिया हो; वह जिधर भी बहा ले जाए।

सुन्दरम् के क़दम एकदम से ठिठक गए। क्या वह जल्दी से बग़लवाली पतली सड़क पर मुड़ जाएँ? सुन्दरम् को देखते ही शास्त्री कहेंगे, 'अरे सुन्दरम्‌जी, आप तो दिखते ही नहीं! कहाँ छुपे रहते हैं?' फिर वह बातें करने लगेंगे, इधर-उधर की, और आधे घंटे से पहले जान नहीं छूटेगी। सुन्दरम् शास्त्री को सामने पाकर अपने आप में और सिमट जाते थे। दूसरे ही पल सुन्दरम् को अपने ख़यालों पर शर्मिंदगी होने लगी। अपने ही पड़ोसियों से इस तरह कतराना क्या अच्छी बात है? इस तरह से तो उनके मिलनेवालों का दायरा सिकुड़ता चला जाएगा। उनको लगा एक सुरंग है जिसके अन्दर वह घुसते चले जा रहे हैं, अकेले। अब शास्त्री एकदम क़रीब आ गए थे पर सुन्दरम् की संदिग्ध सी मुस्कुराहट के जवाब में उन्होंने सिर्फ़ कहा, 'नमस्कार! कैसे हैं?' फिर वह आगे बढ़ गए।

शास्त्री के ऐसे अजनबी व्यवहार के बारे में सोचते हुए सुन्दरम् काफ़ी आगे निकल गए। ऐसा तो हो नहीं सकता कि शास्त्री को पता चल गया हो कि सुन्दरम् उनके बारे में क्या सोचते थे, कि वह उनसे मिलने से घबराते थे। वह शायद जल्दी में रहे होंगे। लेकिन उनकी चाल से तो ऐसा नहीं लगता था... ? फिर क्या बात हो सकती थी? इस गुत्थी को, जो एकदम से उनके दिमाग़ में बन गई थी, सुन्दरम् सुलझाने की देर तक कोशिश करते रहे। उन्होंने ध्यान नहीं दिया कि पार्क काफ़ी पीछे छूट चुका था और अब वह सड़क की पतली सी शाखा पर, दूसरी ही दिशा में चले जा रहे थे। इस सड़क के किनारे, फूस की छतवाली ढेर सारी झुग्गियाँ एकदम से उग आईं—लगभग एक-दूसरे से सटी हुईं। कुछ के दर पर पुरानी साड़ी के बने

पर्दे लटक रहे थे। धूल में एकाध नंगे बच्चे खेलते दिखे। पास में ही, चाय की दुकान के बाहर, लकड़ी की बेंचों पर कुछ लोग बैठे बातचीत में लीन थे। चाय की दुकान से ज़रा और आगे बढ़कर, बबूल के पेड़ के नीचे, साइकिल की छोटी सी दुकान थी। उसको दुकान भी क्या कहा जा सकता था क्योंकि वहाँ कोई कमरा या कोठरी नहीं थी जिसमें दुकान खुली हो। सिर्फ़ बबूल की एक नीची सी डाल पर साइकिल के कुछ पुराने टायर टँगे थे। पेड़ के तने के पास, एक चौड़े से तसले में दो-एक ट्यूब पानी में डूबे रखे थे। साइकिल का पम्प भी वहाँ मौजूद था। दुकानदार एक तरफ़ अकेला बैठा बीड़ी पी रहा था। उसकी झुग्गी थोड़ी दूरी पर दिखाई दे रही थी।

पतली-सी सड़क पर धीमी चाल से टहलते हुए सुन्दरम् के कान एकदम से खड़े हो गए। कहीं से गाने की आवाज़ आ रही थी। वह बिलकुल खुली हुई आवाज़ थी, कहीं कोई रुकावट, कोई झिझक नहीं। ऊँचे सप्तक पर जाकर वह हलका सा काँप जाती थी, फिर नीचे बड़ी आसानी से उतर आती, जैसे सीढ़ियों पर से कोई दौड़ता हुआ उतर रहा हो। गाना सुन्दरम् का पहचाना हुआ फ़िल्मी गीत था, पर गाने के मुक्त ढंग में वह एकदम नया मालूम दे रहा था, जैसा कि सुन्दरम् ने पहले नहीं सुना था। उन्होंने बेचैन होकर चारों तरफ़ नज़र दौड़ाई पर फ़ौरन कोई दिखाई नहीं पड़ा। फिर, उसी सड़क पर थोड़ी दूर, सुन्दरम् की नज़र एक दस-ग्यारह साल के लड़के पर पड़ी। वह बड़ी फुर्ती से दौड़ता, अपने आगे साइकिल के रिम को नचाता हुआ चला आ रहा था। उसके मुँह से गाना लहरों में बहता सुन्दरम् के कानों तक पहुँच रहा था। लड़के के गले से गाना उसी सरलता से निकलता मालूम पड़ा जिस सरलता से भागता हुआ रिम आगे नाच रहा था। उसमें मिठास थी और एक तरह की चमक। गति भी, जैसे उस पर आगे बढ़ते चले जाने का जुनून सवार हो।

उसको सुनकर सुन्दरम् के दिल में अजीब तरह की हसरत जाग गई और साथ ही, एक मचलता हुआ आनन्द। उनको लगा ज़िन्दगी की सारी हलचल उस गाने में इकट्ठा हो गई है। वह मुग्ध होकर वहीं खड़े रहे। लड़का दौड़ता हुआ आया और साइकिल के दुकानदार की झुग्गी के अन्दर चला गया। शायद उसका लड़का होगा। सुन्दरम् वापस घूम गए। उनको लगा वह गाना कभी नहीं गाएँगे। गाना तो ऐसी कला है जो वह बहुत पहले भूल गए। अब तो वह शाम ढले, अपनी खिड़की पर खड़े होकर सिर्फ़ सपने देख सकते हैं।

हनीमून

'अरे, देखो!' बस की पीछेवाली सीट पर बैठी औरत ने बग़ल में बैठे आदमी की पसलियों में कोहनी गड़ाकर कहा। 'देखो, बर्फ़ की चोटियाँ अभी से दिखने लगीं।'

आदमी ऊँघ रहा था। उसकी ऐनक नाक पर आगे खिसक आई थी और घुटनों पर फैली पत्रिका के पन्ने हवा में फड़फड़ा रहे थे। आदमी ने थोड़ी कोशिश करने के बाद आँखें खोलीं और खिड़की के बाहर, जहाँ औरत ने अभी इशारा किया था, एक सरसरी सी नज़र डाली। सचमुच, दूर पर बर्फ़ के पहाड़ नीले आकाश में से उग आए थे, जैसे किसी सुन्दर से दृश्य का पिक्चर पोस्टकार्ड हो। पहाड़ के गोल-गोल नाचते हुए रास्ते पर बस धीरे-धीरे चढ़ रही थी। नीचे सँकरा सा खड्ड था, जिसमें काफल की झाड़ियाँ ज़मीन पर गिरे चीड़ के सुनहरे तिनकों पर लुढ़की हुई दिखती थीं। नीचे देखने से आदमी को चक्कर आने लगा और उसने फिर से आँखें मूँद लीं। 'देखो, यहीं पहुँचकर तुम मुझको बर्फ़ दिखाने लगते थे और पहाड़ के बारे में कितनी कहानियाँ तुम्हारे पास रहती थीं!' औरत ने बड़े जोश में फिर से कहा। ढली हुई उम्र, दुबला-पतला बदन, उसकी चंचल आँखों और साँवले रंग में अभी आकर्षण बाक़ी था। आदमी ने बिना आँखें खोले कहा, 'ममम...!'

औरत को आदमी पर खीझ आने लगी। उसको मालूम था कि आदमी यहाँ आकर भी वही करेगा। दिन भर अपना बदरंग सा ड्रेसिंग गाउन पहने आदमी पीछेवाले बरामदे में कुर्सी डालकर बैठा रहता था। उसके सामने मेज़ पर रंगीन तस्वीरोंवाली पत्रिकाओं का ढेर रहता था जिनके पन्ने वह अनमने ढंग से बैठे-बैठे पलटा करता। उसके चेहरे पर किसी भी तरह की उत्सुकता के निशान तभी दिखाई देते जब दूर से, अपनी साइकिल पर सवार 'मैगज़ीनवाले पंडितजी' नज़र आते। तब आदमी, जो आरामकुर्सी पर लेटा सा रहता था, उठकर सीधा बैठ जाता और पंडितजी का इन्तज़ार करने लगता, जैसे कि उनके आते ही उसने 'नमस्ते पंडितजी!'

की हाँक न लगाई तो पंडितजी रूठकर लौट जाएँगे। फिर पंडितजी अपने झोले में से रंगीन पत्रिकाएँ निकालने लगते और आदमी उनको आँखें फाड़कर देखता रहता जैसे कि उनका झोला नहीं, कोई जादू का पिटारा हो। पूरे वक़्त पंडितजी बातें करते रहते थे—राजनीति की, सद्दाम हुसैन की बेमिसाल फ़ौजों की, तूफ़ान में बिजली के खम्भे के नीचे दबे बच्चे की, महँगाई की—और आदमी उनका चेहरा कौतूहल से देखता रहता। जब पुरानी पत्रिकाएँ लौटाकर नई पत्रिकाएँ लेने का क्रम पूरा हो जाता और पंडितजी की साइकिल गेट से बाहर निकल जाती तो आदमी फिर से आरामकुर्सी पर लेट जाता, जैसे कि उसे दुनिया की किसी और चीज़ से मतलब ही न हो।

औरत को आदमी का यह बरताव बिलकुल पसन्द नहीं था। उसमें उसको अपना अपमान महसूस होता था। पहले वह सोचा करती थी कि जब आदमी नौकरी से रिटायर कर जाएगा, तो उसे अच्छा लगेगा। सुबह को बेटे-बहू अपने-अपने काम से निकल जाते और जब आदमी भी दफ़्तर चला जाता तो वह अकेली रह जाती थी। घर पर खाने-पीने, रहने का इन्तज़ाम करने के बाद वह बहुत ख़ाली-ख़ाली महसूस करने लगती थी। तब वह फ़ोटो एल्बम निकालकर पुरानी तस्वीरें देखा करती। ज़्यादातर तस्वीरें पहाड़ों में खिंची हुई थीं। पहाड़ों का आदमी और औरत दोनों को ही बहुत शौक़ था। जवानी में वे हर गर्मी में पहाड़ जाया करते थे। पहाड़ों के ऊँचे-नीचे रास्ते, चीड़ के पेड़ और पहाड़ी हवा की ताज़गी को सूँघकर उनके दिल में ख़ुशी की लहर दौड़ जाती थी।

शादी के बाद हनीमून मनाने के लिए भी वे पहाड़ ही गए थे। तब कितना रोमैंटिक लगता था सबकुछ। पुराने दिनों के बारे में सोचकर वह काफ़ी देर के लिए खो सी जाती थी। फिर जब वह अपने ख़यालों की दुनिया से बाहर आती तो उसको अपनी ज़िन्दगी के आनेवाले दिनों में कोई रंग नहीं दिखता। वह दिन ख़ाली कमरों की तरह लगते, क़तार-दर-क़तार। उनके ख़ालीपन को भरने के लिए उसको आदमी से अभी थोड़ी उम्मीदें बाक़ी थीं। हालाँकि सालों के बीतने के साथ-साथ वह जैसे अपने आप में सिमटता चला गया था; यहाँ तक कि उसको पहाड़ों में भी दिलचस्पी नहीं बची थी। इतने साल काम करने की थकान है, औरत सोचती। आदमी रिटायर होकर आराम करेगा तो ठीक हो जाएगा। लेकिन अब उसको रिटायर हुए भी दो साल हो गए थे पर उसमें ज़रा भी फ़र्क़ नहीं आया था, बल्कि वह और घुन्ना हो गया था।

आदमी को रोज़ बरामदे में बैठे ऊँघते हुए देखकर बेटे-बहू भी परेशान होने लगते थे। 'डैडी ऊब रहे हैं,' वे कहते। 'उनको घबराहट हो रही है। आप दोनों कुछ दिनों के लिए पहाड़ क्यों नहीं घूम आते? वहाँ के खुले माहौल में डैडी की तबियत हरी हो जाएगी।'

और वाक़ई, आदमी के पिचके हुए गाल और संजीदा आँखें देखकर औरत को भी लगने लगता कि वह कोई बिना पंख का पंछी है ज़ो नीले आसमान और खुली हवा के लिए छटपटा रहा है। एक ज़माना था जब उन्होंने सोचा था पहाड़ों में घर बनाएँगे, शहरी ज़िन्दगी की हड़कम्प और परेशानियों से मुक्त। तब उनको लगता था कि दूर-दूर तक दिखते हुए पेड़ों से ढँके पहाड़ और उनको सहलाती हुई हवाओं के अलावा उनको ज़िन्दगी में कुछ नहीं चाहिए। लेकिन वे दिन ख़त्म हो गए और सालों से वे पहाड़ क्या, इस शहर से बाहर कहीं भी नहीं गए।

शुरू में आदमी ने बरामदे में अपनी नियमित जगह छोड़कर बाहर जाने से इनकार कर दिया। 'मैं यहाँ बिलकुल सन्तुष्ट हूँ,' उसने कहा। 'यह तुम लोगों की ग़लतफ़हमी है कि मैं घबरा रहा हूँ।'

किसी के कहने का कोई असर नहीं हुआ, वह अपनी बात से टस से मस न हुआ। वह इस उबाऊ दिनचर्या का आदी हो चुका था। आरामकुर्सी, पत्रिकाएँ, पंडितजी का इन्तज़ार—सब उसके लिए एक पहचानी हुई दुनिया का दायरा नापते थे और उसको डर था कि उनके बिना, चाहे कुछ ही दिनों के लिए सही, वह एकदम बेसहारा हो जाएगा। फिर एक दिन, जब सबने हारकर उससे कहीं भी जाने का ज़िक्र करना ही छोड़ दिया, वह एकदम से राज़ी हो गया। बल्कि थोड़ा उत्साह भी उसके चेहरे पर खिलता सा नज़र आया। उसको अपने इस अचानक के निश्चय पर औरों से कम ताज्जुब नहीं हुआ।

बस में बैठी औरत ने एक बार निराश होकर आदमी को देखा। आख़िर वह उत्साह कितने दिन चल सकता था, उसने सोचा। आदमी अब अपनी सीट पर सीधा बैठ गया था। उसने पढ़नेवाला चश्मा उतारकर जेब में रख लिया था और दूर का चश्मा निकालकर रूमाल से बड़ी हिफ़ाज़त के साथ उसे पोंछ रहा था। फिर चश्मा पहनकर उसने खिड़की के बाहर देखा। बस रानीखेत पहुँच चुकी थी और ड्राइवर ने एक बार एक्सिलरेटर पर पैर ज़ोर से दबाने के बाद बस रोक दी। बासी पेट्रोल का एक भभका खिड़की के अन्दर घुस आया और पल भर के लिए औरत को लगा कि उसे मतली आ जाएगी।

बाहर बिलकुल साफ़, उजला दिन था; चाँदी सा चमकता हुआ। दो-चार पहाड़ी बच्चे मैले कपड़े पहने, हाथ में पत्ती के चालाकी से बनाए दोनों में काफल बेचते हुए बस के अन्दर घुस आए। उनमें से एक गरम-गरम पकौड़ी बेच रहा था। कड़वे तेल और अजवाइन की बू औरत की नाक में आई तो उसको एकदम से ख़याल आया कि वह काफ़ी थकी हुई और भूखी है। आदमी उठकर उनके सिर के ऊपर बने हुए रैक पर से अपना सामान उतार रहा था। उसकी नाक में शायद कोई ख़ुशबू नहीं जा रही थी। वैसे भी, खाने के नियमित समय के अलावा उसका ध्यान खाने की तरफ़ कम ही जाता था।

बस के बाहर निकलकर आदमी ने इशारे से एक कुली को बुलाया और बिस्तरबन्द उसको पकड़ाते हुए उससे 'रोज़माउंट होटल' चलने को कहा। औरत की तरफ़ एक नज़र डालकर वह कुली के पीछे चुपचाप चलने लगा। भारी सा बिस्तरबन्द कन्धे पर होने के बावजूद कुली तेज़ क़दम बढ़ाकर आगे-आगे चला जा रहा था, एक हाथ से सामान को सहारा दिए हुए। वह बिलकुल जवान सा छोकरा था; उसकी उम्र मुश्किल से सत्रह या अठारह साल रही होगी। सूरज की रोशनी में उसकी खुली बाँह की गेहुआँ खाल चमक रही थी। आदमी लड़के के साथ-साथ चलने की कोशिश कर रहा था। साड़ी और सैंडल पहने औरत उनके साथ रहने की कोशिश में हाँफ रही थी और आदमी पर खीझ रही थी। उसकी आगे भागने की आदत से वह हमेशा से चिढ़ती थी। उसके साथ क्यों नहीं चल सकता था वह?

लेकिन फिर 'रोज़माउंट होटल' के बारे में सोचकर वह सिहर उठी। जब वे हनीमून के लिए पहाड़ आए थे तो इसी होटल में ठहरे थे। छोटे से शहर से थोड़ा हटकर, होटल चीड़ और देवदार के पेड़ों से घिरी हुई पहाड़ी के ऊपर था। तब यह रास्ता इतना लम्बा और सँकरा नहीं मालूम देता था; उसने एड़ियों के दर्द को नज़रअन्दाज़ करते हुए सोचा। ऊपर पहुँचकर वह भूल जाएगी कि यहाँ चढ़ने में इतनी मेहनत लगी थी; दूसरे ही पल उसका मन हलका हो गया। पहले जब जंगली गुलाब की लतर से छाई हुई लकड़ी की इमारत और टीन की नीचे को ढली हुई लाल छत दिखाई पड़ती थी तो उसके जी में आता था कि इस सुन्दर जगह को छोड़कर कभी न जाए, ज़िन्दगी वहीं काट दे।

रात को देर तक वे लेटे छत पर पानी की टप-टप सुनते रहते थे। रात की ख़ामोशी में बात करने की कोई ज़रूरत नहीं महसूस होती थी। सन्नाटे का अपना संगीत होता था जिसको सुनकर वह तृप्त हो जाते थे। खिड़की के बाहर चीड़ के पेड़ों में से हवा साँय-साँय करके बहती तो औरत को वहम होता कि बाहर समुद्र है, अनन्त और गहरा। समुद्र में तूफ़ान आ रहा है और एक बड़े से लकड़ी के जहाज़ पर वे किसी अनजानी मंज़िल की तरफ़ बढ़े जा रहे हैं। वह बग़ल में लेटे आदमी को देखती और उसकी मज़बूत बाँहों, उसके गठे हुए शरीर को उसकी निगाह देर तक सहलाती रहती। उसके पास लेटकर वह अपने को सुरक्षित सा महसूस करने लगती।

पहली नज़र में यह कमरा हूबहू उस पुराने कमरे की तरह लगा जो उनको इतने सालों बाद भी याद था। शायद इस होटल के कमरे सब एक ही डिज़ाइन के होंगे। लम्बा सा कमरा था, एक तरफ़ पुराने ढंग का भारी सा पलँग, पलँग से सटी उसी गहरे रंग की लकड़ी से तराशी हुई सिंगारमेज़, उसके सामने तिपाई और कमरे के सामनेवाले सिरे पर बड़ी सी खिड़की जिसके शीशे वक़्त और धूल के हमले से पीले पड़ गए थे। दो-तीन आरामकुर्सियाँ एक तरफ़ रखी थीं और बीच में मेज़ जिस पर रखी पत्रिका का कवर फट चुका था। सभी चीज़ों पर धूल की तह जम गई थी, मानो

इतने सालों में, तब से अब तक के फ़ासले में कोई इस कमरे में आया ही न हो और वह सिर्फ़ इन्हीं लोगों का इन्तज़ार कर रहा हो। हालाँकि यह कमरा तो दूसरा है, औरत ने चौंककर सोचा।

सिंगारमेज़ में जड़े आईने के सामने वह जाकर खड़ी हुई तो थोड़ी देर के लिए उसको अपनी शक्ल अजनबी सी लगी। धूल और धब्बों के पीछे से धुँधला सा चेहरा झाँक रहा था, थकान से मुरझाया, बालों की सफ़ेद होती हुई लट माथे पर खिसक आई थी। उसने याद करना चाहा कि इतने सालों पहले जब वे यहाँ आए थे वह कैसी लगती थी, पर आईने ने कोई दूसरी, जवान तस्वीर उसके सामने पेश नहीं की। कभी वह आदमी से पूछा करती थी, 'मैं कैसी लगती हूँ?'

तब आदमी दो-चार क़दम पीछे हटकर, तिरछी आँखों से उसे निहारता, जैसे किसी चित्र को देख रहा हो, फिर मुस्कुराकर कहता, 'बुरी तो नहीं!'

लेकिन उसकी आँखों से छलकते प्रेम के आगे उसे अपने रूप की और सराहना की ज़रूरत नहीं महसूस होती। अब उसकी आँखें उसे कुछ नहीं बताती हैं, औरत ने अफ़सोस के साथ सोचा। वह उसके बारे में क्या सोचता है? और ख़ुद ही वह उसको कितना बताती है? इतने साल साथ रहने के बाद जैसे बताने के लिए कुछ बाक़ी ही नहीं रह गया है।

उसने पीछे मुड़कर देखा। आदमी खिड़की के सामने खड़ा था। नीचे चमचमाती हुई पहाड़ी दूर तक फैली हुई थी। छतों पर, पेड़ों और सड़कों पर धूप इस तरह पड़ रही थी मानो किसी ने उन पर अबरक छिड़क दिया हो। वह जाकर आदमी के पास चुपचाप खड़ी हो गई।

कुछ देर के बाद आदमी ने बहुत धीमे से कहा, 'याद है, कमरे की खिड़की के बाहर सफ़ेद फूलोंवाला बड़ा सा पेड़ था...पेड़ को छूते ही उसमें से फूल झड़ने लगते थे...गोल पंखड़ियोंवाले सफ़ेद फूल....'

कोशिश करने पर औरत को भी वह पेड़ याद आया, जैसे गहरी नींद में देखा हुआ कोई स्वप्न हो।

'हाँ...' औरत ने आदमी के और पास सरककर कहा। वह फिर बोली, 'और याद है जब पूरे सात दिनों तक मूसलाधार पानी बरसता रहा था और हम कमरे में क़ैद हो गए थे? तब तो वह कमरा इतना अच्छा नहीं लगा था!'

'अरे हाँ...' आदमी कुछ याद करके मुस्कुराया। 'उन्हीं दिनों तो था कि आनसिंह ने पानी देने से इनकार कर दिया था। जब पूछो कि आनसिंह क्या थोड़ा पानी मिल सकता है, तो वह कहता था, 'नहीं शाब, पानी नहीं है। पानी तो नहीं है।' और खिड़की के बाहर पानी ही पानी!'

आदमी आनसिंह को याद करके हँसने लगा। उसके चेहरे पर छाई घटा छँट गई और बाहर पहाड़ी पर खिली हुई धूप जैसे उस पर भी सरक आई। औरत ने कहा,

'जब सात दिन बाद धूप निकली थी तो हम घूमने गए थे, वहाँ जहाँ चीड़ के सबसे ऊँचे पेड़ हैं...याद है पहाड़ी पर वह सुन्दर लिली का पौधा? हम ऊपर चढ़कर उसे खोद लाए थे कि घर लौटकर अपने बग़ीचे में लगाएँगे।'

'लेकिन पहाड़ों पर से घाटी में उतरते के साथ ही वह पौधा मुरझा गया था...' आदमी की आवाज़ से उदासी चूने लगी।

'हाँ, मगर बारिश से धुल जाने के बाद आसमान एकदम साफ़ हो गया था और रात को तारे कितने नीचे लटक आए थे; चमकते हुए सितारों के गुच्छे! लगता था कमरे के अन्दर घुस आएँगे। तभी तुमने मुझे सप्तऋषि दिखाए थे...'

थोड़ी देर तक आदमी और औरत खिड़की के पास खड़े बाहर देखते रहे जैसे कि उनकी आँखों के सामने चमकती हुई पहाड़ी नहीं, दूर-दूर तक फैला हुआ उनका अतीत हो जिसको वह हाथ बढ़ाएँ तो छू सकेंगे। सफ़ेद फूलोंवाला पेड़ खिड़की के बाहर नहीं, उनके अन्दर कहीं उग रहा था और उसके धीरे-धीरे झड़ते फूलों को वे देख रहे थे।

किसी औरत की हँसी के ऊँचे से स्वर ने उन्हें चौंका दिया। दोनों की नज़र एकसाथ ही आवाज़ की दिशा में उठ गई। बग़ल के कमरे की खिड़की पर एक नौजवान जोड़ी खड़ी थी। लड़की हरे रंग का कुर्ता पहने थी और उसके कटे हुए बाल कन्धों पर झूल रहे थे। उसकी उम्र बाईस वर्ष से ज़्यादा नहीं लगती थी। युवक ने एक बाँह उसके कन्धों पर लापरवाही से डाल दी थी और दूसरे हाथ से इशारा करके वह पहाड़ी पर उसे कुछ दिखा रहा था। लड़की फिर से खिलखिलाकर हँस पड़ी। शायद वे लोग भी कमरे में आज ही आए थे। जब वे होटल पहुँचे थे तो मैनेजर ने बताया था कि यह होटल का आख़िरी ख़ाली कमरा है। कल तक उनके बग़लवाला कमरा ख़ाली था पर आज सुबह उसमें नए लोग आ गए हैं। अपना हनीमून मनाने यहाँ आए होंगे, औरत के दिमाग़ में उड़ता सा ख़याल आया। वह खिड़की के सामने से हट गई।

दोपहर को खाने के वक़्त जब वे डाइनिंग हॉल में पहुँचे तो वह ख़ाली पड़ा हुआ था। शायद देर हो जाने की वजह से होटल के और रहनेवाले खाकर जा चुके थे। या शायद दिन के उजलेपन को देखते हुए वे घूमने चले गए थे। लेकिन दोबारा देखने पर उनको कमरे के पीछेवाले कोने में, बाँस की आड़ में पड़ोस के कमरे की लड़की और लड़का नज़र आ गए। वे आमने-सामने नहीं बल्कि एक ही सीट पर सटे हुए बैठे थे। वे बातों में इतने लीन थे कि जब औरत ने बैठने के लिए कुर्सी आवाज़ करते हुए बाहर खींची, तो भी उन्होंने सिर उठाकर नहीं देखा।

औरत और आदमी उन लोगों से थोड़ी दूरी पर बैठ गए। सफ़ेद मेज़पोश से ढँकी लम्बी मेज़ें काफ़ी दूर तक चली गई थीं। किसी-किसी मेज़ पर लाल गुलाब सजे हुए थे। आदमी और औरत की मेज़ पर भी गुलाब थे जिनकी भीनी सी सुगन्ध

उनकी नाक में आ रही थी। थोड़ी देर बाद वेटर ने आकर बताया कि देर हो जाने की वजह से मटन-करी तो ख़त्म हो गई है लेकिन उनको मटर-पनीर और दमआलू मिल सकता है। इस बार 'सीज़न' बहुत 'बिज़ी' चल रहा है, वेटर ने कहा। और इस साल मौसम भी अच्छा है। पिछले साल तो अब तक पानी बरसने लगा था। वेटर काफ़ी बातूनी मालूम होता था।

औरत ने आदमी की प्लेट में खाना परोसा तो उसको वे दिन याद आए जब वे 'पंजाबी ढाबे' में खाना खाने जाया करते थे। पहाड़ की नोक पर बना हुआ ढाबा उनकी सबसे प्रिय खाने की जगह थी। ढाबे के खुले दरवाज़े के सामने बैठकर लगता था वे सारी दुनिया से अलग कहीं आकाश में बैठे हुए हैं। आदमी कभी-कभी उसको अपने हाथ से खाना खिलाने लगता था पर औरत को शक होता कि सब उन्हीं को देख रहे हैं और वह उसे मना कर देती। आज उस ढाबे के बारे में सोचकर उसे झुँझलाहट ही हुई। अपना और आदमी का व्यवहार कुछ बेमतलब सा जान पड़ा। गुलाबी रंग के काग़ज़ पर छपा 'पंजाबी ढाबे' का 'मीनू' एक बार वे यादगार के तौर पर ले आए थे। औरत ने सम्हालकर उसे किसी किताब के पन्ने में रख दिया था जहाँ वह शायद अब भी होगा। घर वापस पहुँचकर उसे ढूँढ़ेगी, उसने इरादा किया।

वापस जाने में देर नहीं है, एक सुबह औरत ने उठकर सोचा। उनको यहाँ आए आज पाँचवाँ दिन था, उसको सोचकर ताज्जुब हुआ। रातें काफ़ी ठंडी होती थीं और सुबह जब वे उठते थे तो बाहर खिड़की के शीशे पर और सामने चीड़ के तिनकों पर ओस की बूँदें लटकती हुई मिलती थीं।

'जैसे ख़ुशी के पल,' आदमी ने उस सुबह उठकर, खिड़की के बाहर देखते हुए कहा। 'वैसे ही सुन्दर, अपने आप में सम्पूर्ण।' कभी-कभी आदमी कविता के मूड में आ जाता था। आज उसने बहुत सालों बाद फिर से कविताएँ सुनाना शुरू किया और बहुत देर तक सुनाता चला गया—कुछ याद की हुई कविताएँ, कुछ अपने दिल से गढ़ के। पुराने दिनों में वह उसकी कविता कहने की आदत पर फ़िदा हो जाती थी। फिर, जब उनकी शादी को कई साल हो गए, वह उसकी कविताओं से ऊबने लगी, जैसे कि वह कोई पहचाना हुआ दृश्य हो जिस पर उसकी नज़र लगातार पड़ते-पड़ते थक गई हो। तब वह उससे चुप रहने को कहती। उसको ज़मीन पर चलने की इच्छा होती। 'सचमुच की दुनिया में रहो,' वह उससे कहती। 'आसमान चिड़ियों के लिए है।'

आदमी ने कविता कहना बन्द कर दिया। शायद उसके कहने की वजह से, या हो सकता है रोज़-रोज़ कामों के सिलसिले में उसे समय ही न मिलता हो। पर आज, इतने सालों बाद औरत को उसकी पुरानी आदत फिर से अच्छी लग रही थी।

कुछ दिन वहाँ रह जाने के बाद आदमी के चेहरे से थकान की लकीरें मिट गई थीं और आँखों में कोमल सी चमक आ गई थी जो औरत को शाम की धूप की तरह

नर्म और मीठी लग रही थी। औरत ने चाय के प्याले पर हाथ गरम करते हुए आदमी से कहा, 'चलो आज ऊँचीवाली पहाड़ी पर चढ़ें, जहाँ तिब्बती लोग रहते हैं।'

आदमी ने फटी कवरवाली पत्रिका मेज़ पर से उठाई थी लेकिन शायद आज उसको पढ़ने में दिलचस्पी नहीं थी। चाय का घूँट लेते हुए, उसने कुछ सोचकर कहा, 'क्या हम वहाँ चढ़ पाएँगे ? वह पहाड़ी तो सबसे ऊँची है। याद नहीं है पहले भी हम वहाँ चढ़ते-चढ़ते थक जाते थे ?'

'हाँ, पर क्या हुआ ? हम धीमे-धीमे, रुक-रुककर चढ़ेंगे। सारा दिन पड़ा है। कहीं पहुँचने की जल्दी है क्या ? खाना भी बाँधकर साथ लेते चलेंगे।'

'चलो, ठीक है,' आदमी का उत्साह कुछ बढ़ा। 'घास पर पिकनिक करना अच्छा रहेगा।' फिर, ज़रा शरारत से मुस्कुराकर, 'लंचियन ऑन द ग्रास !'

रसोई में कहकर उन्होंने पूरी, सब्ज़ी, खीर वग़ैरह बँधवा लिया और कुछ ही देर में निकल पड़े। आज इतनी ऊँची पहाड़ी पर चढ़ना था; उसके लिए जल्दी निकलना ही उन्होंने ठीक समझा। औरत ने सैंडल के बदले में आरामदेह कपड़े के जूते पहन लिए थे जिससे चलने में तकलीफ़ न हो। आदमी ने जीन्स और नर्म ऊन का मैरून रंग का स्वेटर पहन लिया। हाथ में खाने की टोकरी और कन्धे पर चाय का थरगस लटकाकर वह बड़ी चुस्ती से चल रहा था। अगर उसके बाल एकदम सफ़ेद न होते तो पूरा यक़ीन हो जाता कि उसकी उम्र पैंतालीस से ज़्यादा नहीं है। मगर फिर भी वे थक जाते थे। तब सड़क के किनारे बनी पुलिया पर बैठकर वे सुस्ता लेते थे। इस तरह साथ निकलकर घूमने में मज़ा आ रहा था। लग रहा था जैसे कि वह कोई मना किया हुआ काम कर रहे हों, हालाँकि उनको मना करनेवाला अब कोई नहीं था। बीच-बीच में वह एक-दूसरे को देखकर मुस्कुराने लगते थे। एक बार सड़क के किनारे लगी झाड़ियों में औरत घुस गई तो आदमी ने कहा, 'अरे, वहाँ कहाँ जा रही हो ? वहाँ तो काँटे ही काँटे हैं।'

'नहीं, झाड़ियों के नीचे जंगली स्ट्रॉबेरी है। यह देखो !' औरत ने ख़ुश होकर लाल-लाल फल दिखाए।

पहाड़ पर चढ़ने में उनको ढाई-तीन घंटे लग गए। लेकिन ऊपर पहुँचकर उनको लगा कि यहाँ आने का निश्चय सही था। खाना खाकर धूप सेंकना बहुत अच्छा लगा। घास में छोटे-छोटे फूल निकल आए थे। कुछ दूरी पर तिब्बती बच्चों का एक झुंड खेल में मगन था। औरत को तिरछी आँखों और गुलाबी गालोंवाले तिब्बती बच्चे बहुत प्यारे लगते थे। उसने हाथ के इशारे से एक को पास बुलाया। वह थोड़ा पास खिसक आया, फिर शर्माकर दूर भाग गया। आदमी आँखें बन्द किए घास पर लेटा था। क्या औरत का वहम था या सचमुच उसके चेहरे पर से थकान और मायूसी की शिकनें मिट गई थीं और वह गहरे तालाब की तरह शान्त लग रहा था ?

धूप तिरछी पड़ने लगी तो उनको नीचे उतरने का ध्यान आया।

‘हम दूसरे रास्ते से उतरेंगे,’ औरत ने कहा, ‘जिस रास्ते पर वह काटिज पड़ता था जो हम ख़रीदना चाह रहे थे।’

आदमी को वह दिन अच्छी तरह याद था जब उन्होंने उस काटिज को देखा था। वे टहलने निकले थे और उस स्थान पर पहुँच गए थे जहाँ चीड़ और देवदार के जंगल के बीच एकदम से एक खुली हुई जगह थी। गोलाई से, काफ़ी दूर तक उसमें कोई पेड़ नहीं थे। और गोलाई के बीच में पत्थर का बना हुआ कमरा था। कमरा क्या, अच्छा-ख़ासा खंडहर था जिसमें रहनेवालों ने शायद इस निर्जन स्थान को छोड़कर चले जाना ही ठीक समझा होगा। काटिज की छत ढह चुकी थी और खुले हुए खिड़की-दरवाज़े जैसे उनका स्वागत कर रहे थे। बस्ती से दूर, इस वीराने में कमरा देखकर वे हैरान हो गए थे।

आदमी को याद आया किस तरह औरत को एकदम से ख़याल आया था कि वे उस ज़मीन को ख़रीदकर वहाँ अपना घर बना सकते हैं। पहले से बने हुए कमरे की थोड़ी मरम्मत ही तो करानी पड़ेगी। कमरे की खिड़की जंगल में खुलेगी और रात भर वह चीड़ के पेड़ों से गुज़रती हवा का गाना सुनेगी, औरत ने कहा था। अकसर औरत को इसी तरह की किसी बात की ज़िद आ जाती थी। पहली नज़र में उसकी बात काफ़ी मुश्किल मालूम देती थी लेकिन वह अपनी ज़िद पर अड़ी रहती थी। उसके बराबर कहने पर आदमी ने ज़मीन के बारे में पता किया था। क्योंकि वे उस प्रान्त के रहनेवाले नहीं थे, क़ानूनी तौर पर वे वहाँ ज़मीन नहीं ख़रीद सकते, उसने औरत को आकर बताया था।

आज इतने सालों बाद इस रास्ते पर चलना औरत को अजीब-सा लग रहा था। चारों तरफ़ चीड़ के तिनके, जंगल और सन्नाटा। उनके क़दमों की आवाज़ के अलावा और कुछ सुनाई नहीं देता था। वीराने में खोई हुई, औरत को थोड़ी देर के लिए भ्रम हुआ कि यह जगह, और वह ज़िन्दगी जो वे यहाँ नहीं जी पाए थे, वही हक़ीक़त है। वह दूसरी ज़िन्दगी, जो वे जी चुके थे, कहीं बहुत दूर, वर्षों की तह में लुप्त हो गई थी; स्वप्न मालूम देती थी जिसका अब उनसे कोई ताल्लुक़ ही न था। वे कमरे के बिलकुल पास आ गए तो उन्होंने ग़ौर किया कि उसमें कोई फ़र्क़ नहीं आया था। वह बिलकुल वैसा ही था जैसा उन्हें याद था—सुनसान, भूला हुआ, इन्तज़ार करता हुआ सा।

फिर दोनों ने एकदम से ठिठककर एक-दूसरे की तरफ़ देखा। काटिज के अन्दर से धीमे स्वर में बातचीत की आवाज़ आ रही थी। कुछ देर के लिए वे समझे कि उनके कानों को धोखा हुआ है। लेकिन आवाज़ दोबारा आई—किसी लड़की की आवाज़ थी। औरत को विचित्र से एहसास ने घेर लिया कि अगर वह काटिज की खिड़की के अन्दर झाँकेगी तो उसे वह ख़ुद दिखाई देगी—जैसी वह अभी थी वैसी नहीं, बल्कि जैसी वह बहुत पहले थी, जब वे यहाँ पहली बार आए थे। लेकिन

अन्दर झाँकने की ज़रूरत नहीं पड़ी। जब हँसी का ऊँचा सा स्वर सुनाई दिया तो दोनों ने बग़ल के कमरे के रहनेवालों को पहचान लिया। औरत ने मुस्कुराकर आदमी की तरफ़ देखा। आदमी की आँखों में चीड़ के तिनकों की परछाईं पड़ रही थी, जैसे कि वह कितने ही महीन तार हों। औरत को पल भर के लिए किसी पुराने बाजे की याद आ गई जिसके तार एकदम से बजने लगेंगे, मीठे मँजे हुए स्वर में।

उसने आदमी का हाथ पकड़कर हलके से दबाया, 'चलो, अब हमें चलना चाहिए।' उसकी आवाज़ में कोमलता भर आई थी। 'अभी हमें बहुत कुछ करना बाक़ी है।'

तिनकों से बिछे हुए रास्ते पर वह वापस मुड़ गए। शाम की आख़िरी धूप चीड़ के पेड़ों पर पड़ रही थी और वह सोने की तरह तप रहे थे।

बारिश

माजिद एक दिन घर से ग़ायब हो गया, आकाश में उठते धुएँ की तरह। सुबह से लेकर दिन के बारह बजे तक, जब वह घर से निकला था, मल्का को ज़रा सा भी अन्देशा नहीं था कि उसका यह इरादा है। सुबह उठकर मुँह धोने के बाद उसने मजीदन से कहकर दूध में पकाई हुई इलायची की चाय बनवाई थी। फिर सहन में चमेली की लतर के पास कुर्सी रखवाकर उसने अख़बार पढ़ते-पढ़ते चाय पी थी। इतनी देर में बावर्चीख़ाने के सामने बने तीन ईंटोंवाले कामचलाऊ चूल्हे में जलती लकड़ी के कोयले की आग पर उसके नहाने के लिए पानी गर्म होता रहा। मल्का अन्दर बैठी चूल्हे में से उठती काले धुएँ की महीन सी लकीर को देखती रही थी। चूल्हे पर रखी बाल्टी रोज़-रोज़ काले धुएँ के प्रहार से काली हो गई थी।

थोड़ी देर बाद माजिद उठकर अन्दर चला गया और पासवाले कमरे से तिपाई निकाल उस पर आईना टिकाकर उसने दाढ़ी बनाई थी। कमरों के अन्दर अँधेरा रहता था इसलिए वह अकसर बाहर के उजाले में दाढ़ी बनाता था। अपने चेहरे की रेशम जैसी मुलायम खाल के कट जाने के डर से वह बड़ी हिफ़ाज़त से देर तक उस्तरा चलाता रहता था। दाढ़ी बनाने के बाद माजिद ने अलगनी पर टँगी तौलिया कन्धे पर डाल ली थी और सुदर्शन से कहकर नहाने का पानी ग़ुसलख़ाने में रखवाकर वह अन्दर चला गया था। उसने ये सारे काम उसी ठहराव के साथ किए जैसे वह रोज़ करता था। उसके चलने-फिरने में या किसी भी और हरकत में कोई हड़बड़ी नहीं थी; रोज़ के कार्यक्रम से कोई भी फ़र्क़ नहीं था जिससे मल्का को अन्दाज़ लग सकता कि वह सत्रह साल के अर्से के लिए घर छोड़कर चला जाएगा।

जब वह नहाकर निकला तो उसने सफ़ेद कमीज़ और बादामी रंग का कोट पहन लिया था। घुँघराले बालों की एक लट उसके माथे पर चिपक गई थी और वह काफ़ी हसीन और नौजवान लग रहा था। मल्का की आँखें साड़ी पर हाथी-घोड़ा काढ़ते हुए अपने हाथों पर झुकी हुई थीं। वे पल भर के लिए उठीं, फिर कढ़ाई पर

झुक गईं। माजिद कुछ देर तक कमरे में खटर-पटर करता रहा। मल्का का चेहरा इस्त्री की हुई चादर की तरह बेशिकन था। वह क्या सोच रही होगी, माजिद समझ नहीं पाया। मल्का के चेहरे पर नज़र टिकाते हुए उसने कहा, 'मैं ज़रा कचहरी जा रहा हूँ।' उसकी आवाज़ कच्चे तागे की तरह कमज़ोर थी और मल्का को लगा कि ज़रा सा तनाव देने पर वह टूट जाएगी। मल्का बिना कुछ बोले अपने हाथी-घोड़ों में उलझी रही।

एक-डेढ़ साल से उनके बीच यही रवैया बन गया था। जब से वह शम्मो वाला क़िस्सा हुआ था। माजिद बोलता था तो वह जवाब नहीं देती थी। और माजिद को भी जो कुछ कहना होता था, उसे वह अकेले जुमले में कहकर रफ़ा-दफ़ा कर देता। जब से शम्मो वाला क़िस्सा हुआ था, तब से मल्का और माजिद के बीच एक घनी ख़ामोशी छा गई थी, जिसकी परतें उतारने की माजिद ने कई बार कोशिश की थी। लेकिन मल्का ने शुरुआत में ही इस कोशिश को बड़ी सफलता से ख़त्म कर दिया था। उस शाम माजिद घर नहीं लौटा था। न ही दूसरे या तीसरे दिन। कुछ दिनों तक मल्का उसके लौटने का इन्तज़ार करती रही। एकाध जगह उसने पुछवाया भी, मगर कोई ख़बर नहीं मिली। फिर उसकी ग़ैरमौजूदगी की मल्का को आदत पड़ गई। वैसे भी, उनके बीच फैले सन्नाटे की वह आदी थी। सिर्फ़ आदी ही नहीं, उसी की कोशिश का फल था कि वह सन्नाटा टूटने नहीं पाया था। इसलिए माजिद के घर में होने या न होने में कोई ख़ास फ़र्क़ नहीं था। और अब माजिद को गए हुए भी सत्रह साल हो गए थे।

मल्का ने सिंगारमेज़ पर रखी ख़स के इत्र की ख़ाली शीशी को एक बार फिर देखा। कुछ देर के लिए उसकी आँखों में एक रंग आया। जैसे कि वह समझ रही हो कि शीशी को रखना बेकार है मगर उसको फेंकने में उसे तकलीफ़ हो रही हो। उसने शीशी को हाथ में उठाकर देखा, फिर धीरे से मेज़ पर वापस रख दिया। इत्र की ख़ुशबू ने उसके माज़ी तक एक तार खींच दिया था जिसके ज़रिए उसके ख़याल कुछ देर के लिए वहाँ भटक गए। पिछले दिनों की उन तस्वीरों को वह एक दर्शक की हैसियत से देख रही थी, जैसे उसका ख़ुद उनसे कोई ताल्लुक़ न हो। वह उनके बारे में बिलकुल अलग होकर, बिना किसी जज़्बे के, सोच सकती थी। वे तस्वीरें जैसे एक गीले से सन्नाटे में तैर रही थीं, आज के वक़्त, आज की मल्का से एकदम अलग। वह ख़ामोशी और पीली सी रोशनी। जैसे वह कोई पुरानी, वक़्त की खाई हुई फ़ोटो देख रही हो जो सिर्फ़ एल्बम का पन्ना पलट देने से ग़ायब हो जाएगी। ख़स की टट्टी की सोंधी ख़ुशबू से बसे बड़े-बड़े ख़ाली कमरे, दोपहर का आलस्य, नीले पर्दे, पानी से भरा नक़्क़ाशीदार घड़ा, बाहर की चिलचिलाती गर्मी और लू के थपेड़े, दरवाज़ा खोलकर एकदम से कमरे में उसके दाख़िल हो जाने पर शम्मो के फुसफुसाए हुए लफ़्ज़, 'बाजी देख रही हैं।' और माजिद का क़ुसूरवार चेहरा।

माजिद का ख़याल आते ही उसके मन में नफ़रत की एक लहर उठी। मल्का को उसके छोटे-छोटे गोल कान याद आए जो जबड़े की हड्डी के ऊपर उसकी चेहरे की खाल से मिले हुए थे और मल्का को हमेशा अजीब लगते थे। माजिद की पलकों की झालर से घिरी हुई बड़ी-बड़ी काली आँखें, उसका लम्बा कद और घुँघराले बाल। उसकी पूरी क़िता जिसमें से पुराने रईसी घराने की बू उठती थी। वही पुराने रईसों का घराना जिसमें बहुत ढूँढ़ने के बाद मल्का के माँ-बाप ने अपनी इकलौती बेटी की शादी की थी। मल्का से, जो कि कम आमदनीवाले वकील की बेटी थी, माजिद क्यों शादी करने पर राज़ी हो गया यह समझना आसान था। मल्का की चमकती हुई आँखें, उसका फुर्तीला शरीर, उसकी अचानक हँस पड़ने की आदत जैसे धूप में उछलता हुआ फ़व्वारा—ये सारी बातें थीं जिन्होंने उसके चारों तरफ़ एक तिलिस्मी घेरा खींच दिया था जिसमें माजिद का खिंचते हुए चला आना स्वाभाविक था।

शादी की शुरुआत में ही मल्का ने माजिद पर अपनी ताक़त आज़माकर देख ली थी। जितना वह माजिद को दबाती वह दबता चला जाता था और धीमे-धीमे मल्का को उसका मुरझाता हुआ चेहरा देखने का चस्का लग गया था। माजिद को देखकर उसके अन्दर न जाने कैसे वहशी जज़्बात उठने लगते थे और उसका जी चाहता था उसे नोच-फाड़कर लहूलुहान कर दे। उसकी ज़बान की तेज़ी के आगे माजिद तिलमिला जाता मगर उसकी बड़ी-बड़ी आँखें मल्का को फिर भी मासूमियत से देखती रहतीं, प्यार में डूबी हुईं, जैसे कि वह उसे पी जाना चाहती हों।

तभी तो मल्का को शम्मो वाले क़िस्से का और भी धक्का लगा था। उसकी पहली प्रतिक्रिया थी एक ज़बरदस्त बेइज़्ज़ती का एहसास जो उसकी हड्डियों तक पसीजता हुआ चला गया था। फिर, दूसरे ही लम्हे में उसके हाथ-पैर ग़ुस्से से शल्ल हो गए थे। माजिद की यह मजाल? एक बार भी उसके मन में यह ख़याल नहीं आया था कि माजिद की इस हरकत की ज़िम्मेदार वह ख़ुद हो सकती है। वह और उसकी तेज़ ज़बान। महीनों के गुज़रने के साथ-साथ एक ठंडा सा ग़ुस्सा उसके अन्दर समा गया जिसकी बर्फ़ीली झलक उसकी आँखों में मिल जाती थी। दूसरे दिन शम्मो काम पर नहीं आई और माजिद ने अपनी सफ़ाई देने की कोशिश नहीं की।

मल्का उठकर खुले हुए दरवाज़े के पास आ गई और एक हाथ से ख़स की ख़ाली शीशी उसने बाहर लुका दी। फिर उसने सिर बाहर निकाला और नाक सिकोड़कर दो-चार बार हवा को सूँघा, जैसे कोई जानवर ख़तरा सूँघता है। एक बार उसने आँखें उठाकर ऊपर आसमान की तरफ़ देखा और सिर हिलाकर अन्दर वापस आ गई। उसको लगा आसमान एक ग़ुस्से से तमतमाया हुआ चेहरा है, एकदम ख़ामोश, जैसे कि उसने एक लफ़्ज़ न बोलने की क़सम खा ली हो।

सुबह से आसमान मैला हो रहा था। दूर से, जहाँ ज़मीन और आसमान मिलते

थे, एक मनचली हवा उठ आई थी और पेड़ों के धूल से लदे पत्तों को झिंझोड़ गई थी।

'हवा बारिश को बहा ले जाएगी।' मल्का शायद अपने आप से बात कर रही थी। अकसर वह कुछ सोचते-सोचते ज़ोर से बोल उठती थी।

पन्ना एक कोने में ज़मीन पर झुका कड़वे तेल और पानी में भीगे चिथड़े से सागवान की मेज़ का पाया चमका रहा था। कमरे में कड़वे तेल की महक फैल गई थी।

'जी आपने कुछ कहा, बेगम साहब?' पन्ना ने पल भर के लिए सिर उठाते हुए पूछा।

'मैंने कहा हवा बारिश को उड़ा ले जाएगी।' मल्का ने अपने लफ़्ज़ दोहराए।

पन्ना का हिलता हुआ हाथ कुछ देर के लिए ठहर गया। 'सब मालिक की मर्ज़ी है!' उसने गहरी साँस लेते हुए कहा।

यह सुबह की बात थी। फिर हवा एकदम से रुक गई और एक भारी वज़न आसमान को नीचे घसीट लाया। मालूम होता था वह बेहद महीन, अदृश्य धागों के बल पर ऊपर टिका हुआ है; किसी भी पल नीचे लुढ़क पड़ेगा। शाम भर माहौल में बेचैनी बनी रही। रात के ग्यारह बजे पहली बूँदें पड़ीं। मोटी-मोटी बूँदें थीं जो पड़पड़ाते हुए शोर के साथ भुरभुरी मिट्टी के दिल में जज़्ब हो गईं।

जब मल्का सब तरफ़ के दरवाज़ों पर सिटकिनी लगाकर, गोल कमरे और दालान की रोशनी बुझाकर बिस्तर पर लेटी, तभी एकदम से बारिश का एहसास उसको किसी बाढ़ की तरह भिगो गया। बिस्तर पर लेटे-लेटे उसको बूँदें न तो सुनाई दीं न दिखीं, फिर भी उसको यक़ीन हो गया कि बारिश हो रही है। उसकी नाक में जब गीली मिट्टी की सोंधी ख़ुशबू आई तो उसका दिल मचल उठा। उसने थोड़ी मुश्किल से करवट बदली और बिस्तर पर कोहनी टेकते हुए पलँग पर पैर लटकाकर बैठ गई। पल भर के लिए उसके चेहरे पर शिकन पड़ गई। उसके घुटनों से दर्द की लहर उठ रही थी। पिछले दो-एक सालों से बारिश का पहला असर उसके घुटनों पर होने लगा था। कभी-कभी उसका चलना-फिरना मुश्किल हो जाता और जब तक वह मजीदन को उसके घर से बुलवाकर घुटनों पर तारपीन के तेल की मालिश करवाकर सेंक नहीं लेती थी, वह उठने के क़ाबिल नहीं होती थी।

घुटनों में तकलीफ़ के बावजूद वह उठी और खुली खिड़की के सामने जाकर खड़ी हो गई। मौसम की पहली बारिश का हमेशा उस पर अजीब असर होता था। उसके अन्दर एक तरह की हवस जाग जाती थी। बारिश को देखना, सुनना और सूँघना ही काफ़ी नहीं, उसका जी चाहता था कि मुट्ठियों में भर-भरके बारिश को अपने अन्दर क़ैद कर ले; न जाने क्या-क्या कर डाले। पुराने दिनों में, जब माजिद घर पर ही था, वह बारिश में घर से बाहर निकल जाती थी। पानी में तर-बतर, अपने

बालों से बहती हुई चमकती धार को देखकर वह किसी मतवाली की तरह हँसती चली जाती थी। उसको लगता था बारिश में धुलकर उसका बदन एकदम हलका हो गया है; किसी भी पल वह उड़ने लगेगी।

माजिद कुछ सहमकर, कुछ ताज्जुब से उसको देखता रहता था। मल्का का यह पहलू उसकी समझ से बाहर था। उसको भी बारिश अच्छी लगती थी। पानी रुक जाता तो अकसर वह अपना काला छाता लेकर घूमने निकल जाता था। हरे-भरे धुले हुए पेड़ और ऊपर तना हुआ साफ़ आसमान देखकर उसे ख़ुशी होती थी। लेकिन मल्का का इस तरह बारिश में कूद पड़ना उसकी समझ में नहीं आता था। बल्कि मल्का के इस रूप को देखकर वह थोड़ा परेशान हो जाता था। ऐसी भी क्या बदहवासी। जैसे वह बरसों से भूखी हो। उसको लगता था कि मल्का के दिल में जो तमन्नाएँ हैं उनको वह पूरा नहीं कर सकेगा। और इस ख़याल से वह सहम जाता था।

खिड़की के बाहर आसमान एकदम काला था। बाहर की दीवार पर अलमुनियम के शेड के नीचे लगे बल्ब की रोशनी अँधेरे में फैल रही थी। बारिश अब एक गम्भीर इरादे के साथ हो रही थी; मालूम होता था वह कभी नहीं रुकेगी। बल्ब की रुपहली रोशनी में बूँदें चमक रही थीं, जैसे चाँदी की हज़ारों बारीक सूइयाँ बरस रही हों। मल्का वहीं खड़ी उनको देखती रही। सामनेवाली छत के नाबदानों में से पानी के छोटे-छोटे झरने बहने लगे थे। पिछले हफ़्ते ही बारिश के इन्तज़ार में मल्का ने छत पर इकट्ठे सूखे पत्ते और पत्थरों के बीच उगी घास साफ़ करवाई थी। घर बहुत पुराना था और ज़रा सी बारिश में छत चूने लगती थी।

हर साल, बरसात के पहले, मल्का घर की छत साफ़ करवाती थी। गर्मी भर तेज़ हवा चलने की वजह से सैकड़ों सूखे पत्ते उड़ते हुए छत पर आकर जमा हो जाते थे और अगर उनको वहाँ से हटाया न जाता तो बारिश का पानी उनमें जज़्ब होकर छत में सीलन पैदा कर देता था। बरसात ख़त्म होते-होते घर की इमारत पर सुरमई-हरे रंग की काई जम जाती जिसको साफ़ करने के लिए घर की पोताई करवाना ज़रूरी हो जाता था। इतने बड़े घर की पोताई भी कोई मामूली काम नहीं था। उसको पूरा करने के लिए पाँच-छः मज़दूर लगते थे और क़रीब महीने भर तक घर के अन्दर उथल-पुथल मची रहती थी। हर तरफ़ लोग और सारे घर में टपकी हुई चूने की बूँदें और चूने की हलक़ काटनेवाली बू। जब मज़दूर चले जाते तो इमारत चमकदार और सफ़ेद हो जाती, जैसे हंस का पंख।

और भी न जाने कितने काम थे। घर एक बग़ीचे के बीच बना था। बारिश में हर तरफ़ जंगल उग आता था। उसमें रेंगते साँप-बिच्छू से बचने का ज़रिया सिर्फ़ जंगल को काट-उखाड़कर फेंक देना था। फिर पतझड़ में हर कोने में पत्तों के ढेर को बटोरकर फेंकने का काम। पत्तों के झड़ने का भी एक क्रम था। सारे पेड़ों के

पत्ते एकसाथ नहीं झड़ते थे, बल्कि बारी-बारी से, नीम से शुरू होकर आख़िर में अशोक। इसलिए यह काम काफ़ी दिनों तक चलता रहता था। हर मौसम में घर की नई ज़रूरतें थीं, जैसे कि वह एक बच्चा हो जिसकी हर उम्र में दूसरी तरह की देखभाल करनी पड़ती थी। हर वक़्त वह इन्हीं बातों में उलझी रहती और अगर कोई उसके घर की और उसके काम की तारीफ़ करता तो वह कहती, 'मेरे लिए तो यह ख़ाली वक़्त भरने का ज़रिया है।'

पर कभी-कभी वह थक जाती थी। तब वह सवाल जिसको वह कहीं पीछे छिपाए हुए थी, उसके दिमाग़ की रुकावटों को अलग ढकेलकर सामने खड़ा हो जाता था। किसलिए करती थी वह यह सब? क्या उसकी ज़िन्दगी का यही मसरफ़ था? सवाल का जवाब भी दिमाग़ के किसी आख़िरी कोने से उठता था। उसको यक़ीन था कि एक दिन माजिद वापस आएगा। ऐसा भी नहीं था कि उसको माजिद का इन्तज़ार था या उसको ख़ुश करने की तमन्ना। सच तो यह था कि मल्का के अन्दर जाने कहाँ का ग़ुरूर भरा हुआ था जिसकी वजह से उसने घर की हालत दुरुस्त रखी थी। वह नहीं चाहती थी कि माजिद लौटकर सोचे कि उसकी ग़ैरहाज़िरी में मल्का ने अपनी ज़िन्दगी को इस इमारत की तरह ढह जाने दिया है।

ख़यालों में डूबी मल्का वहाँ देर तक खड़ी रही। बारिश बराबर हो रही थी। एकदम से सामने लगा बल्ब बुझ गया। शायद बिजली चली गई थी। अब चारों तरफ़ अँधेरा था और उसमें उठता-गिरता बारिश का स्वर। वह रास्ता टटोलकर अपने बिस्तर पर लौट आई। पलँग से सटी हुई मेज़ पर रखे शमादान में उसने रोशनी जला दी तो अँधेरा परछाइयों से भर गया। सामने, दरवाज़े के पास, ज़मीन पर फैलता हुआ पानी का घेरा नज़र आने लगा। कमरे के रोशनदान का शीशा टूटा हुआ था और उसमें से पानी अन्दर आ जाता था। ज़्यादा बारिश होती थी तो घर के अन्दर छोटा-मोटा दरिया बहने लगता। मिस्त्री बुलवाकर शीशा बदलवाना नहीं भूलेगी, मल्का ने मन ही मन याद किया। वह बहुत सम्हलकर उठी और कोने में रखे पीतल के गुलदान को खिसकाकर उसने रोशनदान के नीचे खड़ा कर दिया और बिस्तर पर आकर लेट गई। तभी गोल कमरे में टँगी पुरानी घड़ी ने दो का घंटा बजाया।

गुलदान में पानी की टप-टप की वजह से और भी नींद नहीं आई। टप-टप टपाटप बूँदों के गिरने में एक लय बँध गई थी और न चाहते हुए भी वह उनको गिनने लगी। उसको लगा बारिश भी गिनती की तरह अनन्त है और वह यूँ ही लेटी, समय के अन्त तक बूँदें गिनती रहेगी, एकदम अकेली। वह माजिद के बारे में सोचने लगी। समय के साथ उसके ग़ुस्से की धार मन्द पड़ गई थी और वह अपने माज़ी को एक दूरी के साथ देख सकती थी, जैसे कि वह सिनेमा देख रही हो। कहाँ होगा माजिद? उसको गए सत्रह साल हो गए थे और उसकी कोई ख़बर नहीं मिली थी। बीच-बीच में अफ़वाहें उड़तीं कि फ़लाँ-फ़लाँ ने उसको फ़लाँ जगह देखा है; कि वह देश

छोड़कर चला गया है; और एक बार कि वह मर गया है। मगर मल्का को मालूम था कि यह सब बेसिर-पैर की बातें हैं और उसको उन पर ज़रा भी यक़ीन नहीं आया था। माजिद की ज़िन्दगी के इस अन्तराल के बारे में वह कुछ नहीं जानती थी। कभी सोचने पर माजिद की ज़िन्दगी के ये दिन उसको एक बड़ी सी ख़ाली किताब के पन्नों की तरह लगते जिनमें वह जो चाहे लिख सकती थी, जो चाहे माजिद से करवा सकती थी।

ऐसा भी होता था कि वह अपने को माजिद पर रश्क करते हुए पाती थी। माजिद पर, जो बाहर फैली हुई विशाल और तिलिस्मी दुनिया में निकल गया था जबकि वह, जो बारिश में अपने ऊपर पंख लगे हुए महसूस करती थी, इस बड़े से घर के ख़ाली कमरों में फड़फड़ाकर रह गई थी। माजिद ने जो किया क्या वह मल्का के लिए सम्भव था? जब वह इन बातों के बारे में सोचती थी तो माजिद के ख़िलाफ़ मन में कुछ उबलकर रह जाता था। लेटे-लेटे वह सोचती रही। बचपन की एक ठंडी कोहराभरी सुबह को उसने समुद्र के तट पर एक जहाज़ देखा था। कोहरे की धुंध के पीछे से उस पर लोग चलते-फिरते नज़र आ रहे थे। धूप निकलते ही वह तैर जाएगा, उसने बेचैन होकर सोचा था।

सुबह वह देर तक सोती रही थी। सवेरा होते-होते दूर सड़क का शोर छनता हुआ उसके कमरे तक पहुँच जाता था। कुत्तों का भौंकना, लाउडस्पीकर पर फ़िल्मी गीत, पास की मस्जिद से अज़ान, श्री राम जय राम जय जय राम का मिला-जुला स्वर। लेकिन आज सब शान्त था। शायद बारिश की वजह से या क्या वह इन आवाज़ों के बावजूद सोती रही थी? नहीं, एकदम सन्नाटा था। उसको पल भर के लिए लगा वह रेलगाड़ी में सफ़र कर रही है और गाड़ी आबादी से बहुत दूर, बिलकुल बियाबान में आकर रुक गई है। पन्ना आकर लौट गया होगा, उसने सोचा। वह झटके के साथ उठी और दरवाज़ा खोलकर उसने बाहर देखा।

बारिश रुक गई थी मगर बूँदों के टपकने की आवाज़ अब भी आ रही थी। कुछ देर पेड़ों को देखते रहने के बाद उसको समझ में आया कि पत्तों पर अटकी बूँदें नीचे फिसल रही थीं। आसमान में अभी तक बादल घिरे हुए थे लेकिन पूरब की तरफ़, जहाँ से एक पनियल सूरज निकलने की कोशिश कर रहा था, नीले आकाश की फाँक नज़र आ रही थी। फिर मल्का की निगाह आसमान पर जाकर अटक गई। उसने जो देखा उस पर पल भर के लिए उसको यक़ीन नहीं आया और उसने आँखें कसके भींच लीं। फिर आँखें खोलकर दोबारा देखा, जैसे कि वह पूरी तरह से आश्वस्त हो जाना चाहती हो कि वह स्वप्न तो नहीं देख रही।

आकाश में, बादलों की सीमा खींचता हुआ एक इन्द्रधनुष निकला था। और थोड़ा ऊपर, जैसे कि उसके रंग किसी स्वर की तरह गूँज उठे हों, एक और इन्द्रधनुष। वह खड़ी हैरत से उनको देखती रही। उसको लगा वह किसी लापरवाह

बच्चे के हाथ की बनी तस्वीर है, जिसमें कुछ भी होना सम्भव है। बचपन में वह अपनी सभी तस्वीरों में दो सूरज बड़ी आसानी से बनाया करती थी। उसको याद नहीं आया कि उसने कभी दो इंद्रधनुष एकसाथ आसमान में निकले हुए देखे हों। हाँ, एक बार सपने में उसने दो चाँद देखे थे। एक तेज़ चमकता हुआ सुनहरा नया चाँद और दूसरा उसकी गोलाई के अन्दर तराशा हुआ महीन सा दूधिया चाँद। बहुत दिनों तक वह इस ख़्वाब की ताबीर के बारे में सोचती रही थी।

पर ये इन्द्रधनुष तो सचमुच के थे। उसका दिल एकदम से नाच उठा। घुटनों के दर्द को भूलकर उसने चुस्ती से सारी खिड़कियाँ और दरवाज़े खोल दिए, जैसे कि वह इंद्रधनुष के रंगों को अन्दर आने का नेवता दे रही हो। शायद उसका वहम था कि कमरे के अँधेरे कोने फ़ौरन खिल उठे। वह जल्दी से जाकर नहाई और बहुत दिनों बाद उसने अलमारी से पीली साड़ी निकालकर पहनी। जब वह बाहर आई तो बरसाती हवा के मुलायम स्पर्श से उसको लगा कि वह फूली हुई सरसों के बीच से चल रही है। उसने पन्ना को उसके क्वार्टर से बुलाया और समझा दिया कि आज घर की ख़ूब अच्छी तरह से सफ़ाई होनी चाहिए। कहीं गर्द की परत, मकड़ी का जाला, किसी बिस्तर पर शिकन, किसी कुर्सी या मेज़ पर धब्बा नहीं होना चाहिए क्योंकि आज का दिन बहुत ख़ास है। आज, सत्रह साल बाद, 'सरकार' घर वापस आ रहे हैं।

पन्ना को यह सुनकर अगर ताज्जुब हुआ तो उसने इस बात को ज़ाहिर नहीं होने दिया। न उसने यह जानने की कोशिश की कि 'बेगम साहब' को यह ख़बर कहाँ से मिली। वह उनके मिज़ाज से अच्छी तरह वाक़िफ़ था। वह ज़्यादा सवाल-जवाब पसन्द नहीं करती थी। हालाँकि पन्ना उस घर का बहुत पुराना मुलाज़िम था, वह जानता था कि मालिकों के बारे में ज़्यादा बात करना गुस्ताख़ी होगी। एक बार, बहुत पहले, उसने माजिद के बारे में कह दिया था, 'उड़े-उड़े फिर रहे हैं, कभी तो धरती धरेंगे!' हालाँकि यह बात उसने मल्का के कानों से दूर, अपने क्वार्टर में किसी से कही थी, मल्का को पता चल गया था और वह आगबबूला हो गई थी। इसलिए वह 'जी बेगम साहब' कहकर फ़ौरन काम से लग गया।

मल्का को ख़ुद समझ में नहीं आया कि उसने इतने यक़ीन के साथ कैसे कह दिया कि माजिद आज ही घर वापस आएगा। बल्कि पन्ना से यह बात कहकर वह असमंजस में पड़ गई क्योंकि अब तक उसने अपने मन में उठती हिलोरों को कोई नाम नहीं दिया था। लेकिन मुँह से बात निकलते ही उसका यक़ीन पक्का हो गया। न जाने क्यों। हालाँकि ख़ुशी से ज़्यादा वह एक अजीब तरह की बेचैनी महसूस कर रही थी। जैसे कि घर में कोई मेहमान आ रहा हो जिसके सामने सब अच्छा ही अच्छा दिखना चाहिए, किसी भी तरह की कमी या नुक्स ज़ाहिर नहीं होना चाहिए। मल्का को जैसे अपनी ज़िन्दगी का हिसाब देना था; दिखाना था

कि माजिद रहे न रहे, उसने अपने को बिखरने नहीं दिया था। माजिद ने अपने लिए जो भी ज़िन्दगी चुनी हो, वह अपनी जगह बरक़रार थी; उसको किसी की ज़रूरत नहीं।

बचपन में, बारिश के मौसम में वह बरसाती घास के जंगल में घुस जाती थी और वहाँ उगे दूसरे पौधों से चुनकर 'चिपकनेवाली घास' के गुच्छे तोड़ लाती थी। घुटनों तक उगी घास के बीच घुसने में साँप का डर हमेशा रहता था और घास तोड़ने में उसके हाथ अकसर छिल जाते क्योंकि घास की धार भी छुरी की तरह तेज़ थी। पर वह बाँहों में गुच्छे भरकर चली आती थी और देर तक उन बालियों को एक के ऊपर एक चिपकाकर कभी घर बनाती थी, कभी कटोरी, कभी कुर्सी। अपनी हस्तकला को देखकर वह गर्व से फूल जाती थी। फिर नींबू के पेड़ के नीचे बनी नाली में उनको तैराने की क्रिया होती थी। पानी पर तैरते हुए घास के मकान जब आँखों से दूर हो जाते, उसको एक अजीब सी मुक्ति का एहसास होता जिसको वह पेड़ के नीचे लेटी लम्बी साँसों में अन्दर खींचती रहती थी। आज उस आज़ादी को वह फिर से महसूस करने को उत्सुक थी।

वह धीमे-धीमे चलती हुई गोल कमरे में आ गई। पुरानी डिजाइन के टाइलों से जड़ी हुई मैंटिलपीस पर हज़ारों छोटे-छोटे झीने पंखों का ढेर था। ये पतिंगों के पंख थे। बरसात की रातों में बल्ब की तेज़ रोशनी की तरफ़ खिंचते हुए ये पतिंगे अन्दर चले आते थे। पर उनका जीवन ज़्यादा लम्बा नहीं होता था। पंखों के ढेर से यह बात साफ़ ज़ाहिर थी। मल्का ने टूटे हुए पंखों को देखा। पन्ना से उसको कह देना चाहिए कि इन पंखों को झाड़ना न भूले, उसने सोचा। वैसे पन्ना इन बातों के लिए ख़ुद ही सतर्क रहता था।

दोपहर को थोड़ी देर आराम करने को लेटी तो न जाने कहाँ-कहाँ के सपने आते रहे। वह कहीं बहुत ऊँचाई पर लेटी थी और चारों तरफ़ तेज़ हवा चल रही थी। हवा पर तैरती हुई हज़ारों पीली पंखुड़ियाँ, पीली तितलियाँ बनकर उसके गाल सहलाने लगीं। तभी वह जाग गई। किसी धमाके ने उसे जगाया था।

बाहर निकलकर आई तो आँखों के सामने हरा जंगल लहराता हुआ नज़र आया। थोड़ी देर तक, नींद से बौखलाए हुए उसके दिमाग़ को कुछ समझ में नहीं आया। फिर जब वह चौकन्नी हो गई तो उसने देखा कि घर के सामने खड़ा विशाल इमली का दरख़्त ज़मीन पर गिरा पड़ा था। रात भर बारिश होने के बाद मिट्टी पोली हो गई थी। उसमें इमली के पेड़ के गिरने को आतुर तने को रोके रखने की ताक़त नहीं बची थी। ताज्जुब की बात यह थी कि पेड़, जिसकी डालें दूर-दूर तक फैली हुई थीं और जिसके तने को देखकर ही पता चल जाता था कि वह कई सौ साल पुराना है, बिना किसी तरह का नुक़सान पहुँचाए गिरा था। हाते में बराबर लोगों का आना-जाना था, नौकरों के बच्चे अकसर पेड़ के नीचे खेला करते थे; घर पर ही पेड़ गिर

सकता था। मगर लगता था जैसे कि जानबूझकर पेड़ बिना किसी को चोट पहुँचाए गिरा नहीं, सिर्फ़ आराम करने को लेट गया है।

लेटे हुए पेड़ के पत्तों और डालों के बीच एक हरी भूलभुलैया बन गई थी। धूप निकल आने पर गर्मी बढ़ गई थी और दूर खड़े होकर भी मल्का इस हरे जंगल के अन्दर उठती भाप को महसूस कर रही थी। लग रहा था जैसे कि अफ़्रीका का घना जंगल एकदम से उसके दरवाज़े पर आ गया हो। थोड़ी देर बाद हाते में खेलते बच्चों ने जंगल के अन्दर अपना खेल जमा लिया। उनकी आवाज़ों का उठता-गिरता स्वर दूर बैठी मल्का के कानों तक पहुँच रहा था—

ताड़ काटो तड़कुल काटो
काटो बन का खाजा
हाथी पर गुनगुनवा नाचे
चमक पड़े सब राजा
राजा की दुहाई, मोरे भैया का दुपट्टा
ईंच मारूँ खींच मारूँ
मूसल ऐसा बट्टा...

आख़िरी शब्द हवा में किसी बुलबुले की तरह थोड़ी देर तक लहराकर फिर डूब गया। यह नज़्म मल्का ने ख़ुद ही बच्चों को काफ़ी पहले सिखाई थी और उसे ताज्जुब हुआ कि वह उन्हें अभी तक याद है। लेकिन कितना शोर मचा रहे थे, सब मिलकर! जी में आया फ़ौरन उनको डपटकर मना कर दे। कहे, कहीं और जाकर खेलें। मगर वह कुछ नहीं बोली।

शाम होते-होते बारिश फिर शुरू हो गई। साँझ के गहराते हुए रंग में लग रहा था कि बूँदें नीचे गिर नहीं रहीं बल्कि ज़मीन से उठ रही हैं। बाहर के चबूतरे पर केंचुए, लिल्ली घोड़ियाँ, जोंक और न जाने कौन-कौन से ज़मीन के अन्दर रहनेवाले जन्तु भटक आए थे। और वहाँ, जहाँ कच्ची ज़मीन पर घास उग आई थी, जैसे लाल मखमल की बनी हुई बीरबहूटियाँ नज़र आने लगी थीं। घर में फिर से सन्नाटा छा गया था। अन्दर की पीली रोशनी में बैठी मल्का का जी ऊबने लगा था। एकदम से बिजली चली गई तो वह गहरी साँस लेकर लालटेन के पास चली आई। बिजली के चले जाने के ही डर से पन्ना लालटेन जलाकर मेज़ पर रख गया था।

तभी बाहर से खँखारने की आवाज़ आई। घुप अँधेरा था और निरन्तर बारिश का स्वर। मल्का ने दरवाज़े के बाहर से सिर निकालकर पूछा, 'कौन?'

लेकिन उसको जवाब की ज़रूरत नहीं थी। जब मल्का लालटेन लेकर बाहर निकली तो वह दरवाज़े के बाहर चबूतरे पर खड़ा था। वहीं जहाँ उसने शाम को ज़मीन के अन्दर रहनेवाले जन्तु देखे थे, जैसे कि वह भी बारिश से बहकर वहाँ चला

आया हो। उसने लालटेन उठाकर ख़ामोशी से माजिद के चेहरे की तरफ़ देखा। वक़्त ने गुज़रते में उसके चेहरे की हड्डियों को तराश दिया था और मद्धिम रोशनी होने के बावजूद मल्का को दिख गया कि उसके बाल काफ़ी सफ़ेद हो गए हैं। थोड़ी देर तक वे चुपचाप खड़े रहे। फिर माजिद बोला तो उसकी आवाज़ तागे की तरह कमज़ोर थी, 'मुझे वही ज़िन्दगी जीनी होगी जो मुझे दी गई है।'

वह शायद जवाब का इन्तज़ार कर रहा था। मल्का कुछ नहीं बोली। माजिद को अन्दर आने का रास्ता देने के लिए वह दरवाज़े से थोड़ा हटकर खड़ी हो गई।

धूप का खेल

फाटक का खटका बोला तो गर्मी से पस्त, हाँफती हुई दोपहर चौकन्नी हो गई। रुस्तम ने खिड़की पर टँगे नीले पर्दे को उँगली की हलकी सी हरकत के साथ खिसकाकर बाहर झाँका। मई के महीने की सफ़ेद रोशनी दूर तक फैल गई। सड़क तक, जहाँ जैकरैंडा के पेड़ के नीचे हरा फाटक था। उसका शक सही निकला। हाँ, वही था। उसके फाटक बन्द करने के अन्दाज़ से रुस्तम फ़ौरन समझ जाता था कि वही है। धीमे से फाटक खोलकर वह अन्दर आ जाता था। फिर, सिर पर का झौवा उतारकर ज़मीन पर रख, वह फाटक के दोनों पल्लों को सहलाते हुए हाथों से बराबर लाकर, बिलकुल धीरे से, हिफ़ाज़त के साथ खटका गिरा देता था। जैसे वह कोई बेहद नाज़ुक सी चीज़ हो और उसको जल्दी से, झटके के साथ बन्द कर देना किसी नामालूम तरीके से उसकी तौहीन करना हो। फिर वह सधे हुए हाथों से सिर पर मैली पगड़ी के ऊपर झौवा उठाकर रख लेता था। कुछ देर वह अनमना सा खड़ा रहता, जैसे कि अन्दाज़ लगा रहा हो कि झौवा सही जगह पर रखा है या नहीं। उसके बाद, मन ही मन कोई इरादा करके वह चल पड़ता था। झौवा सिर पर होने से जैसे उसके सारे अंगों का वज़न सही तरह से बँट जाता और उसकी चाल में फुर्ती आ जाती।

कमरे के अन्दर नीला सा अँधेरा था। खुरदुरे कपड़े के झीने पर्दे से छनकर बाहर की तेज़ रोशनी अन्दर आ रही थी और पर्दे के नीले रंग की वजह से कमरे में रखी सारी चीज़ें जैसे पानी में डूबी हुई नज़र आ रही थीं। सफ़ेद चादर बिछा पलँग, उसके बग़ल में रखी गोल मेज़, कोने में लोहे की अलमारी और एक तरफ़ रखा पुराने तरीक़े का भोंपूवाला ग्रामोफ़ोन। पलँग के सिरहाने चाँदी के फूलचंगेर में बेले के फूलों का छोटा सा ढेर था। इन फूलों की भीनी ख़ुशबू कमरे में फैली हुई थी। रुस्तम की माँ को फूलों का बहुत शौक़ था। उन्होंने अपने बग़ीचे में हज़ारों तरह के फूल लगाए थे और उनका हिसाब इस तरह बिठाया था कि साल भर, हर मौसम में, कोई न कोई फूल खिलता रहे।

उनको पुरानी चीज़ों का भी शौक़ था। सारे घर में पुराने शीशे के बरतन, लैम्प और फूलदान भरे पड़े थे। मीनाकारी वाले थाले और पीतल के शमादान थे जिनको वह बड़ी हिफ़ाज़त से अपने हाथों से साफ़ करके चमकाती थीं। उनको नीला रंग भी बहुत पसन्द था। घर भर के खिड़की-दरवाज़े उन्होंने नीले पर्दों से ढँक दिए थे। लगता था जैसे घर नीली वर्दी पहने हो। हालाँकि कपड़े के दुकानवाले आदमी ने उनसे कहा था कि नीला रंग और रंगों की बनिस्बत धूप में जल्दी उड़कर फीका पड़ जाता है। मगर माँ ने फिर भी नीले ही पर्दे ख़रीदे थे। वैसे भी वह साल भर वही पर्दे देखते-देखते ऊब जाती थीं और नए पर्दों की बात करने लगती थीं। घर में पर्दे होना उनकी निगाह में बहुत ज़रूरी था। उनका कहना था कि बिना पर्दे का घर उतना ही मनहूस लगता है जितनी बिना काजल की आँख।

कभी-कभी इन्हीं पर्दों को लेकर रुस्तम की उनसे बहस हो जाती थी। हर तरफ़ पर्दे डालने की क्या ज़रूरत है? क्या आपको किसी से कुछ छिपाना है? ज़िन्दगी में सबकुछ खुला हुआ होना चाहिए, वह कहता था। दूर-दूर तक साफ़ नज़र आता हुआ। जो चाहे देख ले। लेकिन हाल में उसको वे पर्दे अच्छे लगने लगे थे। जब वह पर्दे खींच देता था तब कमरे में अँधेरा छा जाता और उसमें बैठकर रुस्तम को एक ख़ास तरह का सुकून महसूस होता था। उसको वहम होता था कि बदली घिर आई है और अगर वह कान लगाकर सुनेगा तो दूर से मोर की पुकार सुनाई देगी। वह घंटों कूलर चलाकर अँधेरे कमरे में लेटा रहता था। कूलर में जब पानी ऊपर चढ़कर अन्दर की सूखी घास को भिगोता हुआ फिर से टंकी में गिरता था तो उसकी आवाज़ रुस्तम को बहुत मीठी, संगीत जैसी लगती थी। वह पहाड़ी झरनों के बारे में सोचने लगता और भूल जाता कि बाहर आसमान से अंगारे बरस रहे हैं। पानी और रोशनी के इस हिलते हुए जाल को वह देर तक देखता रहता था।

बाहर अंगारे बरस रहे थे। कमरे के अँधेरे के बाद रुस्तम की आँखें तेज़ रोशनी में चौंधिया रही थीं मगर पर्दे को थोड़ा सा खिसकाए वह बाहर देखता रहा। आदमी सिर पर झौवा रखे घर की तरफ़ बढ़ रहा था। मैली सी धोती और फटा हुआ कुर्ता जिसका गले पर का बटन टूटा हुआ था। वह पूरा पैर ज़मीन पर नहीं रखता था। पंजा ज़मीन पर पहुँचता और इसके पहले कि एड़ी भी नीचे आए, पैर फिर उठ जाता। हर बार की तरह रुस्तम आज भी यह तय नहीं कर पा रहा था कि ज़मीन तप रही थी इसलिए वह उचक-उचककर चलता था या उसके हलके क़दमों में भी उसके बेफ़िक्र दिल की झलक मिलती थी—उसके हलके क़दमों में और उसके बाहर को झाँकते हुए दाँतों में जो कि उसकी सूरत को हमेशा हँसता हुआ रूप दे देते थे। जैसे कि उसको हमेशा ख़ुश रहने का राज़ भूले-भटके मिल गया हो। उसके एक कान में गिलट का कुंडल था और दाँत तम्बाकू से बुरी तरह रँगे हुए थे।

सबसे पहले रुस्तम ने उसको बुटिया की दुकान पर देखा था। झुटपुटा हो रहा

था। दिन और रात के मिलने का वह अस्पष्ट समय जब उसके मन में अजीब तरह की छटपटाहट होने लगती थी। घर के अन्दर बैठता तो दम घुटने लगता और बाहर निकलता तो पीले आसमान से उतरकर हज़ारों बेतुके सवाल मन को घेर लेते थे—बेतुके क्योंकि वह कभी उनका जवाब नहीं ढूँढ़ पाता था। उसको अपनी ज़िन्दगी को किस दिशा में मोड़ना चाहिए? क्या करना चाहिए कि आनेवाले सालों में वह पीछे मुड़कर देखे तो पछतावा न हो? बहुत से रास्ते उसके सामने खुलते हुए नज़र आते लेकिन वह कभी तय नहीं कर पाता कि उसको कौन सा रास्ता अपनाना चाहिए। माँ को शौक था कि लड़का अफ़सर बने। पिछले साल माँ के इसरार पर वह आई.ए.एस. के इम्तिहान में बैठ गया था। लेकिन वह असफल रहा।

बाबा चाहते थे वह उन्हीं की तरह इलाहाबाद विश्वविद्यालय में पढ़ाए। एम.ए. पहले दर्जे में पास करने के बाद उसको शायद विश्वविद्यालय में नौकरी मिल भी जाती अगर वह चाहता तो। लेकिन रुस्तम को विश्वविद्यालय में पढ़ाने के ख़याल से दहशत होने लगती थी। वह उसी छोटे क़स्बाती शहर में पैदा हुआ था, वहीं पला-बढ़ा था। उसी जगह रहते चले जाने का ख़याल, लड़कों को पढ़ाते हुए बूढ़े हो जाने का ख़याल उसको डरावना सा लगता था। जैसे कि उसकी क़ब्र ख़ुदी तैयार हो, बस उसमें लेटना भर बाक़ी हो। उसने बाबा को यूँ ही बूढ़े हो जाते देखा था।

वह बाबा की तरह नहीं बनना चाहता था। बाबा की दुनिया तो सिकुड़कर इस छोटे से शहर में समा गई थी। मगर इस शहर के बाहर एक जीती-जागती दुनिया थी जिसका एहसास उसको हमेशा होता था। यह दुनिया बहुत बड़ी थी और बहुत अजीब। उसके बारे में वह कुछ नहीं जानता था। उसके फैलाव की कोई इंतिहा नहीं थी और जब वह दुनिया के इस छोटे से अनजान कोने में बैठकर उस विस्तार के बारे में सोचता तो मन में गुदगुदी होने लगती थी। जी चाहता था बस उठकर चल दे कहीं दूर, इस पहचाने हुए दायरे के बाहर, जिसका चप्पा-चप्पा उसका जाना-बूझा था।

वह जानना चाहता था कि दुनिया में और लोग किस तरह रहते हैं। उसको अपनी सारी किताबों में अपना 'एटलस' सबसे अच्छा लगता था और सारे पढ़ाई के विषयों में से जुग्राफ़िया सबसे दिलचस्प। बहुत देर तक वह 'एटलस' के पन्ने पलटा करता था। किस जगह कौन सी नदियाँ हैं, कहाँ किस चीज़ की सबसे ज़्यादा पैदावार होती है, ज़मीन का कौन सा टुकड़ा कहाँ से टूटकर कहाँ मिल गया है और कहाँ के लोग किस तरह के घरों में रहते हैं। यह सब जानने के लिए उसका मन मचल उठता था। वह मनसूबे बनाया करता था कि कोई ऐसा लाजवाब काम ढूँढ़ेगा जो उसको दुनिया भर की सैर करा दे और उसके दिल की मुराद पूरी हो जाएगी। जब वह बहुत छोटा था तब अपने गुल्लक में दुनिया घूमने के लिए पैसे जमा किया करता था। दूर-दूर की जगहों का ख़याल हमेशा से उसको आकर्षित करता था।

कभी-कभी मन में फड़फड़ाते परिन्दों से छुटकारा पाने के लिए वह टहलने निकल जाता था। घर से निकलकर दाईं तरफ़ मुड़कर सड़क सीधी पीली कोठी की तरफ़ जाती थी। वह सड़क अकसर सुनसान रहती थी। सड़क के दोनों तरफ़ इमली के छतनार दरख़्त थे। उनकी छाँह में चलता हुआ रुस्तम दूर तक निकल जाता था। रास्ते में बड़े-बड़े बँगले और सलीक़े से सजे हुए बाग़-बग़ीचे मिलते थे। शहर के पुराने रईस इसी तरफ़ रहते थे। कभी मन करता तो वह कछार की तरफ़ चला जाता। लेकिन उसको रेलवे लाइन की तरफ़ जाना सबसे ज़्यादा पसन्द था। रेलगाड़ी की पटरी ऊँची सी मेड़ पर बनी हुई थी। उसके बग़ल से जाती हुई सड़क पर क़तार के क़तार गुलमोहर के पेड़ थे। गर्मी के मौसम में वह सब एकसाथ फूल उठते थे जैसे कि चिटकी, पानी के लिए तरसती ज़मीन को ललकार रहे हों। पटरी पर रेल जब एकदम से शोर मचाती हुई धड़धड़ाती निकलती तो रुस्तम एक जगह रुककर उसको देखने लगता था। जब तक उसका हर एक डिब्बा नहीं निकल जाता, वह वहीं खड़ा रहता। थोड़ी देर के लिए उसको लगता कि वह भी कहीं जा रहा है। वह भूल जाता कि वह यहाँ खड़ा है, इस पतली सड़क पर, रेल की पटरी के किनारे।

उस दिन वह यूँ ही टहलने निकल गया था। नुक्कड़ पर बुटिया की दुकान से सिगरेट ख़रीदकर जब रुस्तम पीछे मुड़ा तो वह सामने दिख गया। महुए के पेड़ की आड़ में ज़मीन पर उकड़ूँ बैठा हुआ। अपने मैले, बदरंग से गमछे को वह गोल-गोल लपेट रहा था, शायद उसकी पगड़ी बनाने के इरादे से। उसके सामने रखे झौवे में एक अकेली लौकी रखी थी, खिली हुई, गोल सी, उसके बीच से छोटी डंडी निकली हुई। रुस्तम से आँख मिलते ही उसने पूछा, 'बाबूजी, लेंगे?' रुस्तम ने एक नज़र लौकी पर डाली, फिर निगाह उस आदमी के चेहरे पर आकर ठहर गई। तपा हुआ रंग, खिचड़ी मूँछों के नीचे से हँसते हुए दाँत। रुस्तम को लौकी ख़रीदने में कोई दिलचस्पी नहीं थी। रोज़ सुबह शारदा अपना ठेला लाकर दिन भर के इस्तेमाल की सब्ज़ी दे जाता था। वैसे भी, बावर्चीख़ाने और उसके अन्दर पकते हुए खाने से उसको कोई ख़ास मतलब नहीं रहता था। जब खाने का वक़्त हो जाता तो माँ उसे पुकार लेती थीं। ज़्यादातर वह तब अपने कमरे में किताब पढ़ता रहता या ग्रामोफ़ोन पर रेकार्ड बजाता रहता था। मगर फिर भी, माँ के दो-तीन बार आवाज़ लगाने पर वह खाने के कमरे में पहुँच जाता। वहाँ उसको खाना पका-पकाया मिलता—खाना जिसको तैयार करने में उसका कोई भी हाथ नहीं रहता था। यही वजह थी कि कच्ची सब्ज़ियों से उसका कोई रिश्ता नहीं बन पाया था।

लेकिन आदमी की आवाज़ में अजीब तरह की मिन्नत थी। रुस्तम ठिठक गया। उसने फिर परखती हुई नज़र से लौकी को देखा। आदमी बोला, 'बस बारह आना, बाबूजी!' उसने लौकी पर सहलाता हुआ हाथ फेरा तो रुस्तम को लगा कि महीन रोएँ के नीचे लौकी एक बार काँप गई। रुस्तम ने झुककर लौकी को छुआ और

उसकी नर्मी का अन्दाज़ लगाने के लिए वह उसमें नाखुन गड़ाने जा रहा था कि आदमी फिर बोल उठा, 'ज़रा प्यार से, बाबूजी! नाखुन न गड़ाएँ, बिलकुल बतिया है साहिब!'

रुस्तम का आगे बढ़ता हुआ हाथ रुक गया और उसने उसे जेब में डाल लिया। फिर वह सीधा खड़ा हो गया। 'नहीं, मुझे नहीं चाहिए।' उसने कहा और अलग हट गया। थोड़ी देर तक आदमी रुस्तम को देखता रहा जैसे कि वह कुछ और कहेगा। मगर वह कुछ नहीं बोला। फिर उसने कान के पीछे फँसी बीड़ी लेकर जेब से माचिस निकाली और बीड़ी को सुलगाकर वह खड़ा हो गया। उसने झौवा उठाकर सिर पर रख लिया और उसको एक हाथ से सहारा देता हुआ वह चल पड़ा।

रुस्तम कुछ देर तक वहीं खड़ा उसके दूर होते हुए आकार को देखता रहा। वह कछार की तरफ़ जा रहा था। धीमे-धीमे दूर होता गया, आख़िर उसका मटमैला-सा कुर्ता साँझ के धुँधलके में मिल गया। तब रुस्तम ने चौंककर चारों तरफ़ देखा। चौराहे पर सन्नाटा छा गया था। सड़क पर इक्का-दुक्का रिक्शे चले जा रहे थे। दूर बिजली के खम्भे पर लगी बत्ती की मद्धिम रोशनी सड़क पर फैल रही थी। देखते-देखते मच्छरों का भनभनाता हुआ झुंड रुस्तम के सिर पर मँडराने लगा था और उसको एकदम से ख़याल आया कि वह गहरे रंग की कमीज़ पहने है। गहरे रंग के कपड़ों पर मच्छर ज़्यादा टूटते हैं।

बुटिया की दुकान पर से सारे ग्राहक जा चुके थे। अन्दर लालटेन की टिमटिमाती रोशनी में बुटिया की औरत दिन भर का हिसाब जोड़ रही थी। रुस्तम को एहसास हुआ कि रह-रहकर उसकी आँखें रुस्तम पर आकर टिक जाती थीं, कुछ कौतूहल के साथ। वह फिर उस अधेड़ आदमी और उसकी लौकी के बारे में सोचने लगा। एक गहरी बेचैनी ने उसे घेर लिया। टहलने का इरादा छोड़ वह घर की तरफ़ वापस मुड़ गया। तेज़ क़दम बढ़ाकर उसने बेचैनी को झटकना चाहा, पर वह उसका पीछा करती रही, किसी ज़ख़्मी जानवर की तरह।

रात को वह देर तक जागता रहा। आज रात कुछ ज़्यादा ही गर्मी थी। हालाँकि कूलर बराबर चल रहा था, मसहरी के अन्दर हवा बिलकुल धीमी होकर पहुँच रही थी और सारे कमरे में उमस भर गई थी। रुस्तम को लगा कूलर के पानी से जैसे काई की बू आ रही हो। बग़ीचे के एक तरफ़ हौज़ था जिसके पानी पर हमेशा काई की तह तैरती रहती थी। क्या माली ने कूलर में हौज़ का पानी भर दिया था? उसने फिर सोने की कोशिश की लेकिन दिमाग़ उस अधेड़ आदमी पर लौट आया।

वह कहाँ रहता था? रुस्तम ने उसको कछार की तरफ़ जाते हुए देखा था। रुस्तम अकसर कछार पर टहलने जाता था। कुछ दिनों पहले रुस्तम की आँख तड़के खुल गई थी। उसने सोचा था कछार के और आगे बढ़कर वह नदी पर सूरज निकलते हुए देखेगा। उसने नदी पर सूर्योदय के बारे में कई बार पढ़ा था और उसको

देखने का ख़याल बहुत रोमांचक लगा था। उस दिन वह कछार पर बहुत दूर तक चलता चला गया था मगर नदी नहीं दिखी थी। आख़िर दिन के उजाले ने भोर के धुँधलेपन को निगल लिया था और नदी फिर भी नहीं दिखी थी। तब उसको याद आया था कि गर्मी में नदी सूखकर बहुत पीछे खिसक जाती है। यही वजह थी कि वह उसको नहीं देख पाया था। मगर घर लौटते वक़्त नदी पर सूरज उगते न देख पाने का अफ़सोस उसको सालता रहा था।

उस दिन रुस्तम ने गंगा के कछार के किनारे झोंपड़ियों की बेतरतीब क़तार देखी थी। वैसे तो वह जब भी घर से निकलता था उसे झोंपड़ियाँ कहीं न कहीं दिख जाती थीं, पर उस दिन उसने उन्हें ग़ौर से देखा था। मिट्टी से लिपी हुई इकहरी दीवारें और फूस की छत। भोर की सुरमई रोशनी में उसे वहम हुआ था कि वे ताश के पत्तों के घर हैं। हवा के एक झोंके के साथ वह मिट्टी से सट जाएँगे। कुछ घरों के आगे बकरियाँ बँधी थीं। एकाध में तुलसी चौरा बना था। आपस के फ़र्क़ के इन दो-एक निशानों के अलावा सब एक ही से दिखते थे। क्या वह आदमी भी इन्हीं में से एक में रहता था? उन्हीं में से एक झोंपड़ी—उसकी छत पर शायद लौकी की बेल चढ़ी होगी। वह इस बेल को आए दिन प्यार से सींचता होगा। बतिया को बढ़ते उसने रोज़-रोज़ देखा होगा। मगर बहुत सोचने पर भी रुस्तम के दिमाग़ में उसके आगे और कोई तस्वीर नहीं उभरी। उसको एकदम से ताज्जुब हुआ कि वह झोंपड़ियों में रहनेवालों के बारे में इतना कम जानता था। वह उनके बारे में ज़्यादा नहीं सोचता था, हालाँकि कभी-कभी उसके मन में ख़याल आता था कि वह उनकी मदद किस तरह कर सकता है।

यह सब सोचते हुए वह एक बेचैन-सी नींद में ढलँग गया। उसको लगा किसी ने उसको बहुत ऊँचाई से अँधेरे में ढकेल दिया है। लेकिन फिर उसने अपने को एक बेहद ख़ूबसूरत जगह पाया। कोई पहाड़ी इलाक़ा लगता था। ऊँचे-नीचे गोल-गोल रास्ते जो पहाड़ के चारों तरफ़ लिपट गए थे। जैसे किसी बच्चे ने लट्टू इतनी तेज़ी से घुमा दिया हो कि वह एकदम स्थिर होने का वहम पैदा कर रहा हो, उसके चारों तरफ़ हवा के घेरे नाचते हुए। पहाड़ की ढलान पर हरियाली थी। काई, घास, फ़र्न और जंगली गुलाब का उलझा हुआ झुंड और दूसरी तरफ़ फैला चमकता हुआ नीला, साफ़ आसमान। ताज़ी हवा में रुस्तम भागता हुआ चला जा रहा था, शायद उड़ रहा था। एकदम से उसके आगे एक मैदान खुल गया। रंग-बिरंगे तम्बू लगे हुए थे, झंडे लहरा रहे थे; यक़ीनन कोई मेला था। जब वह फाटक पर पहुँचा तो सामने लगे बोर्ड को देखकर ठिठक गया। उस पर लिखा था, 'टिकट 30,000 रु.।' डूबते हुए दिल के साथ उसने अपना गुल्लक उलट दिया। उसके ताज्जुब की कोई हद नहीं थी जब पैसे गिनने पर ठीक 30,000 रु. निकले! टिकट ख़रीदकर अन्दर पहुँचा तो रंग-बिरंगे तिलिस्मी शामियानों को देखकर वह दंग रह गया। लेकिन वह एक जगह रुक

नहीं पा रहा था—कोई उसका हाथ पकड़कर उसे घसीटे लिये जा रहा था। बाबा थे। वह कह रहे थे, 'जल्दी चलो! जल्दी चलो! नीचे मत देखना! धूल में भिखारी हैं।' वे आगे बढ़ते जा रहे थे। जब रुस्तम का पैर किसी नर्म सी चीज़ पर पड़ा तो उसने नीचे देखा। तभी भिखारी ने अपनी चिटकी हुई, खुरदुरी हथेली उसकी तरफ़ बढ़ा दी।

अधेड़ आदमी ने जब पैसे के लिए रुस्तम की तरफ़ हथेली बढ़ाई तो रुस्तम को अपना उस दिन का ख़याल याद आ गया। आदमी की हथेली भी, रुस्तम ने ग़ौर किया, खुरदुरी थी और कहीं-कहीं, उँगलियों के पास, कत्थे के दाग़ थे। हक़ीक़त और ख़्वाब के यों मिल जाने पर वह हलका सा चौंक गया। क्या वह इस आदमी के बारे में सोच रहा था इसलिए उसने भिखारी का ख़्वाब देखा था? आदमी के जिस्म से पसीने, मिट्टी और तम्बाकू की मिली-जुली बू आ रही थी। ठंडी ज़मीन पर चौपल्ती मारकर बैठने में उसको ज़ाहिरा तौर से मज़ा आ रहा था और वह अपनी काली आँखें रुस्तम के चेहरे पर गड़ाए उसे एकटक देखे जा रहा था। अब वह बझिझक फाटक खोलकर अन्दर आ जाता था और रुस्तम की खिड़की के पास हाँक लगाता था। फिर बरामदे की ठंडी ज़मीन पर आराम से बैठकर रुस्तम का इन्तज़ार करता था।

रुस्तम ने उसके झौवे में रखी मछली को फिर देखा—उसकी रुपहली खाल को, उसकी जवाहर जैसी आँखों को। 'पड़हन है, बाबूजी,' आदमी ने कहा था। 'आपकी ख़ातिर नदी से पकड़कर लाया हूँ।'

रुस्तम को लग रहा था वह पहली बार मछली देख रहा है। हालाँकि वह बचपन में अकसर बाबा के साथ मछली बाज़ार चला जाता था। बाबा को मछली ख़ास तौर से पसन्द थी। वहाँ मछलियों का अम्बार लगा रहता था। बिसायँध भरे माहौल में रोहू, हिल्सा, बैकरी और सिंहाड़ा मछलियों के ढेर, जिनको देखकर रुस्तम के दिमाग़ में कभी यह सवाल नहीं उठता था कि वे कहाँ से लाई गई होंगी। लेकिन आज रुस्तम नदी के बारे में सोच रहा था। मछलियाँ साँस लेने ऊपर आती होंगी तो उनकी रुपहली खाल सूरज की रोशनी में चमक उठती होगी।

उसने जेब से रुपए निकालकर आदमी के हाथ पर रख दिए। उसको मालूम था कि माँ नाराज़ होंगी। एक तो वह कहेंगी कि गर्मी में मछली नहीं खाई जाती। यह मछलियों का अंडा देने का मौसम होता है। और फिर वह इस आदमी से चिढ़ती थीं। कैसे पैर पसारकर बैठ जाता था और बिना लिहाज़ किए घूर-घूरकर देखता था। जब देखो दोपहर को पहुँच जाता था नींद में ख़लल डालने के लिए।

लेकिन रुस्तम का उसके साथ अजीब सा रिश्ता बन गया था। रुस्तम का घर उस सड़क पर आख़िरी घर था। उसके बाद एक सँकरे नाले के किनारे से मँडराती हुई सड़क एकाध मोड़ लेकर कछार पर ख़त्म होती थी। इस सड़क पर दूर से आता हुआ आदमी रुस्तम को अकसर सुबह दिखाई दे जाता था। जब से रुस्तम ने उसे

बुटिया की दुकान पर देखा था तब से वह ग़ौर करने लगा था कि उसका यही रास्ता है। वह इस रास्ते पर पहले भी आता रहा होगा और रुस्तम को हलका सा ताज्जुब हुआ कि उसने अब तक इस आदमी को नहीं देखा। उसका वहाँ से गुज़रने का समय वही होता था जब रुस्तम अपनी किताब लेकर सुबह की ठंडी हवा में बग़ीचे के इस कोने में आकर बैठता था।

बग़ीचे का यह कोना उसका सबसे प्रिय था। दीवार के किनारे लगे जैकरैंडा के पेड़ में नीले फूल लद गए थे। उसके नीचे लेटकर ऊपर डालों को देखने से रुस्तम को लगता था कि शहर पर नीले तूफ़ान ने हमला कर दिया है। नीले फूलों का स्वर पीछे तने नीले आकाश में दोबारा गूँज उठता था। वह आदमी सिर पर झौवा रखे सामने से तक़रीबन रोज़ ही गुज़रता था। रुस्तम किताब पर सिर झुकाए ही उसे देख लेता था और वह आदमी भी उसको देखता हुआ चुपचाप चला जाता था। रुस्तम के वहाँ बैठे रहने से और आदमी के उसके सामने से निकल जाने की वजह से उनके बीच एक तार सा बँध गया था।

एक बार रुस्तम को उसे देखता हुआ पाकर आदमी पीछे मुड़ा और कुछ देर खड़ा रहा जैसे कि उसे उम्मीद हो कि रुस्तम उसे पुकारकर कुछ कहेगा। रुस्तम ने पूछा, 'झौवे में क्या है?' झौवे में तीन बेल थे। एक बेल बीच से फटा हुआ था और दरार में से नारंगी गूदा दिख रहा था। उसकी ख़ुशबू रुस्तम की नाक तक पहुँच रही थी। उसने जेब से एक रुपया निकालकर आदमी को दे दिया और बेल अपने पास रख लिया। कुछ ठहरकर उसने पूछा, 'कहाँ रहते हो?'

'कछार पर, बाबूजी!' उसने सीधा सा जवाब दिया। रुस्तम के दिए हुए पैसे उसने कुर्ते की जेब में डाल लिये और आगे बढ़ गया। लेकिन उसके बाद जब भी वह वहाँ से गुज़रता, रुस्तम को देखकर रुक जाता था। और फिर वह फाटक खोलकर अन्दर आने लगा। ख़ासकर उन दिनों जब रुस्तम उसको सुबह नहीं दिखाई देता था। तब वह दोपहर को, जब वह शायद खाना खाने घर लौटता था, फाटक के अन्दर आ जाता था। कभी उसके झौवे में दो-चार सूखे नींबू होते थे, कभी तरबूज़। वह पैसों के लिए हुज्जत नहीं करता था, चाहे उसे चार आने दे दो, चाहे चार रुपए। एक बार रुस्तम ने उससे यों ही पूछ लिया था, 'तुम इन पैसों का क्या करोगे?' उसके चेहरे पर मुस्कुराहट फैल गई थी।

'पान खाऊँगा!' उसने कहा था। शायद पान खाना ही उसकी सबसे बड़ी ख़ुशी थी।

बीच में वह कई दिनों के लिए ग़ायब हो गया। गर्मी बहुत बढ़ गई थी। दिन भर लू चलती थी। हरियाली को झुलसाती हुई, धूल से लदी तेज़ गर्म हवा बदरंग आसमान से उतरकर, ग़ुस्से से पागल ज़मीन पर चक्कर काटती रहती थी। चारों तरफ़ के पर्दे खींचकर रुस्तम अपनी नीली दुनिया में महफ़ूज़ रहता था। आजकल

उसको फिर वही सवाल साल रहे थे। क्या उसको माँ के कहने के मुताबिक़ फिर से आई.ए.एस. का इम्तिहान दे देना चाहिए? अपनी ज़िन्दगी के साथ वह क्या करना चाहता था? क्या वह आगे चलकर पछताएगा कि उसने बाबा का कहना नहीं माना? लेकिन जब वह अफ़सर बनने के बारे में सोचता तो पता नहीं कितने रहस्यपूर्ण रास्ते अलग-अलग दिशाओं में जाते हुए उसके सामने लहराने लगते और उन पर खिंचता हुआ वह फिर उसी उधेड़-बुन में फँस जाता। वह सुबह थोड़ी देर के लिए जैकरैंडा के पेड़ के नीचे जाकर बैठता था। उसके फूल झड़ चुके थे। ख़ाली डालें मैले आसमान के टुकड़े करती हुई नज़र आती थीं। और यही टुकड़ों का चूरा धूल बनकर दिनभर आसमान से झड़ता था। गर्मी ज़्यादा होने की वजह से सुबह से ही हवा अपने गर्म हाथों से उसके गाल सहलाने लगती थी और वह जल्दी ही उठकर अन्दर चला जाता था।

एक दिन जब वह आदमी दूर से आता हुआ उसको दिखा तो रुस्तम को एकदम से याद आया कि कई दिनों से उसने उसे नहीं देखा था। वह चला आ रहा था पर आज उसके सिर पर झौवा न होने की वजह से उसकी चाल अजीब लग रही थी। रुस्तम के पास पहुँचकर वह रुक गया। रुस्तम ने उससे पूछा, 'आज तुम्हारा झौवा कहाँ है?'

'आज उसमें कुछ नहीं था, बाबूजी।' उसकी आवाज़ में कोई रंग नहीं था।

रुस्तम ने दिलासा देते हुए कहा, 'कोई बात नहीं! लो यह पैसे तुम मुझसे यूँ ही ले लो!'

कुछ देर की ख़ामोशी के बाद आदमी ने कहा, 'नहीं बाबूजी! तबियत ख़राब थी। कल मछली लेकर आऊँगा।'

वह थोड़ी देर वहीं खड़ा रहा। आज उसकी आँखें और भी काली लग रही थीं लेकिन उनकी सफ़ेदी पर पीलापन छाया हुआ था। बाहर झाँकते हुए दाँत हँसने की अकेली कोशिश में दयनीय से लग रहे थे। जेब की तरफ़ बढ़ता हुआ रुस्तम का हाथ थम गया।

शाम को रुस्तम देर तक बाबा के साथ बाहर टहलता रहा। दिन भर चलने के बाद हवा थककर धीमी पड़ गई थी। उस पर तैरती हुई कहीं दूर से रात की रानी की ख़ुशबू उनके पास तक आ रही थी। रुस्तम को लग रहा था वह ख़ुशबूदार रेशम छू रहा है। जैकरैंडा की नंगी डालों पर तारे टँक गए थे। बाबा बहुत तरह की बातें कर रहे थे। बाबा इतनी बातें कम ही करते थे। वह ज़्यादा बातूनी नहीं थे। उन्होंने रुस्तम को उस छोटी सी चिड़िया, टिटिहरी के बारे में बताया जो पैर ऊपर करके, पीठ के बल सोती है। वह सोचती है कि इस तरह से वह अपने नन्हे पैरों पर विशाल आसमान को उठाए हुए है। और रेगिस्तान के मुसाफ़िर के बारे में, जो दूर पर पानी की लहरें देखकर उनकी तरफ़ भागता है। लेकिन वहाँ पहुँचकर देखता है कि पानी

की लहरें और आगे बढ़ गई हैं। असल में यह पानी नहीं धूप और रेत का खेल होता है। इससे बिलकुल पानी का धोखा हो जाता है। इसको मरीचिका कहते हैं। बीच-बीच में बाबा ठहाका मारकर हँस पड़ते थे। बाबा को इतना हँसते हुए रुस्तम ने बहुत दिनों बाद देखा था।

सुबह को बाबा की बातें रुस्तम के दिमाग़ में देर तक घूमती रहीं। किताब का पन्ना खोले, उसकी आँखें एक ही शब्द पर टिकी रहीं। कुछ देर बाद वह अधेड़ आदमी दूर पर नज़र आया। रुस्तम ने देखा कि आज उसके सिर पर झौवा मौजूद था। वह पास आ गया, पर वह क्या बेच रहा है, आज उसने रुस्तम को नहीं बताया। रुस्तम ने पूछा, 'कहाँ जा रहे हो?'

उसने कहा, 'कहीं नहीं।' फिर थोड़ा रुककर, 'जाऊँगा कहाँ, बाबूजी?' आज उसकी आँखों में चमक लौट आई थी और चाल में फुर्ती। वह आगे बढ़ा तो रुस्तम ने देखा कि उसके पैर पूरे ज़मीन पर नहीं पड़ रहे थे। हवा के हलके से झोंके के साथ पेड़ से कुछ सूखे पत्ते सरसराकर नीचे उसी सड़क पर आ गए जिस पर वह चला जा रहा था।

आपा मैया

दिन भर पानी बरसता रहा था। और अब, जब दिन ढल रहा था, आसमान धुलकर एकदम साफ़, सुनहरे और नारंगी रंगों में निखर आया था, जैसे मरने से पहले आख़िरी बार मरीज़ के चेहरे पर सेहत चमक उठती है। जगह-जगह जमा बरसाती पानी और कीचड़ से बचती, सड़ती-गलती सब्ज़ियों की बू को नज़रअन्दाज़ करती जब मैं सब्ज़ी मंडी के बाहर निकली तो थकी हुई शाम शहर पर झुक आई थी। मैंने झोले के हत्थे को, जिसके ऊपर से एक लम्बी सुडौल सी लौकी झाँक रही थी, और कसके पकड़ लिया और आँख ऊपर उठाई तो अपने को हुमायूँपुर के उसी मोड़ पर पाया जहाँ आपा मैया ने मकान ले लिया है। सोचा सलाम करती चलूँ। इधर कई दिनों से उनके पास जाना नहीं हुआ। पता नहीं शाहनवाज़ आया कि नहीं...कोई ख़बर मिली ? मगर नहीं, मैंने क़दमों की रफ़्तार तेज़ करते हुए सोचा। मुझे कुछ तो ख़बर लग ही जाती।

दरियाबाद की तंग गली के दोनों तरफ़ मकान थे जिनकी सफ़ेदी पर बरसाती काई किसी ख़तरनाक खाल की बीमारी की तरह लिपट गई थी। दूर तक यही पुराने से मकान दिखते थे। ताबड़तोड़ एक के ऊपर एक उगते हुए, जैसे उन्हें कहीं पहुँचने की जल्दी हो। और उनके आगे, वहाँ जहाँ गली ख़त्म होती थी, नए आसमान का रंगीन किनारा। सड़क के किनारे लगे नल पर कुछ नंगे बच्चे नहा रहे थे, गन्दुमी खाल पर चमकती हुई बूँदें। किसी छत पर लड़के पतंग उड़ा रहे थे। एक और छत पर बाँस डालकर कबूतरों के लिए मचान बना दी गई थी। एकदम से, हवा के झोंके पर तैरती-डूबती आवाज़ आई, 'आ आ आह! आ आ आह!' और सफ़ेद कबूतरों का फड़फड़ाता हुआ झुंड छत पर उतर आया।

एक दुमंज़िले मकान के छज्जे पर एक नौजवान औरत कचरी हुई धोती सूखने को डाल रही थी। कुछ पानी की बूँदें छिटककर गली में गिरीं। इसी तरह से एक साल पानी की बूँदें नीचे से गुज़रती रामलीला की चौकी पर पड़ गई थीं। बात इतनी

बढ़ी थी कि हिन्दू–मुसलिम दंगे की नौबत आ गई थी। पास की मस्जिद से अज़ान हुई, 'अल्लाह हो अकबर!' मैंने चौंककर घड़ी देखी; शाम के सात बज चुके थे। मग़रिब की नमाज़ के लिए अज़ान थी। मैं गंगा मिमोरियल कालेज की चहारदीवारी के किनारे–किनारे चल रही थी; उसी जगह जहाँ काफ़ी आगे तक दीवार ढह गई थी। अन्दर दूर तक फैला हुआ मैदान दिख रहा था—बिलकुल सपाट। और उसके आगे कालेज की पीली खंडहर जैसी इमारत। इसी मैदान पर पन्द्रह अगस्त को वह हादसा हुआ था। झंडा फहराया जा रहा था। सभी जमा थे, प्रिंसिपल मि. माइकेल, उस्ताद और शार्गिद। इनके अलावा कुछ बाहर के भी लोग। बम के धमाके से भगदड़ मच गई थी। मिनटों में भीड़ तितर–बितर हो गई थी। मि. माइकेल को काफ़ी चोट आई थी और बाद में अस्पताल में उनका इंतिक़ाल हो गया था। गुड्डू कहता था मि. माइकेल अच्छे आदमी नहीं थे। लड़कों से दाख़िले के वक़्त घूस लेते थे और कालेज में गुंडों की फ़ौज इकट्ठा कर रखी थी। दो साल में कालेज की हालत बद से बदतर हो गई थी। सारे लड़के निठल्ले टहला करते थे। क्लास कभी हुई, कभी नहीं। गुड्डू को सारी बातें मालूम थीं। उसका घर कालेज के ठीक सामने था, वह खपरैल की छतवाला। शब्बन और अनीस भी यही कहते थे। मैंने फिर एक उचटती सी नज़र ख़ाली मैदान पर डाली जहाँ कीचड़ से लथपथ बत्तखों का ग़ोल कैं–कैं करता चला जा रहा था।

आपा मैया के घर पहुँची तो वह नमाज़ पढ़ रही थीं। माशी रंग की साड़ी का पल्ला माथे को ढकता हुआ दोनों कानों के पीछे दबा था। सहन में पत्थर के चबूतरे पर एक झज्झर में पानी रखा था और एक किनारे अलुमिनियम का टोटीदार लोटा। सहन की काई से लदी दीवारों पर चमेली की लतर एक तरफ़ से चढ़कर बीच के दर पर लटक आई थी और उसके पत्तों के बीच से हज़ारों ग़ौरैयों के चहचहाने का शोर उठ रहा था। चबूतरे के बग़ल में कोयले की अँगीठी पर गूँगी ख़ालिक की अम्माँ दूध पका रही थी। छोटी सी धौंकनी से वह चूल्हा धौंकती जाती थी। नमाज़ पढ़ते–पढ़ते आपा मैया के मुँह से आवाज़ आती, 'हँ! हँ।' वह गूँगी को इशारा कर रही थीं कि दूध देखती रहे। कभी–कभी गूँगी पता नहीं किन ख़यालों में खो जाती थी और दूध उबलकर गिरने लगता था। गूँगी ने एक बार आपा मैया को घूरकर देखा, जैसे कह रही हो, 'वाह! होंठ पे तो ख़ुदा का नाम है लेकिन जी दूध में लगा हुआ है।'

उसने अभी मुझे नहीं देखा था। बहरे कानों को कोई आहट मिली तो उसने पीछे मुड़कर देखा। मुझे देखकर वह खड़ी हो गई और सलाम का लफ़्ज़ उसके गूँगे गले से एक बदली हुई शक्ल में निकला। लेकिन चेहरे की बेरुख़ी में कोई कमी नहीं आई। उसने हाथ के इशारे से मुझे दालान में, आपा मैया के पीछे लगे पलँग पर बैठने के लिए कहा। उसने दूध की गोल पेंदेवाली डेगची को सँड़सी से पकड़कर उतार लिया और सामने बावर्चीख़ाने के अन्दर नेमतख़ाने में रख दिया। फिर वह चमेली

के तने के पास रखी सिल को मसाला पीसने से पहले अलुमिनियम की छोटी सी कटोरी से पानी लेकर धोने लगी।

मैं पलँग पर नहीं बैठी। चमेली का एक फूल तोड़कर सूँघा तो तबियत तर हो गई। इन छोटे–छोटे बैगनी मायल सफ़ेद फूलों में कितनी ताक़त होती है एक थकी हुई ज़हनियत को ताज़ा कर देने की। मेरी नज़र दीवार पर शीशे के फ्रेम में लगी 'सात आठ छः' की उर्दू इबारत को पार करती हुई अन्दर के कमरे तक पहुँच गई जिसका दरवाज़ा खुला हुआ था। मेरे क़दम उसी तरफ़ बढ़ गए। लम्बा सा कमरा था जिसमें सिर्फ़ उस अन्दर जानेवाले दरवाज़े के अलावा कोई और खिड़की या दरवाज़ा नहीं था। अन्दर के मैले से उजाले में ढेर सारा सामान बेतरतीब लदा हुआ नज़र आ गया।

एक कोने में तीन सुराहियाँ थीं। वह शेर के मुँहवाली सुराही मैंने अचलगंज के घर के बावर्चीख़ाने में देखी थी। दो लकड़ी के तख़्तों पर कुछ बक्स लदे हुए थे। एक किनारे बड़े से बिस्तरबन्द में कुछ लिपटा रखा था। जैसे यह कोई मुसाफ़िरख़ाना हो और यहाँ के रहनेवाले किसी भी वक़्त कहीं भी जाने के लिए तैयार रहना चाहते हों। तख़्त के नीचे बड़े–बड़े जूते खड़े थे जो किसी ज़माने में काले रहे होंगे लेकिन अब उनका चमड़ा सूखकर खंखड़ हो गया था। एक बिना चिमनी की लालटेन। सिलाई की मशीन और उसके बग़ल में रखी तिपाई पर बिजली का पंखा। दीवार पर एक खूँटी से लटका हुआ लम्बा सा पुराने ज़माने का ओवरकोट धूल जमा कर रहा था। यूसुफ़ चचा अकसर इस कोट को पहने रहते थे।

ज़मीन पर, दरवाज़े के पास, दो ख़ाली पिंजड़े रखे थे। ये पिंजड़े अचलगंज के घर के दालान में टँगे रहते थे। एक में मिट्ठू ऊँघा करता था। बीच–बीच में वह चीख़ उठता, 'मिट्ठू बेटे! नबीजी भेजो!' और फिर एक टरमिज़ाज सी ख़ामोशी में ढलक जाता। दूसरे में यूसुफ़ मियाँ ने लाल पाली थीं। एक बार पिंजड़ा खुला रह गया था और दो चिड़ियाँ उड़ गई थीं। उनके इन्तज़ार में यूसुफ़ मियाँ दिन भर घर के बाहर बैठे रहे थे। वह लकड़ी का खटोला भी था जिस पर बचपन में शाहनवाज़ सोता था। लेकिन हमारे लिए कभी वह जहाज़ बन जाता था और कभी महल। शाहनवाज़ यूसुफ़ चचा की पहली बीवी का लड़का था। उम्र में शायद वह नसीम, यानी मेरे भाई के बराबर था। कमरे में कई और चारपाइयाँ भी थीं, उसी तरह की जिनको आपा मैया शाम को आँगन में निकालकर रख देती थीं और सुबह वे अन्दर कर दी जाती थीं। यानी गर्मी में। जाड़े में यह दस्तूर उलट दिया जाता था।

सारी चीज़ें जैसे अपने को अजनबी जगह पर पाकर एक–दूसरे के जाने–पहचाने आकार के पास खिसक आई थीं। सबके पीछे एक बीता हुआ ज़माना था। वे जो इन्हें इस्तेमाल करते थे, जा चुके थे और हर चीज़ पर उनकी ज़िन्दगी के निशान छप गए थे। हर एक पर एक अनकही कहानी थी जिसको सुनने और समझने

के लिए लफ़्ज़ों की नहीं, कोई और बेहद नाज़ुक, बारीक सी ज़बान चाहिए। आपा मैया इन्हीं चीज़ों के साथ, अपनी तन्हाई के साथ रहती थीं। दिन-दिन भर। क्या किसी चीज़ को देखकर उन्हें कोई ख़ास दिन या ख़ास बात एकदम से याद आ जाती थी? अचलगंज में बीते हुए दिन? यूसुफ़ चचा? शाहनवाज़? इतने सालों का लेखा-जोखा जो अब इस कमरे में सिमट आया था।

मेरे दिमाग़ में लाल ईंट और हरे दरवाज़ेवाले घर की तस्वीर कौंध गई। वह घर जो अचलगंज के और घरों से थोड़ी दूर हटकर चबूतरे पर बना हुआ था और जहाँ टोकरों में भर-भरके कोनों में और ज़मीन पर ताज़े, सूखे, सड़ते आमों की नशीली बू से तबियत उकता जाती थी। सवेरे नाश्ते पर या ग्यारह बजे चाय के साथ और हर खाने के बाद, बाल्टी के गँदले पानी में डूबे हुए आम आपा मैया दस्तरख़ान पर पेश कर देती थीं। साथ में वह नीले किनारेवाली सफ़ेद तामचीनी की रकाबी भी रख देती थीं जो चूसते वक़्त आम से टपकते शीरे को लोक ले। लेकिन छुरी वह सिर्फ़ माँगने पर देती थीं क्योंकि उनका कहना था कि आम काटकर और गिनकर नहीं खाए जाते। हमको, यानी मुझे और नसीम को मालूम था कि आपा मैया ने हमारे लिए सबसे उम्दा आम अलग करके रखे होंगे। उधर चारपाई पर ऊँघते यूसुफ़ मियाँ अपनी भारी खसखसी आवाज़ में कहते, 'ल्यो मियाँ, खाओ! तुम भी क्या दिल्लगी करते हो! भला यह भी कोई खाना हुआ?' और मैं थोड़ी हैरत से एक बार अपनी और नसीम की रकाबी में उगते गुठलियों के ढेर पर भिनकती मक्खियों को देखती, फिर नसीम के चेहरे को और फिर यूसुफ़ चचा की खिचड़ी दाढ़ी पर मेरी नज़र आकर अटक जाती—यूसुफ़ चचा।

यूसुफ़ चचा मेरे और नसीम के सगे चचा नहीं थे। दूर के रिश्ते से वह अब्बू के भाई लगते थे। वह रिश्ता इतना पेंचीदा था और उसका 'रिश्ता' बनने में इतनी मिलावट, इतनी शादियों की गुत्थी सुलझानी पड़ती थी कि हमने कभी उसको समझने की ख़ास कोशिश नहीं की। अचलगंज में वह काले खाँ साहब कहलाते थे क्योंकि गोरे को गोरा कह देने से नज़र लग जाती है। अब्बू की भी थोड़ी सी ज़मीन गाँव में थी और यूसुफ़ चचा हमारे पड़ोसी थे। अब्बू का गाँव बहुत कम आना-जाना था क्योंकि वह सरकारी नौकरी पर थे और छुट्टी कम ले पाते थे।

उनकी ज़मीन पर जाड़े में सरसों की खेती और गर्मी में गेहूँ की फ़सल की देखभाल का ज़िम्मा यूसुफ़ चचा का था। इस ज़िम्मे को, हमारे देखने में, वह बड़ी होशियारी से निभाते थे। जब हम गाँव से वापस शहर लौटते तो रेल में हमारे साथ, मौसम के हिसाब से, कड़वे तेल के पीपे या गेहूँ के बोरे होते। लेकिन गाँववालों का इसके बारे में दूसरा ख़याल था। तक़रीबन हर गर्मी या जाड़े की छुट्टी में हम वहाँ जाते तो लोग हमें कनखियों से देखते और कानाफूसी होने लगती, 'भई वाह! काले खाँ साहब की तो चाँदी है। ख़ूब चराया है वसीम मियाँ को! काश हमको भी बैठे-

बिठाए किसी की जागीर मिल जाती!' यानी कि यूसुफ़ चचा अब्बू को बहला-फुसलाकर उनकी ज़मीन हड़प लेना चाहते थे। और इसी नीयत से उन्होंने हमें, यानी वसीम मियाँ की औलादों को भी अपने से इतना मानूस कर लिया था। अब्बू से इस बात का ज़िक्र करने की हमारी हिम्मत नहीं हुई। वह यूसुफ़ चचा को बहुत मानते थे। और सच तो यह था कि यूसुफ़ चचा के 'खुफ़िया' इरादों की हमें भी भनक नहीं लगी। बल्कि उनको चाहने के लिए नए मौक़े पैदा होते गए।

जब रेल अचलगंज के छोटे से स्टेशन पर हाँफती-कराहती आकर रुक जाती थी तो प्लेटफ़ार्म पर छाये सन्नाटे में यूसुफ़ मियाँ की सफ़ेद टोपी हमको दूर से ही दिख जाती। वह प्लेटफ़ार्म पर पुराने पीपल के साए में खड़े रहते जैसे वह इस सोई हुई दोपहर के अकेले पहरेदार हों। लम्बा क़द, सफ़ेद शेरवानी और पायजामा, काले 'पम्प' जूते, एक हाथ में नक़्क़ाशीदार बेंत और दूसरे में चारमीनार सिगरेट जिसका वह रह-रहकर लम्बा कश खींच लेते। इस बुरी आदत पर आपा मैया से अकसर उनकी बकझक हो जाया करती थी। वह आपा मैया के बराबर कोंचने पर सिगरेट पीना छोड़ देने का तहैया कर लेते लेकिन उनके दिल की बेताबी कब इस तहैये पर हावी हो जाती, वह ख़ुद भी नहीं जान पाते और कुछ दिनों तक घर के बाहर सिगरेट फूँकने पर मजबूर हो जाते।

उनकी आपस की कहा-सुनी में मेरी और नसीम की हमदर्दी यूसुफ़ चचा के साथ होती। हम समझ नहीं पाते थे कि आपा मैया क्यों बेचारे यूसुफ़ चचा को, जो कि ज़ाहिर था दुनिया के सबसे नेक इनसान थे, इतना परेशान करती थीं। मुझको तो यहाँ तक शक होने लगता था कि आपा मैया शायद बदले हुए भेस में डाइन हैं जिसके जीने का सिर्फ़ एक ही मक़सद है—यूसुफ़ मियाँ के हर काम पर एतराज़ करना और उनकी अमन-चैन की ज़िन्दगी में ख़लल डालना। उनकी नज़र में यूसुफ़ चचा हर काम ग़लत करते थे। अगर आपा मैया को ककेर पान का पत्ता चाहिए होता तो वह सौंफिया ले आते; फीके ख़रबूज़े ख़रीदने में वह ख़ास तौर से माहिर थे; मज़दूर तय करना होता तो वह दो रुपए के बजाय पाँच में तय कर लाते। उनकी हर बात से आपा मैया आजिज़ आ चुकी थीं और हर बात पर आजिज़ करती थीं। वह एक बार आँखें तरेरकर देखतीं तो लहीम-शहीम यूसुफ़ चचा को भीगी बिल्ली की तरह सहमते देखकर मुझको उन पर बहुत तरस आता था। वह हकलाने लगते, हर तरह से आपा मैया की ख़ुशामद करते, उनको मनाने की कोशिश करते। लेकिन आपा मैया का हाल किसी अन्धे कुएँ जैसा था, जिसे जितना खोदो लेकिन पानी नहीं निकलता।

अब तो आपा मैया को देखकर यक़ीन नहीं होता कि यह वही हैं जिनके इशारों पर लम्बे-चौड़े यूसुफ़ मियाँ नाचते थे और जिनकी डाँट से बचपन में हमारी रूह फ़ना हो जाती थी। छोटा क़द और दुबला-पतला चिड़िया जैसा बदन। गाल पिचक

जाने की वजह से चेहरे की बाईं तरफ़ बड़ा सा मस्सा जैसे और उभर आया था। संजीदा आँखें और चेहरे की सख़्ती जो उम्र की लकीरों में पिघल गई थी। कितनी बदल गई थीं आपा मैया। उनको देखकर लगता था कि समय की एक बड़ी सी लहर आई थी और उनको उठाकर उसने बहुत दूर छोड़ दिया था, एक किनारे, वहाँ जहाँ उनको ढूँढ़ने में किसी को दिलचस्पी नहीं थी।

मैं कमरे के बाहर निकल आई। अँधेरा आहिस्ता क़दमों से आँगन में उतर आया था। आपा मैया नमाज़ पढ़ चुकी थीं। सिजदा करके वह उठीं और तस्बीह के दानों पर उनकी उँगलियाँ चलने लगीं। मैं उनके पीछे पलँग पर बैठ गई। गूँगी अब मसाला पीस रही थी। सिल पर बट्टे घिसने की आवाज़ बराबर आ रही थी। अपने फटे हुए बूटेदार कुर्ते को टाँगों के बीच दबाए वह सिल पर झुकी कुछ बुदबुदाती जाती थी। प्याज़ की तेज़ी उसकी आँखों से आँसू बनकर बह निकली थी पर इसकी ज़रा भी परवाह किए बग़ैर वह आगे-पीछे झूम रही थी। उसके माथे पर पसीने की बूँदें छलक आई थीं।

आपा मैया को जानमाज़ लपेटकर रखते देख मैंने कहा, 'सलाम अलैकुम, आपा मैया!'

मुझको देखकर एक हलकी सी मुस्कुराहट उनके चेहरे पर खेल गई। 'जीती रहो बेटी! अम्मी-अब्बू तो अच्छे हैं?'

'जी हाँ, सब दुआ है! सब्ज़ीमंडी तक आई थी, सोचा आपको देखती चलूँ।'

'ख़ुदा सलामत रखे! आ जाती हो तो ज़रा देर के लिए दिल बहल जाता है।'

'यह गूँगी फिर आ गई?' मैंने मुस्कुराकर पूछा। 'यह तो आपसे बिगड़कर बुआ के यहाँ चली गई थी...?'

'अरे कहाँ जाएगी यह? कौन पूछनेवाला है इसका? घूम-फिरकर यहीं आ जाती है।'

गूँगी बाबा आदम के ज़माने से आपा मैया के घर के इर्द-गिर्द रहा करती थी। कान में बड़े-बड़े नकली बाले, आँखों में सुरमा और पान से रँगे होंठ। पहले गाँव में, और अब मोहल्ले में, वह दिन भर डाँव-डाँव फिरती ख़बरें जमा किया करती थी और रात गए देर तक आपा मैया को अपनी इशारों की ज़बान में यह सब सुनाती थी। आपा मैया भी उसके इशारे ख़ूब समझती थीं। मैंने तो उसकी बातें समझने की अकस्र कोशिश की पर कुछ पल्ले नहीं पड़ा। कभी-कभी आपा मैया गूँगी के झुमके देखकर बड़बड़ाती थीं, 'मुँह में बोली नहीं, निगोड़ी फ़ैशन में चूर है।'

वह बेहद चटोरी थी, जैसे कि ज़बान के ज़रिए वह अपने गूँगे मुँह और बहरे कानों की कसर पूरी करना चाहती हो। हम लोग उसे 'नदीदुन्निसा' कहकर पुकारते थे लेकिन रमज़ान में रोज़ों की बड़ी पाबन्द थी। हालाँकि आपा मैया ऐसा नहीं सोचती थीं। एक बार जब हम उसके पच्चीस रोज़ों की सराहना कर रहे थे तो आपा

मैया ने हमें टोक दिया था, 'अरे, बड़ी मक्कार है मुई! रोज़ों में दाँत की सफ़ाई का ख़याल आ जाता है—कुछ नहीं तो दंतविन चबाया करती है। ज़रा मुँह तो तर रहे।'

लेकिन आपा मैया के बकने-झकने के बावजूद गूँगी का उनके साथ ख़ास रिश्ता था कि घूम-फिरकर वह उन्हीं के पास आ जाती थी, बग़ल में अपने इस्तेमाल की ज़रूरी चीज़ों की छोटी सी पोटली दबाए।

कभी-कभी आपा मैया और यूसुफ़ चचा शहर आते थे। शाहनवाज़ वहाँ पढ़ता था। तब गूँगी भी उनके साथ लग लेती थी। बक़ौल आपा मैया के, 'इसके पैर में तो चक्की बँधी है।' बल्कि उस शाम गूँगी ही तो थी जिसने यूसुफ़ चचा की बेंत और हाथ से गिरा सौदे का झोला आपा मैया को लाकर दिया था। मैं भी वहाँ मौजूद थी, इत्तिफ़ाक़ से। पहली बार मुझको वह बेहद घबराई हुई नज़र आई थी। आपा मैया के सवाल के जवाब में वह नीचे देखने लगी थी। जब यूसुफ़ चचा को बर्फ़ की सिल्ली पर लेटे देखा था, तब आपा मैया ने कहा, 'हाय! बर्फ़ कितनी ठंडी होगी।'

उस शाम भी दिन भर बारिश होने के बाद आसमान धुलकर साफ़ निकल आया था, एक बड़ी-सी किताब के खुले पन्नों की तरह जिनमें हम सब की ज़िन्दगी का हिसाब लिखा हो। कुछ दिनों बाद आपा मैया ने अचलगंज का घर और ज़मीन बेच दी थी। एक अपरिचित सी आवाज़ में उन्होंने कहा था, 'वह शाख़ ही न रही जिसपे आशियाना था... ।' आवाज़ मेरी पहचानी हुई नहीं थी और बात भी मेरी समझ से बाहर थी। आपा मैया के मुँह से, जिनको यूसुफ़ चचा अपने से कहीं ज़्यादा मज़बूत मानते थे।

वैसे शहर में उनको मकान आसानी से मिल गया। हुमायूँपुर में उनके दूर के और क़रीबी रिश्तेदार बहुत थे। वहाँ रहकर उनको किसी चीज़ की परवाह नहीं करनी पड़ेगी। वैसे भी, शाहनवाज़ को गाँव की ज़िन्दगी पसन्द नहीं। कालेज दो क़दम पर था। कितनी आसानियाँ, कितनी सहूलियतें थीं। कह-सुनकर शाहनवाज़ का दाख़िला भी उसमें हो जाएगा। हो सकता है ख़ुद ही से हो जाए। लड़का बड़ा ज़हीन है। आपा मैया ने सारी बातें सोच ली थीं।

इस बात को भी मुद्दत हुई। वैसे सोचो तो शायद चार-पाँच साल ही हुए। तब से मैं अचलगंज नहीं गई, हालाँकि अब्बू की ज़मीन अब भी वहाँ मौजूद है और नसीम हर साल किराया वसूल करने जाता है। सुना है गाँव बहुत बदल गया है; कि अब वह अचलगंज नहीं रहा। आम के बाग़ के किनारे से मँडराती हुई पतली सड़क पक्की कर दी गई है जिस पर बैलगाड़ी में बैठकर धचके खाते हुए हम स्टेशन से घर तक की दूरी यूसुफ़ चचा के साथ तय करते थे। अब टैम्पो तक़रीबन दस मिनट में घर के दरवाज़े तक पहुँचा देता है। उसी रास्ते पर जिसको हम घंटे भर में पार करते थे।

सड़क के किनारे बनी गुमटियों से अब रामदाने की लैया, तिलपट्टी और पेड़े ग़ायब हो गए हैं जो यूसुफ़ चचा हमको आपा मैया की आँख बचाकर खिलाते थे। आपा मैया को चटोरपन बिलकुल पसन्द नहीं था। वह कहती थीं ज़्यादा मिठाई खाने

से बच्चों की भूख ख़त्म हो जाती है और पेट में कीड़े पड़ जाते हैं। अब उन दुकानों में कोका कोला के नाम पर रंगीन पानी, नक़ली फ्रूटी, बबल गम और टॉफ़ी मिलती है, पाँच पैसे में एक या बारह पैसे में तीन। कहीं-कहीं कपड़े की दुकानें भी खुल गई हैं जिनके साइनबोर्ड पर लिखा रहता है 'फ़लाँ फ़लाँ मिल के थोक विक्रेता' और रात में उन पर रंगीन बत्ती चमकती है। हर मंगल को नुक्कड़ पर जो मेला लगता था, अब महीने में सिर्फ़ एक बार लगता है और उसमें भी काग़ज़ के खिलौने ढूँढ़ने पर मिलते हैं। वे जादुई पंखे, साँप, गुड़ियाँ और तोते जिनको लेकर, अपनी ही अहमियत में चूर, हम झूमते हुए घर पहुँचते थे। अब वहाँ प्लास्टिक की गुड़ियाँ मिलती हैं जिनको दबाओ तो सीटी बजती है।

सुनते हैं वह महुए का पेड़ भी अब कट गया जो घर के पीछेवाली गली से अपनी मज़बूत डालें आँगन में फैलाता था, जैसे कि मुद्दतों से तंग गली में क़ैद वह अपनी अकड़ी हुई बाँहों को सीधा कर रहा हो। इन्हीं डालों पर अँधेरी रातों में क़िले की दीवारों से जिन्नात उतरकर बैठते थे। यह बात हमको पक्की मालूम थी। एक बार आपा मैया एकदम तड़के, अँधेरेमुँह आँगन में क़ुरान पढ़ रही थीं। आपा मैया की आँखें हमेशा से ख़राब रही हैं। कुछ साफ़ सूझ नहीं रहा था। तभी पीछे से एक उँगली ने उनको वही पारा दिखा दिया था जिसको वह ढूँढ़ रही थीं। बतानेवाले को देखने जब वह पीछे मुड़ीं तो वहाँ कोई भी नहीं था। जिन्नात के सिवा यह कौन हो सकता था ? यह बात हमने ख़ुद आपा मैया के मुँह से सुनी थी और आपा मैया कहती थीं झूठ बोलने से मुँह में छाले पड़ जाते हैं।

इसी महुए के पेड़ से रात को पीले मक्खन जैसे फूल टप-टप आँगन में चूते थे और सुबह हमको इनसे फ़र्श बिछा हुआ मिलता था। गोल-गोल चिकने फूल, ऊपर छोटी सी टोपी और नीचे बिलकुल गोल छेद में से झाँकते हुए महीन बाल। इन फूलों की नशीली बू गर्मी की चाँदनी रातों में सारे घर में फैल जाती थी। तब जब आपा मैया 'मीलाद' करती थीं और 'या हबीब सलाम अलैका' के सुर हवा में ठहर जाते थे। कभी-कभी 'मीलाद' में परबती भी आ जाती थी और रामप्यारी जो अपने बीमार बच्चे को आपा मैया से 'फुँकवाती' थी।

एकाध बार ऐसा भी हुआ कि चूए हुए महुए को हम बीनकर रजुआ को दे आए। वह उसकी शराब बनाता था। रजुआ हमारा दोस्त था। वह भगेलू मल्लाह का लड़का था और हमको अपनी नाव में बैठा नदी में सैर कराता था। एक बार उसने हमको एक कछुवा भी लाकर दिया था जो मर गया। कभी-कभी शाहनवाज़ भी हमारे साथ जाता था लेकिन अकसर वह छुट्टियों में अपने किसी रिश्तेदार के यहाँ चला जाता था। एक बार आपा मैया को महुए की शराब के बारे में पता चल गया था। उन्होंने अपने दोनों गालों को पीट लिया था और ख़ुदा से हमारे लिए माफ़ी माँगी थी। फिर उन्होंने कई घंटों के लिए हमको उस काली कोठरी में बन्द कर दिया था

जिसमें से माँगने पर वह कोई भी चीज़ हाज़िर कर देती थीं—चाहे लाइफ़बॉय साबुन की बट्टी, चाहे इमली, चाहे शकर। उन घंटों में हमने कोठरी का राज़ जान लेने की पूरी कोशिश की थी पर हमको कुछ भी नहीं सूझा था। बल्कि अँधेरा जैसे और स्याह हो गया था। अब उस कोठरी को तोड़कर दालान बन गया है। वहाँ ख़ूब धूप आती है और सबकुछ साफ़ दिखता है। हिफ़ाज़त के लिए उसमें लोहे का जालीदार जंगला भी लग गया है।

यह भी सुना है कि दो-एक साल पहले जंगलिया गाँव से ग़ायब हो गया। पगला जंगलिया। सिर पर झौवा भर उलझे, मैल से अकड़े हुए बाल, एकदम सफ़ेद दाँत और चमकती आँखोंवाला दीवाना जो क़ब्रिस्तान में बेर के पेड़ के नीचे बैठा न जाने कौन से राग गाया करता था। कितना दर्द उन गानों में होता था। वह राह चलते मुसाफ़िरों को पानी पिला दिया करता था और कभी-कभी न जाने क्या धुन सवार होती थी कि वह झाड़ू उठाकर गाँव भर का कचरा बटोर देता था। गाँव के बच्चे, और हम भी, उसको अपने ढेलों का निशाना बनाते थे लेकिन अपनी सुरों की दुनिया में मशगूल, वह क़तई बुरा नहीं मानता था। उसका आगा-पीछा किसी को नहीं मालूम। गाँववाले कहते थे वह बचपन में पीर बाबा की मज़ार पर पाया गया था।

और अन्धा बाबू भी मर गया जो घंटों बैठकर यूसुफ़ चचा की पिंडलियाँ दबाया करता था। वह पिंडलियाँ पकड़कर फौरन बता देता था कि वह किसके पैर दबा रहा है, चाहे वह उस इनसान से बरसों बाद मिल रहा हो। अजीब जादू था उसके हाथों में। अब तो वहाँ बहुत कुछ बदल गया है। उसी गाँव में, जो लगता था कि जीने की तमन्ना में ज़मीन से ख़ुद-बख़ुद उग आया है, मिट्टी से लिपे घरों की तह समेत। उनमें से कुछ घर ढह गए हैं। नए, पक्के मकानों की तादाद बढ़ गई है। वह टीला अब भी मौजूद है, और टीले पर पुराना क़िला। लेकिन स्टेशन पर, जहाँ यूसुफ़ चचा हमारा इन्तज़ार करते थे, पीपल के तने को घेरकर एक छोटा-सा मन्दिर बन गया है।

वैसे ये तब्दीलियाँ मैंने ख़ुद नहीं देखीं। मुझे तो वहाँ गए हुए भी अर्सा हो गया। अब मैं शायद वहाँ जाना भी न चाहूँ। बदली हुई चीज़ों को देखकर मुझे बहुत अफ़सोस होता है। बार-बार मैं उन्हीं चीज़ों को ढूँढ़ती हूँ जो अब नहीं हैं। हालाँकि मुझको मालूम है कि हर चीज़ का बदलना, आगे बढ़ना लाज़िमी है। फिर भी सदमा होता है—उन चीज़ों, उन लोगों के लिए जो पीछे छूट गए, जिनको अब मैं नहीं पा सकूँगी। शायद इसको मेरा हद से गुज़रता लालच कहा जा सकता है।

पिछली बार जब मैं अचलगंज गई थी तो खजूर के चार बौने पेड़ों तले समतल ज़मीन के किनारे मेड़ और दूर तक फैली हरियाली को देखकर मन वीरान हो गया था। यूसुफ़ चचा वहाँ नहीं थे, उस समतल ज़मीन के नीचे जहाँ उनके ख़ानदान की कई पुश्तें दफ़्न थीं। और हम लोग उनका फ़ातिहा करने यहाँ आए थे जहाँ उनकी जड़ें थीं। मुझको दरियाबाद इलाक़े की घनी आबादी के बीच बने क़ब्रिस्तान का

ख़याल आ गया जहाँ कच्ची मिट्टी के छोटे से उभार के ऊपर सालोंसाल बारिश मंद लय से होती है और जंगली घास उग आती है। चारों तरफ़ कीचड़ और गोबर फैल जाता है और एक भी पहचानी हुई सूरत नहीं दिखती। क़ब्रिस्तान पर ग्वालों ने क़ब्जा कर लिया है और क़ब्रों के बीच गाय-भैंसें बँधने लगी हैं।

और अब आपा मैया दरियाबाद इलाक़े से लगे हुए हुमायूँपुर में रहती हैं। कैसा अजीब लगता है उनको यहाँ देखकर। जैसे कि उनके अन्दर का कोई ज़रूरी हिस्सा खो गया हो और खोखला सा साया यहाँ बसता हो। आपा मैया सुपारी काट रही थीं। उनकी हथेली की चिटकी हुई, कत्थे से रँगी खाल सालों के इस्तेमाल से बिलकुल चिकनी और चमकदार हो गई थी, जैसे कोई बेइंतिहा घिसा हुआ पत्थर। सामने पानदान खुला रखा था; उसके ऊपर हरा रेशमी ग़िलाफ़ जिस पर आपा मैया ने अपने जहेज़ के लिए कलाबत्तू का काम बनाया था। उसमें कहीं-कहीं छेद दिखने लगे थे। मैं आपा मैया के तेज़ी से चलते हुए हाथ देख रही थी जिनके नीचे पानदान की सीनी में सुपारी के नन्हे टुकड़ों का ढेर लग गया था। बड़ी सफ़ाई से सरौता चलता जा रहा था; अँगूठा और उँगली बच के साफ़ निकल आते थे और कतरी हुई सुपारी नीचे गिर जाती थी।

मैंने ज़रा देर उनको देखने के बाद पूछा, 'आपा मैया, और कोई ख़बर मिली?' वह कुछ देर ख़ामोशी से सुपारी काटती रहीं। फिर जब मुझको लगने लगा कि शायद उन्होंने मेरा सवाल सुना नहीं, वह गहरी साँस लेकर बोलीं, 'नहीं।'

कुछ पलों के लिए मुझको अजीब सी वहशत ने घेर लिया। कुछ सोच नहीं पा रही थी कि क्या कहूँ। शायद मेरी उलझन को समझते हुए वह बिलकुल धीमी आवाज़ में बोलीं, जैसे कि उन्हें डर हो कि कोई सुन लेगा, 'उन्होंने किसी को भी नहीं छोड़ा है...जुबैदा के घर से तो पंखा, बत्ती, दरवाज़ा तक उखाड़ ले गए...तुमने देखा होगा, सामने गली में ही तो घर है। अनीस और शब्बन अभी तक हिरासत में हैं। उनके घर तो पका-पकाया खाना उठाकर फेंक दिया। अनवर को तो तुम जानती ही हो...शाहनवाज़ की तरह वह भी लापता है...।'

'और सिद्दीक़ भाई?' मैंने आपा मैया के बूढ़े पड़ोसी का हाल जानना चाहा।

'उनको अभी तक बन्द किए हुए हैं। कहते हैं जब तक क़ादिर अपने को उनके हवाले नहीं करता सिद्दीक़ मियाँ को रिहा नहीं करेंगे। क़ादिर पर ही तो उनको सबसे ज़्यादा शक है।'

'लेकिन गुड्डू तो कह रहा था कि क़ादिर अब सुधर गया है। पढ़ाई में दिल नहीं लगता तो शरारत ज़रूर करता है। लेकिन इससे यह समझ लेना कि किसी की जान ले लेगा...' मैंने अटकते हुए कहा।

'अरे वे मानें तब न...वे तो मोहल्ले के सारे जवान लड़कों को पकड़ ले गए हैं।' आपा मैया की आवाज़ में निराशा भर आई थी।

'बड़े ताज्जुब की बात है...' मैंने कहा। 'आख़िर यह सब मैदान में हुआ; किसी बन्द कमरे में नहीं...किसी ने तो कुछ देखा होगा।'

गूँगी कहती है जब वह चौराहे से लौट रही थी उसने चंदर और इक़बाल को तेज़ी से वहाँ से भागते हुए देखा था।

'तो क्या वे भी बन्द हैं?' मैंने सफ़ाई चाही।

'नहीं, उन्होंने कह दिया वे लोग उस दिन कालेज नहीं गए थे...वे तो अकसर दिखते हैं।'

'लेकिन गूँगी ने बताया नहीं...?'

आपा मैया ज़रा झुंझलाकर बोलीं, 'अरे उसकी ज़बान कौन समझता है...और कहीं वह उसी को गिरफ़्तार न कर लें झूठी अफ़वाह फैलाने के लिए।'

आपा मैया थोड़ी देर के लिए सोच में डूब गईं। उनके माथे पर फ़िक्र की लकीरें खिंच आई थीं। वह बेहद बूढ़ी और थकी हुई लग रही थीं, हालाँकि मुझको एकदम से याद आया कि वह यूसुफ़ चचा से पन्द्रह साल छोटी थीं। वह उनकी दूसरी बीवी थीं।

फिर उन्होंने धीरे से कहा, 'आज पूरे बाईस रोज़ हो गए। तुम्हारे चचाजान होते तो उन्हें कितना सदमा होता। शाहनवाज़ तो कभी बुरी आदतों में नहीं पड़ा...अल्लाह जाने अब क्या होगा!'

'इंशाल्लाह सब ठीक हो जाएगा।' मैंने दिलासा देने की कमज़ोर कोशिश की।

जब मैं जाने के लिए उठ खड़ी हुई तो आपा मैया ने कहा, 'ख़बर मिलते ही मैं कहलवा भेजूँगी।'

वह दरवाज़े तक मेरे साथ आईं जहाँ गूँगी रिक्शा बुला लाई थी।

'बेटा, ज़्यादा देर मत किया करो; ज़माना बहुत बुरा है।'

'आप फ़िक्र मत कीजिए, आपा मैया। घर भी तो दो क़दम पर है। अच्छा, ख़ुदा हाफ़िज!'

रिक्शा आगे बढ़ा तो मेरी नज़र सामनेवाले घर पर पड़ी—जुबैदा आपा के घर पर। जहाँ दरवाज़ा होना चाहिए था, ख़ाली दर था, ख़ामोशी से मुँह फाड़े, किसी गहरी चोट की तरह। अन्दर अँधेरा था। मैंने पीछे मुड़कर देखा। आपा मैया के घर का दरवाज़ा वक़्त के थपेड़ों के साथ कमज़ोर और बदरंग हो गया था। अचलगंज के घर के दरवाज़े की तरह रँगा हुआ नहीं था। मेरे देखते-देखते आपा मैया ने दरवाज़ा बन्द कर लिया।

हरसिंगार के फूल

वह ही था। प्रताप रवीन्द्रन्। हौज़ खास मार्किट में अरोड़ा के 'मैगज़ीन कार्नर' पर उसे पत्रिका के पन्ने पलटते हुए देख सुमित्रा ने दूर से पहचान लिया। आज फिर वह अपना घिसा हुआ कार्डराय का कोट पहने था। शायद उसको वह बरसों से पहनता आया होगा। तभी कपड़े की उभरी हुई धारियाँ कहीं-कहीं से मिट गई थीं और धारियों के बीच बची ख़ाली जगहों पर आँखें आकर ठहर जाती थीं। और वही एक कन्धा कुछ तिरछा करके खड़े होने की अदा जिससे भीड़ में भी उसको पहचान लेना आसान था। विश्वविद्यालय में जब वह दिखता था, अकसर उसके कन्धे पर झोला रहता जिसमें वह शायद काफ़ी वजनदार किताबें रखता होगा। यहाँ वह अपना झोला लेकर नहीं आया था। लेकिन कन्धा उचकाकर खड़ा होना लगता था उसकी आदत बन चुकी थी। उस पर नज़र पड़ते ही घबराहट सुमित्रा के दिल में तितली के पंखों की तरह फड़फड़ाने लगी।

नवम्बर की शाम घिर आई थी। हवा में हलकी सी ठंडक महसूस होने लगी थी। बाज़ार के बीच में जगह निकालकर बच्चों के लिए चौकोर सा खेल का मैदान बना हुआ था जिसके झूलों पर खेलनेवालों की भीड़ हमेशा जमा रहती थी। अब भी, जब शाम गहरा रही थी, मैदान की हद नापती हुई सड़क पर और सड़क के किनारे दुकानों में रोशनी जगमगा गई। कुछ ही देर पहले एक मटमैला सा सुरमई रंग हवा में ठहरा हुआ था। मैदान के सिरे पर लगे पेड़ की नंगी डालों में से रोशनी छनकर फ़व्वारे के पानी पर चमकने लगी तब सुमित्रा को ख़याल आया कि शाम हो गई है। तभी उसके कानों को बाज़ार की आवाज़ें भी सुनाई देने लगीं। गाड़ियों के हार्न, दुकानदारों की हाँक, मन्दिर से घंटी की टन-टन, बच्चों की पुकार; जैसे कि उसके कानों को चालू करने का बटन एकदम से दब गया हो। फिर सड़क पार कर रही थी तो वह दिख गया। और उसके दिखने के साथ ही जैसे सुमित्रा का माहौल के साथ सन्तुलन बिगड़ गया। उसको लगा सब उसी को देख रहे हैं, उसके

कटे बाल, नीली साड़ी और गांधी आश्रम से ख़रीदी हुई खद्दर की शॉल। और इस तरह अपने को सारे बाज़ार, और ख़ासकर उसकी, यानी प्रताप रवीन्द्रन् की नज़र के भीतर पाते हुए, उसको अपना चलना, साँस लेना, अपनी हर हरकत बहुत अस्वाभाविक सी लगने लगी।

शाम को टहलने निकली थी तो दिमाग़ के पीछे कहीं यह ख़याल था कि शायद वह बाज़ार में दिख जाए। पहले भी, कई बार वह उसको बाज़ार में देख चुकी थी; शायद उसका घर आसपास होगा। उसके बारे में सोचती तो सुमित्रा के ऊपर एक अजीब सी बेचैनी हावी हो जाती थी। एक तरफ़ यह उम्मीद बनी रहती कि किसी सड़क या मोड़ पर, हो सकता है किसी दुकान में उससे अचानक मुलाक़ात हो जाए और इस तरह एकदम से उसको अपने सामने पाकर वह अनायास ही कुछ बोल पड़े। क्या मालूम, मौक़ा मिलने पर सुमित्रा ख़ुद ही उसके सामने अपने यूँ अनजान बने रहने का भ्रम तोड़ दे। लेकिन इस भावी मिलन का ख़याल आते ही सुमित्रा की जान सोख़्ता हो जाती और उसको लगता कि आतंक से उसकी आवाज़ हलक़ में फँसकर रह जाएगी।

इसी घबराहट से छुटकारा पाने के लिए एकाध बार इरादा किया था कि शाम को टहलते वक़्त वह दूसरी दिशा में मुड़ जाएगी और बाज़ार की तरफ़ रुख़ ही नहीं करेगी जहाँ उससे मुठभेड़ हो जाने का अन्देशा हो। लेकिन हर बार उसने पाया था कि उस मोड़ पर आकर—वही मोड़ जहाँ सड़क दो शाखों में बँटकर, एक बाज़ार की तरफ़ और दूसरी विजय मंडल के खंडहर की ओर जाती थी—उसके पैर जैसे उसकी मर्ज़ी के ख़िलाफ़ बाज़ार की ही दिशा में आगे बढ़ने का फ़ैसला कर लेते और उन्हें रोकने में वह असमर्थ रहती।

आज भी वही हुआ। पहले के कितने और मौक़ों की तरह। चार महीनों से यही हो रहा था। वह तक़रीबन रोज़ ही प्रताप रवीन्द्रन् को देखती थी, चाहे यहाँ बाज़ार में, कभी लायब्रेरी में या विश्वविद्यालय के किसी दूसरे स्थान पर। जब वह उसको देखती, उसके अन्दर कुछ बदल जाता था; अशान्त हो जाता था। पर इसकी, इस अशान्ति की वजह ढूँढ़ना मुश्किल था क्योंकि वह तो बिलकुल अजनबी था; आज तक उससे बात करने की नौबत नहीं आई। कभी-कभी सुमित्रा को लगता था कि उसकी यह बेचैनी लहरों में बहती हुई उस तक पहुँच जाएगी। तब यह तनाव, जो उनके बीच एक कसे हुए तार की तरह खिंचा हुआ था, टूट जाएगा। फिर उनके बीच सब आसान, स्वाभाविक हो जाएगा। जब वह दिखेगा तो वे एक-दूसरे से बतियाएँगे, हँसेंगे, साथ-साथ चाय पीने जाएँगे, जैसा कि वह अपने और दोस्तों के साथ करने की आदी हो चुकी थी। पर ऐसा हुआ नहीं। वह अनुमान नहीं लगा पाई कि वह क्या सोच रहा होगा। न प्रताप रवीन्द्रन् ने कभी कुछ किया जिससे कि पता चल जाए कि उसने सुमित्रा को देख लिया है। चार महीने यूँ ही निकल गए; इसी अस्पष्ट तरीके

से। जैसे कि उनके बीच उस तार का खिंचा रहना ही ज़रूरी हो और उसके दोनों सिरों पर वे; एक नाज़ुक से सन्तुलन में।

इसको भी एक तरह का इत्तिफ़ाक़ ही कहा जा सकता था कि अभी तक उसका रवीन्द्रन् से परिचय नहीं हुआ था। लायब्रेरी में वह उसके ठीक सामनेवाली मेज़ पर आकर बैठता था—खिड़की के पास। आकर सबसे पहले अपने कन्धे का झोला मेज़ पर रखते हुए वह उसमें से कुछ सादे काग़ज़, अपनी 'शेफ़र' क़लम और एकाध मोटी-पतली किताबें निकालकर मेज़ पर रख देता था। फिर कुर्सी पर अपना झोला टाँग, अपनी जगह सुरक्षित कर लेता और शेल्फ़ पर से किताबें लेने चला जाता। हालाँकि सुमित्रा के देखने में उसको ऐसा करने की कोई ज़रूरत नहीं थी क्योंकि वह रोज़ उसी कुर्सी पर बैठता था और जिस दिन वह नहीं आता, उस दिन भी वहाँ कोई दूसरा नहीं बैठता था। शेल्फ़ से किताबें लाकर, वह ज़्यादातर समय उनमें से कुछ देखकर अपने हरे क़लम से लिखता रहता था। एकाध बार सुमित्रा को लगा कि वह उसे देख रहा है पर जब भी सुमित्रा ने गर्दन घुमाई तो वह या तो खिड़की के बाहर देखता हुआ मिला या अपने काम पर झुका हुआ।

इस बीच सुमित्रा की उसके बारे में जानकारी काफ़ी बढ़ गई थी—कि वह अर्थशास्त्र पढ़ रहा है पर साहित्य में ज़्यादा दिलचस्पी है; कि वह बंगलौर का रहनेवाला है; कि यहाँ आने से पहले उसकी डिग्री विज्ञान में है, पर अब उसने अपना पढ़ाई का विषय बदल लिया है; कि उसके पास पाँच कमीज़ें हैं, चार सादे रंगों में और एक धारीदार, जिनको वह अदल-बदलकर पहनता है; कि वह सिगरेट कुछ ज़रूरत से ज़्यादा ही पीता है। उसके बारे में इतनी जानकारी सुमित्रा को काफ़ी 'रिसर्च' करने पर मिली थी। ऐसे में उससे मुलाक़ात हो जाना महज़ औपचारिकता मालूम होने लगी थी। बेशक एक ऐसी औपचारिकता जिसका असलियत में बदलना दिन पर दिन मुश्किल हुआ जा रहा था।

जैसे कि आज ही देखो वह खड़ा था सामने और सुमित्रा के पैर पत्थर हो गए थे। बग़ल में, पान की दुकान से फ़िल्मी गीत सुनाई दे रहा था। कोशिश करके उसने क़दम आगे बढ़ाए और पान की दुकान के सामने से गुज़री तो उसको शीशे में अपना अक्स दिखाई दिया—कटे हुए बाल और सहमा सा चेहरा। वह वापस घूमकर आई और दोबारा अपनी शक्ल शीशे में देखी। हलके से मुस्कुराने पर अपने सफ़ेद, आकर्षक ढंग से टेढ़े-मेढ़े दाँतों की झलक मिली। मैं बुरी तो नहीं दिखती हूँ, उसने सोचा और उसका हौसला कुछ बढ़ गया। पानवाला उसकी तरफ़ देखकर मुस्कुरा रहा था। वह जल्दी से आगे बढ़ गई।

अरोड़ा की दुकान पर शायद रवीन्द्रन् ने अपनी किताबें चुन ली थीं। अरोड़ा किताबें किराए पर देता था—एक किताब पच्चीस पैसे रोज़ के भाड़े पर। किताबें ज़्यादातर हलकी-फुलकी, मनोरंजक क़िस्म की थीं। कभी-कभी किताबों के पन्ने

फटे या पूरे ही ग़ायब रहते थे। कई बार वह भी वहाँ से किताबें ले चुकी थी। गर्मी की अनंत दोपहरों को काटने का यह अच्छा ज़रिया मालूम देता था। अब अरोड़ा अपना रजिस्टर खोले उससे कुछ पूछ रहा था। शायद उसका नाम, पता और किताबों के शीर्षक। फिर रवीन्द्रन् बोला तो उसका जवाब कान उधर लगाए रखने पर भी सुमित्रा सुन नहीं पाई। क्या उसने अपना पता सी–आठ बताया था? सी–आठ, यानी दुकानों के कुछ पहले ही, सुमित्रा के घर के रास्ते में। उसका दिल ज़ोर–ज़ोर से धड़कने लगा। अब उसने किताबें हाथ में उठा ली हैं और बाहर निकलेगा। बाहर जाने के लिए उसको सुमित्रा के बिलकुल पास से गुज़रना होगा। उसकी अन्दर की साँस अन्दर ही रह गई। पर वह सामने से चला गया, बिना सुमित्रा की तरफ़ आँख उठाए। कुछ देर अनमने ढंग से बाज़ार में टहलने के बाद वह घर लौट रही थी, तो उसने सी–आठ पर एक नज़र डाली। दो मंज़िली इमारत थी, कुछ पीली सी। उसके दरवाज़े बन्द थे और कोई आगे–पीछे नहीं दिख रहा था। क्या वह यहीं रहता था?

इन्दु की वजह से सबसे पहले सुमित्रा का ध्यान प्रताप रवीन्द्रन् की तरफ़ गया था। इन्दु सुमित्रा की दोस्त थी। वह विश्वविद्यालय के होस्टल में रहती थी पर दिन का ख़ासा समय वह सुमित्रा के साथ ही बिताती थी। विश्वविद्यालय गर्मी की लम्बी छुट्टी के बाद खुला था। नए चेहरों का दरिया बह रहा था। वे भी विश्वविद्यालय में नए थे। सुमित्रा का दाख़िला मुश्किल से हुआ था। बी.ए. का नतीजा बहुत अच्छा न होने की वजह से उसका नाम दाख़िले के लिए उम्मीदवारों की लिस्ट में सबसे नीचे था। और न सुमित्रा को ही यहाँ पढ़ने में ख़ास दिलचस्पी थी। सुमित्रा की आदत सपने देखने की थी। इस मामले में उसकी कल्पना असीम थी। न जाने कहाँ–कहाँ के सपने उसकी तरफ़ इशारा करते थे और वह मंत्रमुग्ध होकर उन्हें देखा करती थी। किसी भी स्थिति का वास्तविक पहलू उसको मुश्किल से दिखाई देता था। अपने भविष्य के बारे में उसने ख़ास गम्भीरता से सोचा नहीं था। वह था कहीं बादलों के पीछे दूर तक खिंचा हुआ। उसमें जो रास्ता वह चाहेगी, जब चाहेगी, अपना लेगी।

उसके हिसाब से, विश्वविद्यालय का दायरा संकुचित था। वहाँ पढ़ने के लिए वह बहुत बेमन से राज़ी हुई थी। बड़े भाई ने इसरार किया था। उनका कहना था कि इस विश्वविद्यालय में एकदम नए ढंग से पढ़ाया जाता है और वहाँ के अध्यापकों का भी अपने–अपने क्षेत्र में बहुत नाम है। यहाँ से एम.ए. करने के बाद उसके लिए पढ़ाने की नौकरी तो धरी हुई है। हो सकता है विदेश जाकर पढ़ने के लिए वज़ीफ़ा भी मिल जाए। आजकल इस विश्वविद्यालय में घुसने की सभी कोशिश कर रहे हैं। तभी दाख़िला भी मुश्किल से हुआ था।

अपने फीके उत्साह की बुझती हुई लौ को ज़िन्दा रखने की सुमित्रा ने शुरू–शुरू में काफ़ी कोशिश की। वह क्लास में बड़ी पाबन्दी के साथ हाज़िर रहती और लिस्ट में दी हुई किताबें निकलवाकर वह लायब्रेरी में देर तक पढ़ती रहती। लेकिन

मन नहीं लगता था। किताबें किसी तरह से ख़त्म होने को नहीं आती थीं और लिस्ट कुछ ज़्यादा ही लम्बी थी। डॉ. कृष्णमूर्ति के लेक्चर से ज़्यादा उनकी दोनों जेबों में हाथ डालकर कमरे के आगे-पीछे टहलने की आदत दिलचस्प लगती थी। और डॉ. मुखर्जी के सफ़ेद, नर्म बाल कितने लुभावने ढंग से उनके माथे पर गिरते थे। डॉ. ललित, जो विश्वविद्यालय में नए थे और बिलकुल जवान, जब बोलते वक़्त उत्तेजित होकर हवा में हाथ फैलाकर भागते हुए जुमलों को पकड़ लेते थे तो सुमित्रा को बहुत मज़ा आता था। और भी चीज़ें थीं जिनकी वजह से उसका ध्यान बँट जाता था। फिर इन्दु की वजह से उसका ध्यान रवीन्द्रन् की तरफ़ चला गया।

डॉ. मुखर्जी के लेक्चर के बाद वे लायब्रेरी के बाहर खड़े थे। सुमित्रा तय नहीं कर पा रही थी कि लायब्रेरी के अन्दर जाकर कुछ देर पढ़े या सीधे घर चली जाए। पढ़ने के ख़याल से ही उसको थकान महसूस हो रही थी लेकिन घर जाने का समय अभी नहीं हुआ था। दोपहर के तीन ही तो बजे थे। तभी इन्दु ने फुसफुसाकर कहा, 'अभी उधर मत देखना लेकिन किसी को तुममें बहुत दिलचस्पी है। पिछले पाँच मिनट से तुम्हीं को देखे जा रहा है।'

वह लायब्रेरी की सीढ़ियों पर बैठा हुआ सिगरेट पी रहा था। जब सुमित्रा ने मुड़कर देखा तब भी वह उसी को घूर रहा था। यानि कि, सुनहरे चश्मे के पीछे उसकी आँखें, सोच में डूबी हुईं, उसी पर टिकी थीं। पर दो-चार बार उसकी तरफ़ कनखियों से देखने के बाद समझ लेना आसान था कि उसकी आँखें सुमित्रा को नहीं, बल्कि उसके पार देख रही हैं, कहीं दूर—जैसे कि वह हवा की बनी हुई हो और उसके आरपार देखा जा सकता हो। पहली बार रवीन्द्रन् को देखने से सुमित्रा को लगा जैसे कि उसका शरीर यहाँ उपस्थित होते हुए भी कहीं और हो।

लायब्रेरी की सीढ़ियों पर छात्रों के कई गुट बैठे बातें कर रहे थे। पर वह औरों से अलग, अकेला सबसे नीचेवाली सीढ़ी पर बैठा था। उसके कपड़े एकदम मामूली थे। खाखी रंग की पतलून, बिना इस्त्री की हुई सफ़ेद कमीज़ और पैरों में पुरानी सी सैंडल। उसके बारे में कोई भी चीज़ ख़ास ग़ौर करने लायक़ नहीं थी। अगर किसी चीज़ पर आकर नज़र रुकती थी, तो वह था उसके सपाट से चेहरे पर टिका हुआ सुनहरा चश्मा। दोपहर की तिरछी धूप में चश्मा एकदम से चमक उठता था। नाक पर टिके दो गोल आकार, जैसे समतल मैदान में उग आए दो सूरज। कपड़े और शक्ल-सूरत एकदम मामूली होने के बावजूद उसकी पूरी धजा को देखकर एक रहस्यमय दूरी का एहसास होता था—एक दूरी जो उसके कपड़ों या शक्ल में न बसते हुए भी उसके आसपास कहीं भटकती थी।

सिगरेट ख़त्म करके उसने उसके जलते हुए सिरे को अपनी सैंडल के नीचे दबा दिया और एक किनारे फेंकते हुए वह लायब्रेरी के अन्दर चला गया। सुमित्रा ने घर लौट जाने का निश्चय कर लिया। पढ़ाई कल तक टली रह सकती है, उसने सोचा।

थोड़ी दूर तक इन्दु के साथ वह होस्टल की दिशा में चलती रही। इस साल बारिश अच्छी हुई थी और कैम्पस लहरा रहा था। इमारतों के पीछे, दूर जहाँ तक नज़र जाती थी, बरसाती जंगल उग आया था। उसके बीच से होस्टल की तरफ़ मँडराती हुई पगडंडी ऐसा भ्रम पैदा करती थी कि हरा समुद्र दो हिस्सों में बँट गया है। बीच में कहीं-कहीं लाल द्वीप जैसी चट्टानें। आधा रास्ता ख़त्म होने पर इन्दु से विदा लेकर सुमित्रा वापस घूम गई और वहाँ चलने लगी जहाँ विश्वविद्यालय की चारदीवारी के किनारे-किनारे गुलमोहर की क़तार थी। कुछ पेड़ों पर इक्का-दुक्का फूल बचे थे। घनी डालों पर नाज़ुक से पत्ते नीचे की तरफ़ फिसलते हुए से जान पड़ते थे। पेड़ों के नीचे गीले, गलते पत्तों की तह थी जो वहाँ से गुज़रनेवालों के जूतों पर चिपक जाती थी। सुमित्रा बस पकड़कर घर आ गई और अपने कमरे में देर तक रेडियो पर फ़िल्मी गीत सुनती रही।

उस दिन को चार महीने हो गए; बाज़ार से घर लौटते हुए सुमित्रा को हलके से झटके के साथ याद आया। पता नहीं क्यों वह इस मामूली शक्ल के इनसान की तरफ़ खिंचती चली जाती थी। दोष, अगर उसको दोष कहा जा सकता है, शायद सुमित्रा का ही था। उसको नौजवान लड़के पसन्द थे। उनको वह उसी मोह के साथ देखती थी जिससे वह बरसात की अँधेरी रातों में चमकते हुए जुगनू देखा करती थी। हवा में उड़ते हुए जुगनू, जैसे अन्धकार में ख़ामोशी से रह-रहकर चमक पड़तीं उम्मीदें। किसी की सिर पीछे फेंककर हँसने की आदत, किसी की आवाज़, तीसरे के बालों की क़िता या उसकी उँगलियाँ, और किसी के तो सिर्फ़ कोई शब्द कहने के अन्दाज़ पर ही वह फ़िदा हो जाती थी। छोटी-छोटी बातों पर उसका दिल आ जाता था। जैसे कि उसके दिल में जाने कहाँ का ख़ज़ाना भरा पड़ा हो जिसको ख़र्च करने के लिए उसे सिर्फ़ बहाना चाहिए।

दूसरे दिन वह लायब्रेरी में अपनी निश्चित जगह पर नहीं था। कुछ देर तक कमरे के एक तरफ़ खड़ी सुमित्रा 'बोर्ड' पर लगे नई किताबों के आवरण देखती रही। पर उसका ध्यान बहक रहा था। उसने मुड़कर दोबारा रवीन्द्रन् की कुर्सी की तरफ़ देखा, जैसे कि इस बीच वह अपने आप ही कहीं से नाज़िल हो गया होगा। लेकिन कुर्सी अब भी ख़ाली थी। पिछले चार महीनों में ऐसा सिर्फ़ एकाध बार ही हुआ था कि वह लायब्रेरी में बैठा नहीं मिला था। उन मौक़ों पर सुमित्रा का मन किसी और चीज़ पर टिक नहीं पाया था। लगा था जैसे मन में कुछ खटक रहा है, कुछ अधूरा है। लायब्रेरी की पहली दो मंज़िलों के कमरों पर सरसरी सी निगाह दौड़ाती हुई वह नीचे उतर आई और लायब्रेरी के बाहर निकल गई।

वह कैंटीन में भी नहीं था। कैंटीन से बाहर आकर, सड़क के किनारे, वहाँ जहाँ सूखी घास का पीला सा चौकोर था, 'मौसी' अपना छोटा सा ढाबा चलाती थी। ढाबे पर चाय पीनेवालों की भीड़ जमा हो गई थी। हालाँकि मौसी कैंटीन के ही दाम पर

चाय बेचती थी, कैंटीन की बनिस्बत उसका ढाबा छात्रों को प्रिय था। ऊँची-नीची टाँगोंवाली लकड़ी की खड़बड़ी बेंचें, बाल्टी के मटमैले पानी में जल्दी से धुले हुए गिलासों से उठती गर्म चाय की भाप, ढाबे की फूस की छत, या छोटू, यानी मौसी का लड़का जो चाय लोगों तक पहुँचाता था—न जाने किस चीज़ का जादू था जो मौसी के हाथ, बिजली की तेज़ी से चाय उँडेलते हुए भी चाय की माँगें पूरी नहीं कर पाते थे। ढाबे के अन्दर की जगह भर जाती तो छात्र बाहर घास पर या सड़क के किनारे बनी मुँडेर पर जम जाते थे। आज भी वहाँ चहल-पहल थी। लोगों का बराबर आना-जाना और बातों की गहमागहमी।

एकदम से सुमित्रा को वह दिख गया। सबसे किनारेवाली मेज़ पर रवीन्द्रन् दो-तीन लोगों के साथ बैठा था। सिर आगे को झुकाए, मेज़ पर कोहनियाँ टेके, उन लोगों के बैठने के अन्दाज़ से लगता था कि वह किसी बहस में मुब्तिला हैं। बीच-बीच में उनमें से कोई एक अपनी मुट्ठी मेज़ पर ठोककर ज़ोर से कुछ बोल पड़ता था। ज़ाहिर था कि वे सब मिलकर किसी बेहद संगीन समस्या का हल ढूँढ़ रहे थे। इस ख़याल का सुमित्रा पर गहरा असर पड़ा। रवीन्द्रन् की पीठ सुमित्रा की तरफ़ थी और चेहरा नहीं दिख रहा था।

ढाबे के बाहर, घास पर बैठे लोगों के बीच किसी का हिलता हाथ देखकर सुमित्रा की नज़र उधर चली गई। इन्दु थी। वह पैडरो और कुमकुम के साथ चाय पी रही थी। शायद वह कुछ देर से सुमित्रा की तरफ़ इशारा कर रही थी क्योंकि सुमित्रा के वहाँ पहुँचते ही वह बोली, 'क्यों, तुम तो राना प्रताप को देखकर एकदम चकाचौंध हो गईं! इधर हम भी तो बैठे हैं।' बग़ल में रखा हुआ झोला खिसकाते हुए उसने घास पर सुमित्रा के लिए जगह बना दी और फिर बोली, 'आओ, यहाँ बैठो, यहाँ से ज़्यादा अच्छी 'व्यू' मिल रही है।' यह कहकर वह खिलखिला पड़ी।

सुमित्रा ने त्यौरी चढ़ाकर उसकी तरफ़ देखा। उसको इन्दु की ये बातें बिलकुल पसन्द नहीं थीं। जब देखो, जहाँ देखो, कुछ भी बोल पड़ती थी। सोचती ही नहीं थी कि किसी और को कैसा लगेगा। दूसरों की ज़िन्दगी में कुछ ज़्यादा ही दिलचस्पी थी उसे। पैडरो और कुमकुम भी क्या समझते होंगे कि वह 'राना प्रताप' के पीछे दीवानी है। उसने कनखियों से पैडरो की तरफ़ देखा पर वह चुपचाप चाय पी रहा था। सुमित्रा ने इशारा करके छोटू से चाय लाने के लिए कह दिया और फिर वह घुड़मुसाकर बैठ गई। इन्दु से उसकी नाराजगी अभी पूरी तरह से गई नहीं थी।

कुछ देर तक वे ख़ामोशी से बैठे रहे। फिर इधर-उधर की बातें होने लगीं। कुमकुम आई.ए.एस. में बैठ रही थी। रात देर तक पढ़ना पड़ता था। इस वक़्त भी वह कुछ ही देर का 'ब्रेक' ले सकती थी। पैडरो के घर से बहुत दिनों से चिट्ठी नहीं आई। उसको अपने गोवा के समुद्र और वहाँ की 'फ़ेनी' याद आ रही थी। अरे, वह देखो, आज संगीता क्या पहनकर आई है—ब्लाउज़ है कि चिथड़ा। सब आरपार

दिखाई दे रहा है। उसका गिरीश के साथ टूट गया है। और वह आसिफ़ जो दूर पुलिया पर बैठा है, किरन पर जान देता है वह, लेकिन वह उसको घास नहीं डालती। मर जाएगा बेचारा...वग़ैरह। इन्दु की कमेंटरी जारी थी।

सुमित्रा ये बातें सुन नहीं रही थी। रोज़ यही बातें होती थीं। यही खेल जिनके खिलाड़ी बदल जाते थे। उसकी एक आँख रवीन्द्रन् पर थी। उसके साथी उठकर जा चुके थे। अब वह अकेला बैठा कुछ पढ़ रहा था। जहाँ घास पर सुमित्रा बैठी थी, वहाँ से उसके चेहरे का बायाँ हिस्सा दिख रहा था। उसके कान के पीछे बालों की एक लट घूम गई थी और साँवली सी गर्दन कमीज़ के कालर के अन्दर छिप गई थी। कैसा अच्छा रंग था उसका, जैसे शाम का रंग! क्योंकि वह पढ़ने में मसरूफ़ था, वह उसको और खुलकर, ध्यान से देखने लगी। तभी रवीन्द्रन् ने मुड़कर उसकी तरफ़ देखा। शायद उसे एहसास हो गया था कि कोई उसे देख रहा है। एक आत्मीय सी नज़र थी, बिलकुल बेझिझक। जैसे कि वह सुमित्रा को बहुत पहले से जानता हो। बौखलाकर सुमित्रा दूसरी तरफ़ देखने लगी और थोड़ी देर बाद उठकर लायब्रेरी चली गई।

अगले दो दिन विश्वविद्यालय में छुट्टी थी। दीवाली इस साल देर से पड़ी थी। धूप का रंग गुलाबी हुए कई हफ़्ते हो गए और हरसिंगार महीने भर से खिल रहा था। सुमित्रा के घर के फाटक पर हरसिंगार की बड़ी सी झाड़ी थी। शाम से कलियाँ खिलना शुरू हो जाती थीं और सुबह ज़मीन पर हरसिंगार के फूल औंधे गिरे हुए मिलते थे। सफ़ेद लहरिया पंखुड़ियाँ ज़मीन को छूती हुई और छोटी नारंजी डंडियाँ ऊपर की तरफ़ उठी हुई। सुबह उठकर सुमित्रा ये नाज़ुक से फूल बीनकर अन्दर ले आती थी और थोड़ी देर के लिए कमरा महक उठता था। फूल की नारंजी डंडियाँ उसकी उँगलियों पर हल्का सा पीला निशान छोड़ देती थीं। कभी-कभी वह थोड़े से फूल अपने आँचल में बाँध लेती। फिर हरसिंगार के फूलों की उजली सी ख़ुशबू दिन भर उसके पास रहती थी, एक अदृश्य साथी की तरह। एक बारीक सा रिश्ता जिसकी मौजूदगी उसके लिए सिर्फ़ संवेदना के स्तर पर थी।

शाम के सात बजते-बजते अँधेरा होने लगा था। इसलिए सुमित्रा दोपहर को टहलने निकल गई। बाज़ार की तरफ़ न जाकर वह जानबूझकर विजय मंडल के खंडहरों की दिशा में मुड़ गई। वह अपने ऊपर खीझ रही थी। प्रताप रवीन्द्रन्। क्या उसके पास सोचने के लिए और कुछ नहीं था? इम्तिहान एकदम सिर पर आ गए थे। अगर पढ़ाई पर ध्यान नहीं दिया तो हो सकता है कई पर्चे दोबारा देने पड़ जाएँ। कितनी शर्म की बात होगी। और ज़्यादा मेहनत करनी पड़ेगी सो अलग। चलते-चलते वह उस जगह पहुँच गई जहाँ सड़क के किनारे काफ़ी आगे तक ज़मीन खोदकर घास लगा दी गई थी। जगह-जगह पक्की बेंचें बनी हुई थीं। वह बेंच पर न बैठकर, उससे टेक लगाकर घास पर बैठ गई। दूर पर विजय मंडल के खँडहर

दिख रहे थे। पुरानी इमारतें पेड़ों के झुरमुट से घिरी हुई थीं। पेड़ भी पुराने थे। उनके मोटे तने टेढ़े-मेढ़े थे, अलग-अलग शक्लों के और कहीं-कहीं डालें ज़मीन को छू रही थीं। बहुत पहले वह वहाँ और बच्चों के साथ खेला करती थी। पेड़ों की हरी-भरी छाँव अच्छी लगती थी। तब वहाँ मोर होते थे—मोर जिनकी लम्बी दुम के पंख बारिश और धूप के रंगों से चमक उठते थे।

सोच में डूबी वह बैठी रही। बिना ख़ास ध्यान दिए उसने घास की एक पतली सी सींक तोड़ ली और अपनी खुली हुई बाँह पर धीरे से उसको फेर दिया। कोमल सा स्पर्श था, किसी की नर्म साँस की तरह। जैसे कि उसके बग़ल में बैठा कोई हलके-हलके साँस ले रहा हो। उसके बदन पर झुरझुरी रेंग गई। उठकर वह सीधी बैठ गई और आँचल में बँधे हुए हरसिंगार के फूलों को नाक के पास लाकर उसने एक बार उनको सूँघ लिया। कलाई पर बँधी घड़ी पर नज़र पड़ी तो उसमें पाँच बज रहे थे। वह वापस घर की तरफ़ मुड़ गई।

शाम को उसने घर की छत पर और खिड़कियों के ऊपर बने छज्जों पर दीये जला दिए। तेल से भरे छोटे-छोटे मिट्टी के सिकोरों में ढेरों तारे उग आए। अँधेरी रात जगमगा उठी। काफ़ी देर तक बाहर टहलकर वह यह नज़ारा देखती रही। कभी-कभी कोई दीया बुझ जाता था तो कड़ी टूट जाती थी। तब वह ऊपर चढ़कर फिर से उसको जला देती थी। उसका जी चाहता था कि दीये हमेशा जलते रहें। जादू कभी न टूटे। अम्माँ ने बाहर निकलकर देखा। भैया ने भी। आसपड़ोस के बच्चे आज घर में जमा हो गए थे। अपने पटाके कब जलाकर ख़त्म कर, वे यहाँ मौजूद थे कि दीवाली का मज़ा कुछ देर और ले लें। उन्हें मालूम था कि अभी सुमित्रा की माँ लाई-लावा और चीनी के हाथी-घोड़े लेकर उनके पास आएँगी और फिर टोकरी में भरे पटाके निकालकर लाए जाएँगे। हर साल की तरह इस साल भी पटाकों को जलाने में उन बच्चों का हाथ होगा। गोल-गोल नाचनेवाली फिरकियाँ, मिट्टी के अनार जो ढेरों रुपहले फूल उगलेंगे, फुलझड़ियाँ और रंग-बिरंगी महताबी और सबसे ज़्यादा ख़ुशी देनेवाले वे लम्बे-पतले आकाशबाण जो आसमान को चीरते हुए अँधेरी रात के पर्दे पर जलते हुए चित्र खींचेंगे। शोर मचानेवाले पटाके नहीं होंगे। क्योंकि सुमित्रा को सिर्फ़ वही पटाके पसन्द थे जो कुछ देर के लिए पूरे माहौल में रोशनी फैला देते थे। सीटी बजाते हुए आकाशबाण एक-एक करके आसमान में उठ गए। तमाशा देखती हुई सुमित्रा के दिल में हज़ारों चिनगारियाँ नाच रही थीं।

दूसरे दिन वह विश्वविद्यालय पहुँची तो इन्दु लायब्रेरी के सामने ही मिल गई। सुमित्रा को देखते ही वह उसकी तरफ़ बढ़ गई। उसकी शक्ल पर आज बेचैनी थी, एक बेसब्री, जैसे कि उसे कोई बहुत ज़रूरी बात कहनी हो जो थोड़ी देर के लिए भी रोकी नहीं जा सकती। लगता था वह इतनी देर से सुमित्रा का ही इन्तज़ार कर

रही थी। वह अच्छी ख़बर देगी या बुरी, इसका अन्दाज़ सुमित्रा नहीं लगा पाई। वह पास आकर जल्दी से बोली, 'तुमने सुना नहीं?'

'क्या नहीं सुना?'

'राना प्रताप जर्मनी जा रहा है। उसको हाइडिल्बर्ग में पढ़ने के लिए स्कालरशिप मिल गई है। सुनते हैं वह जल्दी ही चला जाएगा।'

उसके मुँह से बाहर आने की जल्दी में तीनों जुमले क़रीब-क़रीब एक साथ ही निकल गए। यह समाचार सुनाने के बाद पल भर के लिए इन्दु ख़ुद ही स्तब्ध हो गई और सुमित्रा के चेहरे पर उसकी नज़र अटकी रही। शायद वह सोच रही थी कि इस ख़बर का ज़रूर सुमित्रा पर कोई ज़बरदस्त असर पड़ेगा। लेकिन इन्दु के इस कौतूहल पर हलकी सी झुँझलाहट के अलावा सुमित्रा ने अपने चेहरे पर और किसी भी भावना को उभरने नहीं दिया।

दोपहर को क्लास के बाद, घर लौटने के इरादे से सुमित्रा फाटक की तरफ़ जा रही थी तो दूसरी दिशा से रवीन्द्रन् आता हुआ दिखा। आज शायद वह विश्वविद्यालय देर से आ रहा था। एकदम से रवीन्द्रन् को अपनी तरफ़ हाथ हिलाते हुए देख सुमित्रा बिलकुल घबरा गई। क्या वह उससे कुछ कहना चाह रहा था? धड़कते हुए दिल के साथ वह वहीं ठहर गई और रवीन्द्रन् के पास पहुँचने का इन्तज़ार करने लगी। फिर अपने पीछे से उसने किसी को पुकारते हुए सुना, 'मुबारक हो यार! मैंने अभी-अभी सुना!'

सुमित्रा ने पीछे मुड़कर देखा। वह उन लड़कों में से एक था जिनको उस दिन उसने रवीन्द्रन् के साथ मौसी के ढाबे पर देखा था। वह जल्दी से रवीन्द्रन् की तरफ़ लपका और फिर वे दोनों बातें करते हुए सुमित्रा के बग़ल से निकल गए।

घर पहुँचकर ऑटोरिक्शा से उतर रही थी तो सुमित्रा की नज़र सबसे पहले सामने बने मोज़ेक के चबूतरे के ऊपर राख के निशान पर पड़ी। यहाँ नाचने में कल रात फिरकियाँ यह जले हुए निशान छोड़ गई थीं। फुलझड़ियों की अस्थियाँ, अनार के खोखल, जली हुई फिरकियाँ जिन्होंने नाचकर अपनी ज़िन्दगी का जादू ख़त्म कर दिया था और दूसरे पटाकों के ख़ाली खोखल इधर-उधर बिखरे थे। काफ़ी कूड़ा नज़र आ रहा था। लगता था नन्दू आज भी छुट्टी मना रहा था और घर साफ़ करने नहीं आया। पता नहीं यह जली हुई फिरकियों के निशान मोज़ेक पर से साफ़ होंगे कि नहीं, सुमित्रा ने सोचा। अन्दर जाने से पहले उसकी नज़र एक बार सड़क के पार ख़ाली जगह पर चली गई जहाँ अभी कुछ नहीं बना था। वहाँ ऊँची-ऊँची जंगली घास थी जो नवम्बर की धूप में सुनहरी होकर चमक रही थी।

अबाबील की उड़ान

घर में एकदम से चूहों की फ़ौज पैदा हो गई थी। सभी कमरों में, और ख़ासकर गोदाम में उनकी मौजूदगी के निशान मिल जाते थे। अलमारियों के अन्दर, कुर्सियों के नीचे और गोदाम के कोने में रखे काले लोहे के सन्दूक़ के पीछे कुतरे हुए काग़ज़, रोटी के टुकड़े और मेंगनियाँ उनके वहाँ होने के सुबूत थे। घर के भूले हुए कोने एक अदृश्य कुलबुलाहट के साथ एकदम से जाग उठे थे। थोड़ी देर चुपचाप बैठो तो चमकती हुई काली आँखों, हिलती पूँछों और कँपकँपाते कानों का एहसास पल भर के लिए छू जाता।

रेशमा अपने खिलौनों के डिब्बे में कुतरे हुए आलू पाकर खिलखिला पड़ी। उसको वे छोटे-छोटे चूहे बहुत प्यारे लगते थे। उसका जी चाहता था कि वह उन्हें पाल ले और अपने हाथ पर बैठाकर रोटी खिलाए। अम्माँ उस पर खीझ जाती थीं। चूहा भी कोई पालने की चीज़ है, वह कहती थीं। चूहे बीमारी फैलाते हैं। उनका घर में होना भी अपशगुन है। क्या कोई बला नाज़िल होनेवाली है? माली से कहकर उन्होंने घर के हर कमरे में ज़हर की गोलियाँ डलवा दी थीं। चूहेदानी अपना नुकीला, तारों से लैस मुँह खोले खाने के कमरे में ताक लगाए खड़ी थी। लेकिन उसमें चूहा फँसा नहीं कि रेशमा, जो दिन भर इसी फेर में टहला करती थी, उसे रिहा कर देती थी।

रेशमा आठ साल की होने को थी लेकिन घर के बड़ों ने उसको एक साल और स्कूल न भेजना ही ठीक समझा। सारे बच्चे घर से एकसाथ चले जाएँगे तो एकदम सन्नाटा हो जाएगा। और फिर, देखने में रेशमा अपनी उम्र से भी कम लगती थी। मुख़्तसिर सा क़द, कटे हुए बाल और भूरी आँखें जिनमें से बात-बात पर हँसी छलक जाती थी। रेशमा ख़ुद की निगाह में, वह फ़ायदे में ही रही। इससे अच्छा क्या हो सकता था कि दिन भर वह तितली के पंखों का जादू आज़मा सके और नींबू के छिलकों का रस पानी में निचोड़कर हौज के अन्दर इन्द्रधनुष के रंग पैदा कर सके? और यह सब तब, जब घर के और बच्चे स्कूल के काम से जूझ रहे हों?

रेशमा ने तिपाई पर चढ़कर बाथरूम में वॉश-बेसिन के ऊपर लगे आईने में अपना चेहरा निहारा। पानी और साबुन के धब्बों के पीछे से खिड़कीवाले दाँत और जंगली आँखों की लड़की ने वापस उसे घूरा। उसका एक और दाँत बुरी तरह से हिल रहा था। उसने दाहिने हाथ के अँगूठे और उँगली से उसको हिलाकर देखा और थोड़ी देर घुमाने के बाद जब वह उसके हाथ में आ गया तो विजय की मुस्कुराहट उसके चेहरे पर खेल गई।

'यह क्या कर रही हो?' अम्माँ उसके पास आकर खड़ी हो गई थीं। वह चौंक गई। दाँत को हिलाने में लीन, उसने उनके क़दमों की आहट नहीं सुनी।

'मेरा एक और दाँत टूट गया!' उसने घमंड से कहा।

'कितनी बार तुमसे कहा है कि दाँत हिलाकर मत गिराया करो। सारे दाँत टेढ़े-बकड़े निकलेंगे तब मज़ा मालूम होगा!' अम्माँ ने त्यौरी चढ़ाकर कहा। 'जाओ, उसे चूहे के बिल में डाल आओ। तब नए दाँत चूहे के दाँतों की तरह छोटे-छोटे और सुन्दर निकलेंगे।'

क्या अम्माँ को सिर्फ़ चूहों से नफ़रत थी, उनके दाँतों से नहीं? रेशमा गुनगुनाती हुई बाहर भाग गई। उसे याद आया पलाश के पेड़ के नीचे उसने ज़मीन में गोल सा छेद देखा था जो शायद चूहे का बिल था। दोपहर के तीन बज चुके थे। कुछ ही देर में स्कूल का रिक्शा बरामदे के सामने आकर खड़ा हो जाएगा। रिक्शा रुकने से पहले ही मनमाने मेढकों की तरह बच्चे उसमें से कूदना शुरू कर देंगे और रिक्शेवाला डाँटता ही रह जाएगा।

भाई-बहनों में सबसे छोटी होने के नाते रेशमा को बहुत सारी राज़ की बातों की मालूमात थी जो औरों को नहीं हासिल थी। जैसे कि नीलिमा, उसकी बड़ी बहन, को नहीं मालूम था कि छत को जाती हुई सीढ़ियों पर दबे पाँव चढ़कर, टीन की छतवाले छोटे कमरे के दरवाज़े पर सात बार दस्तक दो और चौवन तक गिनती गिन डालो तो दरवाज़ा अपने आप खुल जाता है और जो भी उस वक़्त माँग लो मिल जाता है—मिठाई, खिलौने, कुछ भी। हालाँकि रेशमा ने यह आज़माकर कभी नहीं देखा, पर उसको जादू की कामयाबी पर पूरा भरोसा था क्योंकि भाइयों ने यह राज़ सिर्फ़ उसे बताया था, नीलिमा को नहीं। कुछ ऐसी ही राज़ की और बातें भी थीं।

अगर तुम दोपहर की धूप में फाटक के पास तक चले गए, एकदम अकेले, तो कुत्तोंवाली बुढ़िया ज़रूर पकड़ लेगी। वह बिलकुल सुर्ख़ कपड़े पहनती है, उसकी आँखों से आग बरसती है और पीले फफूँदी लगे दाँतों से हमेशा राल टपकती रहती है। उसके पीछे काले चालाक कुत्तों की फ़ौज होती है जिनके भौंकने का शोर दूर-दूर तक सुनाई देता है। बुढ़िया को शान्त करने का सिर्फ़ एक ही तरीक़ा है—कि तुम हाथ में बर्फ़ का टुकड़ा लिये रहो, चाहे हाथ जितना भी गले। जब तक हाथ में बर्फ़ है, वह चुड़ैल तुम्हारा कुछ नहीं बिगाड़ सकती। यह राज़ भी, यानी कुत्तोंवाली बुढ़िया के जादू की काट, सिर्फ़ रेशमा को मालूम था।

स्कूल से आते के साथ ही बड़े भाइयों ने रेशमा की तरफ़ आँख मारी और कहा, 'चलो आज हौज़ में नहाएँगे। श...श...नीलिमा को मत बताना।'

पता नहीं क्यों वे दोनों बेचारी नीलिमा के पीछे पड़े रहते थे। माना कि नीलिमा भी कम ढीट नहीं थी और उनकी हुकूमत कभी कुबूल नहीं करती थी पर आख़िर वह उनसे कई साल छोटी थी। वह हमेशा उसको सताने के लिए तरह-तरह के मनसूबे बनाया करते थे। सिर्फ़ इतना ही नहीं, कभी-कभी तो उनकी कोशिश यह भी रही थी कि उसको ख़त्म ही कर दें; न रहे बाँस न बजे बाँसुरी।

एक बार वह उसको झाड़ी के अन्दर ले गए थे, हलाल करने के इरादे से। धीमे-धीमे वह उसकी गर्दन पर छुरी चलाएँगे। मगर रेशमा ने अम्माँ से कह दिया था और भाइयों की पिटाई हुई थी। फिर भी, रेशमा ही उनकी दुलारी बनी रही। या फिर उस गर्मी की रात का हादसा जब वे सब बाहर खुले में सोते थे। उस रात पीपल के पेड़ पर से उनको चुड़ैल की आवाज़ साफ़ सुनाई दी थी। बच्चों को पूरा यक़ीन हो गया कि चुड़ैल अपने उलटे पाँव लेकर उनका पीछा करेगी। वह सरपट घर की तरफ़ भागे थे लेकिन इसके पहले, इतने ख़तरनाक हालात के बावजूद, एक भाई ने नीलिमा की चप्पल में काँटा खोंस दिया कि वह भाग न पाए। यही कहो कि नीलिमा को अक़्ल आ गई, वह चप्पल उतारकर भागी। नहीं तो वह आज यहाँ नहीं होती।

सब बच्चे हौज़ पर जमा हो गए थे। काफ़ी बड़ा सा हौज़ था, उस घर की ही तरह पुराना। बग़ल के घर से भी दो बच्चे आ गए थे—गीता और सुरेश। हौज़ की पत्थर की पटिया पर सब खड़े होकर पानी में छलाँग लगाते थे। दोनों भाइयों ने मिलकर नारा लगाया—

रेशमा पानी में छम छम
गीता पानी में छम छम
सुरेश पानी में छम छम
नीलिमा की...मुड़िया!

वे ठहाका मारकर हँस पड़े और पानी में उछलने लगे। रेशमा की हँसी मुँह तक आते-आते ठहर गई। उसको नीलिमा के साथ कभी-कभी बहुत हमदर्दी होती थी। लेकिन साथ-साथ वह यह भी नहीं चाहती थी कि भाई लोग उसे भी टाट से बाहर कर दें।

नीलिमा अपनी सफ़ेद शमीज़ पहने हौज़ के किनारे सिकुड़ी खड़ी थी। उसके लम्बे बालों की एक घुँघराली लट उसकी बाँह पर उतर आई थी। उसके चेहरे पर मुस्कुराहट का नाम नहीं था। उसने एक पैर का अँगूठा पानी में डालकर अन्दाज़ा लगाना चाहा कि पानी कितना ठंडा है। वह शायद तय नहीं कर पा रही थी कि पानी में जाए या नहीं। लेकिन फ़ैसला उसके हाथ से छिन गया। भाइयों में से एक ने पीछे से आकर उसे हलका सा धक्का दिया और वह छपाक से पानी में गिर गई। दूसरे

ही पल वह रोती, साँस के लिए फड़फड़ाती ऊपर आई और एक छलाँग में हौज़ के बाहर कूदकर वह घर की तरफ़ भागी। आज भाइयों ने हद कर दी। वह अम्माँ से ज़रूर पिटेंगे।

रेशमा की आँखें थोड़ी देर तक दूर होती हुई नीलिमा को देखती रहीं। उसको मालूम था कि अगर वह नीलिमा के पीछे, उसको मनाने के लिए गई तो इसका साफ़ मतलब होगा कि अब वह नीलिमा के गुट में शामिल हो चुकी है और हौज़ में नहाने के मज़े से वह महरूम रह जाएगी। वह वापस घूम गई और हौज़ के उस पट की तरफ़ मुँह करके खड़ी हो गई जहाँ भाई अपनी खाकी रंग की निकर पहने, पीठ के बल पानी पर तैर रहा था। उसकी पसलियों का उभार साफ़ नज़र आ रहा था। वह बिलकुल साँस नहीं ले रहा था।

तो इसका मतलब था कि वे लोग आज फिर 'मरने' वाला खेल खेल रहे हैं। बारी-बारी से सब 'मरेंगे' और समय गिना जाएगा कि कौन सबसे देर तक शव बना रह सकता है। लाशें इसी तरह से पानी पर तैरती हैं, रेशमा ने सुना था। आँखें बन्द कर पानी में लेटे रहो तो सचमुच लगता था कि दुनिया कहीं दूर, बहुत दूर चली गई है और बदन पर पानी का लहराता एहसास और बन्द आँखों के पर्दे पर धूप और छाया के बदलते रंगों के अलावा कुछ नहीं सूझता था। कभी-कभी वे यही 'मरने' का खेल घास पर खेलते थे। एकदम सीधे खड़े होकर, बिना पुट्ठे या किसी जोड़ को हिलाए, घास पर गिरना होता था, पेड़ की तरह। क्या मरना सचमुच इतना सुखद होता है?

एक बार रेशमा ने वह साँप देखा था जो अब्दुल माली ने मारकर पलाश के पेड़ के नीचे डाल दिया था। भूरा-भूरा सा था, क़रीब एक मीटर लम्बा। वह पास जाकर देखना चाह रही थी पर नीलिमा बड़ी ज़ोर से चिल्लाई थी, 'नहीं, उसकी आँखें मत देखना! उनमें तुम्हारी तस्वीर छप जाएगी और साँप का साथी समझेगा तुमने उसे मारा है। फिर वह तुमसे बदला लेने आएगा।'

यह सुनकर रेशमा के रोंगटे खड़े हो गए थे।

कई दिनों तक उसको 'मरने' के ख़्वाब आते रहे। एक दूर तक फैला हुआ मैदान था, धूमिल से आकाश के नीचे। किनारे लगे घने सिरस के पेड़ों की वजह से अँधेरा छा गया था। काफ़ी बड़ा मजमा था जिसके सिरे पर काला चोगा पहने एक इनसान, आदमी या औरत, कुछ साफ़ दिख नहीं रहा था, एक पीले से पुराने पड़ते हुए काग़ज़ से मरनेवालों के नाम पढ़ रहा था। जो अभी नहीं मरे थे उनके नाम के आगे मरने की तारीख़ भी दर्ज थी। लेकिन जब वह उसके नाम तक पहुँचता था, रेशमा की आँख एक ख़ामोश चीख़ के साथ खुल जाती थी।

भाई कहते थे कि किसी मरे हुए इनसान को अगर ख़्वाब में देखो तो उसकी तरफ़ हरगिज़ नहीं जाना चाहिए, चाहे वह कितना भी बुलाए। अगर चले गए तो तुम

भी मर जाओगे। कई बार उसने बूढ़ी बिलासी को ख़्वाब में देखा था। बिलासी उनके घर चौका-बरतन करने आया करती थी। फिर एक दिन सुनने में आया कि वह मलेरिया का शिकार हो गई है। रेशमा के ख़्वाब में वह हँसती हुई उसे बुला रही थी। उसके पोपले मुँह से कोई आवाज़ नहीं निकल रही थी। रेशमा उससे दूर भागना चाह रही थी, लेकिन, जैसा कि उसके ख़्वाबों में अकसर होता था, वह आगे नहीं बढ़ रही थी। बिलासी एक ही जगह बैठी आहिस्ता से मुस्कुराती रही। उसके कोमल सफ़ेद बाल हवा में हलके से लहरा रहे थे। वह ज़रा भी डरावनी नहीं लग रही थी। लेकिन सब इतना ख़ामोश क्यों था? उसको वह दिन याद आया जब वह प्लाज़ा टॉकीज़ में भाइयों के साथ पिक्चर देखने गई थी। उस दिन, किसी ख़राबी की वजह से कुछ देर के लिए पिक्चर की आवाज़ ग़ायब हो गई थी। बिना किसी तरह के शोर के, बस लोग पर्दे पर चल-फिर रहे थे।

फिर एक दिन उनके घर एक साधू आया। दोपहर के चार बजे होंगे। पीपल के नीचे बच्चों का खेल शुरू हो रहा था। घेरा बनाकर खड़े वे एक स्वर में कह रहे थे—

इंटी पिंटी पापा टिंटी
ठायँ टूईं ठस
अगली बगली बू
आउट गोज़ यू!

भाई की उँगली आगे बढ़ते-बढ़ते 'यू' के साथ जिस पर भी रुक जाए उसी को औरों को पकड़ना होगा। खेल में मगन, किसी ने साधू को आते नहीं देखा। जब उनके बिलकुल पास से भारी सी आवाज़ आई, 'जय भोलेनाथजी की!' तो सब चौंक गए। साधू कुछ बूढ़ा सा था। केसरिया चोग़ा पहने, एक हाथ में लकड़ी का कमंडल लिये हुए था। दाढ़ी और बालों के सफ़ेद जंगल के बीच से उसकी आँखें उन्हें निहार रही थीं। आँखों की मंद सी चमक के नीचे मालूम होता था बर्फ़ की महीन सी तह जमी हुई है। ऐसी बर्फ़ रेशमा ने पिछले साल देखी थी जब वह जाड़ों में पहाड़ गई थी। एक अजनबी सा एहसास उसकी गर्दन से शुरू होता हुआ पीठ तक रेंग गया और वह कँपकँपा उठी। उसको साधुओं से डर लगता था। उसको लगता था उनके हाथ में किसी को भी कुछ से कुछ बना देने की शक्ति है। वे बहुत अजीब लोग होते हैं; मामूली इनसान की समझ से बाहर।

अम्माँ ने साधू के लिए अन्दर से एक बरतन में आटा, चावल और पाँच रुपए भेजे। लेकिन शायद इतने में उसको सन्तोष नहीं हुआ। वह और माँग रहा था। पर अम्माँ ने इनकार करते हुए कहा, 'अब आप जाएँ!'

साधू थोड़ी देर तक खड़ा रहा जैसे कि मन में ज़हर घोल रहा हो, फिर बोला, 'यह तुमने अच्छा नहीं किया। अभी तो मैं जा रहा हूँ, मगर दस तारीख़ को देखना...'

वह चला गया लेकिन अपने पीछे माहौल में एक अजीब सी बेचैनी, एक उजड़ेपन का एहसास छोड़ गया। बच्चों का खेल में मन नहीं लगा और वे अन्दर आ गए।

रेशमा अकेली बाहर रुक गई। थोड़ी देर बिना किसी साफ़ इरादे के बाहर टहलने के बाद वह हौज़ के किनारे बैठ गई। छिछले पानी के नीचे, हौज़ के किनारों पर काई की हरी सी परत जमी थी और पानी के ऊपर आम के पत्तों की परछाईं काँप रही थी। रेशमा ने दो-चार कंकड़ अनमने ढंग से पानी में फेंके और हिलोरों को देखती रही। आज पहली मई थी। साधू ने कहा था दस तारीख़ को देखना। दस तारीख़ को क्या होगा? शाम का आसमान गहरा होकर बैगनी रंग का हो गया था। कुछ ही देर में रात हो जाएगी।

रेशमा की आँखें दूर दीवार के किनारे लगे सेमल के पेड़ पर जाकर अटक गईं। ख़ाली डालों पर आज वह पीले रंग का क्या दिख रहा था? सेमल के फूल लाल होते हैं; ख़ून की तरह। मार्च में जब पेड़ पर फूल आते हैं, लगता है आकाश से ख़ून टपक रहा है। बच्चे घंटों सेमल के नीचे उसके बड़े-बड़े लाल फूलों से खेला करते थे। फिर फूल सूख जाते थे और सेमल के बटुआनुमा फल फटकर चारों तरफ़ रूई बिखेर देते थे। हवा में उड़ती रूई के पीछे भागने में कितना मज़ा आता था। उसके बाद, थोड़ी पत्तियाँ होने के बावजूद, पेड़ की डालें वीरान हो जाती थीं।

रेशमा उठकर पेड़ के पास चली गई। वह पीला रंग आख़िर क्या था? पेड़ के क़रीब आते-आते पीलापन पहचाने हुए नक्शे में सिमट आया। पेड़ पर पीले गिद्ध का एक झुंड बैठा था। रेशमा ने पेड़ पर भूरे गिद्ध अकसर देखे थे। लेकिन ये पीले पंछी यहाँ पहली बार दिख रहे थे। बिलकुल गहरे पीले रंग के थे, जैसे कि किसी ने उनको हल्दी से रंग दिया हो। बैगनी आसमान पर उनकी छाया अजीब मालूम हो रही थी। उनकी खुली हुई उदास आँखों को देखकर लगता था कि वह इस समय के नहीं, किसी बीते हुए, बहुत पुराने ज़माने के पक्षी हैं। वे एकदम शान्त, एक-दूसरे से सटे हुए बैठे थे, जैसे कि वे हमेशा से वहाँ बैठे रहे हों। रेशमा को लगा कि वे उड़ेंगे तो उनके पंखों से धूल झरेगी।

अम्माँ ने बताया ये गिद्ध बहुत दूर से आते हैं। कई साल हुए वे एक बार और यहाँ, इलाहाबाद आए थे। ये मामूली पंछी नहीं हैं। इनके आने का कुछ मतलब ज़रूर होता है। क्या कोई अनहोनी बात होनेवाली है?

'कितने रंगीन हैं!' रेशमा ने कहा। 'जैसे खिलौने की चिड़ियाँ हों।'

अम्माँ कुछ नहीं बोलीं। उनके चेहरे पर आशंका की छाया फैल गई थी। थोड़ी देर चुप रहने के बाद उन्होंने कहा, 'ये चिड़ियाँ बड़ी मनहूस होती हैं।'

पता नहीं क्यों रेशमा को साधू की बात घूम-फिरकर याद आ जाती थी और बदन पर झुरझुरी दौड़ जाती थी। जब दस तारीख़ हिफ़ाज़त से निकल गई और कुछ ख़ास नहीं हुआ तो उसने चैन की साँस ली। इसका मतलब साधू के कहने में कोई

दम नहीं था। स्कूल में गर्मी की छुट्टियाँ शुरू हो गई थीं। ये छुट्टियाँ सबसे लम्बी होती थीं—पूरे दो महीने। अम्माँ परेशान थीं। गर्मी का यह आलम था कि नहाकर बाहर निकले नहीं कि पल-भर में फिर पसीने में सराबोर हो जाते थे। उस पर से जब देखा तब बिजली ग़ायब। और मच्छर तो लगता था समूचा शरीर उठा ले जाएँगे। फिर बच्चों की आपस में धींगामुश्ती से तबियत आजिज़ आ गई थी।

इसी दरमियान अम्माँ के पास तारा की चिट्ठी आई। तारा अम्माँ की बहुत पुरानी दोस्त थी। दोनों साथ स्कूल में पढ़ती थीं और फिर कालेज में भी वे साथ थीं। अब तारा देहरादून में रहती थी, पहाड़ों की घाटी में। तारा ने देहरादून में थोड़े दिन बिताने के लिए न्यौता दिया था। मसूरी वहाँ से बहुत पास था और तारा के लड़के अप्पू से दोनों भाइयों की दोस्ती भी थी। अम्माँ ने जल्दी ही दोनों लड़कों को वहाँ भेजने का इन्तज़ाम कर दिया। रेशमा और नीलिमा भी जाने के लिए जिद करती रहीं लेकिन बच्चों की पूरी फ़ौज तारा के पास भेजना अम्माँ ने ठीक नहीं समझा।

दोनों बहनें एक-दो दिन तक मुँह फुलाए रहीं पर उनका नाटक ज़्यादा दिन तक नहीं चल सका। वह ख़ुद ही उससे ऊब गईं। सच में, बिना भाइयों के घर में कितना सुकून था; न किसी को तंग करना, न छीना-झपटी। नीलिमा ने उत्सुकता के साथ रेशमा को बाहर बुलाया, 'देखो, क्यारी में कितने ख़रबूज़े निकले हैं!' उसने उछलकर, ख़रबूज़ों की तरफ़ उँगली दिखाते हुए कहा।

रेशमा ने नीलिमा का हाथ नीचे झटक दिया, 'फलों की तरफ़ उँगली नहीं दिखाते हैं नहीं तो वो बढ़ते नहीं। हाथ की मुट्ठी बनाकर उनकी तरफ़ दिखाओ तो ठीक है।' उसने टोकते हुए कहा।

'अरे, ये ख़रबूज़े और क्या बढ़ेंगे, यह तो पक चुके हैं,' नीलिमा बोली।

वाक़ई हरी धारीवाले, पीले कजले आँख खोले उनको देख रहे थे। जल्दी-जल्दी लड़कियों ने दोनों हाथों में ख़रबूज़े भर लिये। उनको यह भी ख़याल नहीं आया कि ख़रबूज़े क्यारी में टूटे हुए, डंडी से अलग कैसे रखे हैं। अम्माँ ख़रबूज़े और लड़कियों के ख़ुशी से चमकते हुए चेहरे देखकर हँसने लगीं। यह अच्छी तरकीब उनको सूझ गई थी जो बाज़ार से पके ख़रबूज़े लाकर उन्होंने क्यारी में सजा दिए थे।

फिर एक दोपहर को दिल दहलानेवाली आँधी आई। आँधी में बारह सौ आम गिर गए। देखते-देखते आसमान का रंग पीला पड़ गया और हवा अपने गालों में धूल और ख़ाक भरे किसी ज़हरीले नाग की तरह फुफकारने लगी। दीवार के किनारे-किनारे लगे ऊँचे, लचीले अशोक के पेड़ हवा के ज़ोर से दोहरे हो-हो जाते थे। रेशमा गोल कमरे में दरवाज़े के पीछे दुबकी यह नज़ारा देख रही थी। क्या दुनिया ख़त्म हो रही थी? क्या अब आसमान के टुकड़े टूटकर गिरने लगेंगे, अम्माँ की सिलाई की कतरनों की तरह? क्या क़यामत का दिन आ ही गया? क़यामत का क़िस्सा अम्माँ उन लोगों को हज़ारों बार सुना चुकी थीं।

लेकिन पौन घंटे बाद आँधी थम गई। पेड़ शान्त हो गए, जैसे किसी मतवाले को एकदम से नींद आ गई हो। ज़मीन पर टूटे पत्तों और टहनियों का फ़र्श बिछ गया था। चरमराते पत्तों पर चलने से रेशमा के नंगे पैरों में गुदगुदी होने लगती थी। आँधी के रुकते देर नहीं थी कि नीलिमा और रेशमा आम के पेड़ के नीचे निकल आई थीं, अम्माँ की आँख बचाकर। अब वे अपने कुर्ते के दामन में और जेबों में आम बटोरकर भरती जा रही थीं। गिरने की वजह से कोई-कोई आम बीच से फट गए थे। कुछ में गुठलियाँ बनना शुरू हो गई थीं, कुछ में अभी नर्म, सफ़ेद बीज था।

'आख़ थू!' नीलिमा ने आम कुतरकर थूका। 'इस वाले में चेप है।'

रेशमा की ठुड्डी पर भी चेप लगने से छरछराहट हो रही थी लेकिन वह फिर भी आम खाए जा रही थी। उसको यक़ीन नहीं आ रहा था कि इतने ढेर सारे आम एकदम से उन लोगों की पहुँच के दायरे में आ गए हैं। आम के गिरने की आवाज़ सुनने के लिए उनके कान सोते-जागते खड़े रहते थे और उसको सुनते ही उनका दिल तेज़ी से धड़कने लगता था।

रेशमा ने ऊपर देखा। आसमान पर हलकी सी लाली छा गई थी। दूर पर सुनहरे से बादल थे। लगता था जैसे किसी ने उनको हिफ़ाज़त से सजाया हो, परत के ऊपर परत। बादलों को देखना रेशमा को अच्छा लगता था। मालूम होता था उनमें शहर हैं, और सड़कें, और नदी के किनारे। लेकिन यही तो शैतान का वक़्त है, उसने एकदम से घबराकर सोचा। अम्माँ कहती हैं यही शैतान का वक़्त होता है, जब दिन और रात मिलते हैं। इस वक़्त कुछ नहीं करना चाहिए—पढ़ना-लिखना नहीं चाहिए...और फल तो हरगिज़ नहीं तोड़ना चाहिए, उसने जुर्म करने के एहसास के साथ सोचा। लेकिन फल बीनने में तो कोई हर्ज नहीं है...। दूसरे ही पल उसने अपने को दिलासा दी।

रात के ग्यारह बजे होंगे जब फ़ोन बजा। नीलिमा और रेशमा अपने-अपने पलँग पर लेट चुकी थीं लेकिन आज रेशमा को नींद नहीं आ रही थी। अम्माँ खाने के कमरे में पता नहीं क्या खटर-पटर कर रही थीं। फिर उनकी चप्पल की आवाज़ आई और फ़ोन बजना बन्द हो गया।

'हलो...हाँ, मैं बोल रही हूँ...लेकिन यह कैसे हो सकता है?...कब?'

फिर बहुत देर के लिए ख़ामोशी छा गई। रेशमा को अम्माँ की साँस की आवाज़ भर सुनाई दे रही थी। लम्बी, घबराई हुई साँसें, जैसे कि वह बहुत कोशिश करने के बाद साँस ले रही हों। एक लम्बे अन्तराल के बाद वह फिर बोलीं, 'मैं सुबह चल पड़ूँगी।' साथ ही फ़ोन के गिरने की आवाज़ आई। शायद रिसीवर उनके हाथ से छूट गया था।

रेशमा उठकर अम्माँ के पास आ गई। वह कुर्सी पर अभी तक बैठी थीं। शायद उठना भूल गई थीं। उनका चेहरा पीला पड़ गया था। खाने के कमरे से आती हुई

मैली सी रोशनी में रेशमा को लगा अम्माँ की आँखों की जगह दो काले पत्थर जड़े हुए हैं। वह थरथरा उठी। 'क्या हुआ, अम्माँ ?'

अम्माँ कुछ नहीं बोलीं। रेशमा उनसे सटकर बैठी थी। उनका बदन हलके-हलके हिल रहा था।

'तुम जाकर सो जाओ।' उन्होंने अजीब सी आवाज़ में कहा। लगा कि यह अम्माँ की नहीं, किसी अजनबी की आवाज़ है जो बहुत दूर से आ रही है। 'तारा आंटी का फ़ोन था। कल हम लोग देहरादून जाएँगे। छोटे भाई की तबियत एकदम से...'

उन्होंने जुमला पूरा नहीं किया। आवाज़ घिसटती हुई कहीं अँधेरे में जाकर गुम हो गई।

जब रेलगाड़ी स्टेशन से बाहर निकल गई तो रेशमा को झटके के साथ याद आया कि आज ग्यारह जून है। यानी कि कल दस तारीख़ थी। लेकिन साधू ने तो दस मई के बारे में कहा था। कहीं ऐसा तो नहीं कि उसने एक महीने आगे की बात की थी ? ये लोग तो बहुत आगे तक की बात बता सकते हैं। इनसे बचकर रहना चाहिए। अम्माँ उसको और रुपए दे देतीं तो यह नौबत नहीं आती। अब अगर भाई की तबियत ज़्यादा ख़राब हो गई तो ? साधू के कोसने का नतीजा हमेशा बुरा होता है। फिर रेशमा को एक ख़याल आया जिससे दिल और भी बैठ गया। भाई ने ही उसे बताया था कि किसी लेटे हुए इनसान के ऊपर से लाँघकर नहीं जाना चाहिए। नहीं तो वह इनसान बढ़ता नहीं है; हमेशा वैसा का वैसा ही रह जाता है। उन लोगों के देहरादून जाने के कुछ ही दिनों पहले की बात है कि भाई घास पर लेटा हुआ था। वह दौड़ती हुई आई थी और अन्दर जाने की हड़बड़ी में वह उसके चित शरीर के ऊपर से कूद गई थी। क्या भाई की तबियत इसी वजह से बिगड़ गई थी ? क्या वह अम्माँ को बता दे कि भाई को बीमार करने की ज़िम्मेदार वही है ?

उसने अम्माँ की तरफ़ देखा। वह चुपचाप सामने देख रही थीं। उनकी आँखें मटमैली हो रही थीं और उनमें छोटी-छोटी लाले नसें दिख रही थीं। सामनेवाली सीट पर दो औरतें बैठी थीं। उनके बग़ल में, खिड़की के पास, ठीक रेशमा के सामने एक लड़का बैठा था जिसकी उम्र शायद बारह या तेरह साल होगी। उसके बाल तेल से चुपड़े हुए थे और सफ़ेद कमीज़ पहने वह खिड़की के बाहर देख रहा था। बीच-बीच में वह अपनी जेब से पतंग का मंझा निकालकर उसको लपेटने लगता था।

औरतें अम्माँ को कौतूहल के साथ देख रही थीं। थोड़ी देर बाद उनमें से एक, जो बैगनी बूटेवाली साड़ी पहने थी, अम्माँ की तरफ़ झुककर बोली, 'क्या बात है दीदी ? क्या कोई दुख की ख़बर है ?'

उसके चेहरे पर उत्सुकता और सहानुभूति की मिली-जुली भावना थी। अम्माँ ने धीरे से सिर हिला दिया। 'हाँ, लड़का तैरने गया था वहीं...।'

‘च...च...’ औरत ने हमदर्दी से ज़बान तालू पर खड़काई। ‘कितना बड़ा बच्चा था?’

अम्माँ चुप रहीं, जैसे कि वह एकदम से भाई की उम्र भूल गई हों। फिर उनकी नज़र सामने बैठे लड़के पर पड़ी। ‘बस इतना ही बड़ा था...’ उन्होंने लड़के की तरफ़ इशारा करते हुए कहा।

औरत एकदम से ख़ामोश हो गई और लड़के के नज़दीक खिसक आई, जैसे कि अम्माँ ने उसे शाप दे दिया हो। गाड़ी आगे बढ़ी जा रही थी। दूर-दूर तक खेत थे और एक छोटी सी तलैया के किनारे बगुले ख़ामोशी से सिर झुकाए बैठे थे। तो भाई तैरने गया था; वहीं कोई बात हुई थी। भाई पानी में डूब तो नहीं गया? अब क्या वह वापस नहीं आएगा? दूर नीले आकाश में एक चिड़िया उड़ रही थी। बहुत ऊपर जहाँ कोई बादल नहीं थे। उसके फैले हुए पंख एकदम स्थिर थे जैसे कि ज़रा भी कोशिश किए बग़ैर, बिलकुल आसानी से वह हवा में तैर रही हो।

क्या यह अबाबील थी? भाई ने बताया था कि अबाबील सारी चिड़ियों में सबसे ऊँची उड़ती है, वही एक चिड़िया है जो एकदम मुक्त है। जिस ऊँचाई पर वह उड़ती है शिकरा उसे पकड़ नहीं सकता। क्या यह अबाबील है, उसने फिर सोचा। उसका दिल तेज़ी से धड़कने लगा। उसको यक़ीन हो गया कि यह अबाबील है। और अगर यह अबाबील है तो भाई ज़रूर वापस आएगा। दोनों बातें आपस में उसी आसानी से जुड़ी हुई लग रही थीं जैसे हवा और चिड़िया के फैले हुए पंख।

अगर वह अम्माँ से पूछे तो क्या वह अबाबील को पहचान लेंगी? उसकी मानीख़ेज नज़र, सवालों से भारी, अम्माँ पर आकर ठहर गई। लेकिन फिर, उनसे पूछने की उसकी हिम्मत नहीं हुई।

यादें

उसका नाम डौली जुनेजा था और वह कालेज में हमारे साथ पढ़ती थी। उन दिनों दिल्ली का एल.एस.आर. कालेज काफ़ी मशहूर था और वहाँ पढ़ने के लिए दूर-दूर से छात्राएँ आती थीं। हम सभी किसी न किसी दूरदराज़ शहर से आए थे। डौली का घर पंजाब के एक छोटे से क़स्बे में था। वह एकदम साधारण जान पड़ती थी। गेहुआँ रंग, चेहरे का नक्शा भद्दा। मोटे होंठ के पीछे से झाँकते हुए थोड़ा ऊपर को उठे दाँत और बेहद काले, सीधे बाल जो उसके कन्धों पर आकर झूल गए थे जैसे कि ज़िन्दगी में एक सहारा पाकर उन्होंने और आगे न बढ़ना ही ठीक समझा हो। उसकी लम्बी सी नाक आगे को ढली हुई थी मानो वह गीली मिट्टी की बनी हो और बनते वक़्त मिट्टी में पानी का अन्दाज़ ग़लत हो गया हो। उसकी आँखें बड़ी-बड़ी और भूरी थीं और उनमें हमने उत्तेजना या किसी भी तरह की हलचल की झलक कभी नहीं पाई। पता नहीं उनमें क्या था जिसे देखकर हमें बकरी की आँखें याद आ जाती थीं।

उसका पहनावा भी बहुत करके मामूली ही रहता था। ज़्यादातर वह छींटदार सलवार-कुर्ता और दुपट्टा पहनती थी। हाँ, किसी-किसी दिन वह नीले रंग के चटकीले बैल बौटम्स और करौंदिया रंग का बेढब लम्बा सा कुर्ता पहनकर हम सभी को चकित कर देती। फिर भी, उसकी धजा हूबहू उन लड़कियों की सी थी जिनको हम 'बहनजी' या 'भैनजी' कहकर नीची नज़र से देखा करते थे।

आज जब मैं उसके बारे में सोचती हूँ तो यह नहीं समझ में आता कि उसका सारा हुलिया मुझको इतनी बारीकी से क्यों याद है जबकि मैं उन दिनों की वे बातें भूल गई जिनको मैंने उस वक़्त ज़रूरी समझकर अपनी याददाश्त के किसी कोने में हिफ़ाज़त से 'फ्रीज़' करके रख दिया था। मुझे ताज्जुब होता है कि वह, जो कभी हमारी ज़िन्दगी का पात्र नहीं बनी, इतने सालों बाद भी मेरी यादों में मौजूद है। हो सकता है, किसी अजीब वजह से वह मेरे दिमाग़ में नीलू के संग जुड़ी हुई है। क्या

इसलिए कि उसके जाने के फ़ौरन बाद ही नीलू भी चली गई थी? या शायद इसलिए कि जो कमरा हमने चाहा था नीलू को मिल जाए, उसमें डौली रहने लगी थी? हो सकता है यही वजह हो कि डौली ने नीलू का सिर 'पढ़ने' से इनकार कर दिया था। याददाश्त भी अजीब होती है।

डौली जुनेजा का कमरा ठीक हमारे सामनेवाला था। मरियम और मैं एक कमरे में रहते थे। होस्टल का क़ायदा था कि एक कमरे में दो लड़कियाँ रहेंगी। बहुत छोटे कमरे थे—बिलकुल डिबियानुमा। आमने-सामने की दीवारों से सटाकर दो पलँग लगे थे। उनसे सटाकर दो पढ़ने की मेज़ें और दीवार में बनी हुई दो अलमारियाँ। दोनों पलँगों के ऊपर, दीवार पर किताबें रखने के लिए जगह बनी हुई थी। बीच में सिर्फ़ इतनी जगह बचती थी कि हम बिना टकराए हुए अपने-अपने पलँग के ऊपर जाकर बैठ सकते थे। दीवार का रंग पीला था, कुछ मटमैला-सा और जगह-जगह, छत के पास धब्बे थे जहाँ बरसात का पानी जम गया था। कभी-कभी पलँग पर लेटकर उन धब्बों को देखने से लगता जैसे वे कोई विचित्र जानवर हों जो छत के ज़रिए बाहर निकलने की नाकामयाब कोशिश कर रहे हों।

कमरा एक गलियारे में खुलता था, जो सामने वार्डन के दफ़्तर से शुरू होकर, बहुत दूर तक चला गया था। उसके दोनों तरफ़ कमरे थे। गलियारा में हमेशा, दिन में भी, अँधेरा रहता था। अब याद करने पर उस अँधेरे में भटकती अचार, बासी सब्ज़ी, परफ़्यूम और एल.एस.आर. स्पेशल (जो सीनियर लड़कियों के बचेखुचे खाने और पानी का घोल होता था और जो 'रैगिंग' के वक़्त नई, ज़्यादा ढीठ छात्राओं को सीनियर लड़कियाँ ज़बरदस्ती पिलाती थीं) की मिली-जुली बू मेरे ज़हन में फैल जाती है और बदन पर हलकी सी झुरझुरी दौड़ जाती है। उस बू में सिगरेट की महक भी शामिल रहती है जो लड़कियाँ चोरी से अपने कमरे में पीती थीं और एक लिसलिसी, भाप भरे पसीने की गन्ध जो लड़कियों के गर्म और कोमल शरीर से उठती है।

गलियारा खाने के कमरे में जाकर मिल जाता था। खाने के कमरे की खिड़कियाँ हमेशा बन्द रहती थीं क्योंकि उनके आगे बड़े-बड़े लकड़ी के बक्से सटाकर रख दिए गए थे जिनका मसरफ़ हम कभी नहीं समझ पाए। उमस भरे वातावरण में लकड़ी की बेंचें क़तार की क़तार लगी हुई थीं और सामने एक ऊँची मेज़ पर बड़ा-सा 'सामोवार' रहता था जिसमें, नाश्ते या चाय के समय, पानी की तरह पतली चाय खौलती रहती थी। इसी खाने के कमरे में हम जाड़े में ठिठुरते हुए चाय से भरे स्टील के गिलास पर हाथ गरमाते या गर्मी में अलसाए बड़ी देर तक बैठे रहते।

शायद डौली के कमरे में अभी कोई दूसरी लड़की नहीं आई थी। कभी उसके कमरे का दरवाज़ा खुला रह जाता तो हमें अन्दर की झलक मिल जाती और हम सिहर उठते जैसे कि हम चोरी से किसी वर्जित स्थान पर चले गए हों। क्योंकि डौली हमसे काफ़ी अलग-अलग रहती थी और मौक़ा मिलने पर भी ज़्यादा बात नहीं

करती थी। अकसर वह अपने पलँग पर लेटी नज़र आती। दोनों हाथ तकिए की तरह सिर के नीचे लगाए वह छत को एकटक अपनी बड़ी-बड़ी सूनी आँखों से निहारती रहती। उसको देखकर लगता कि वह कोई बहुत भारी-भरकम सवाल का हल ढूँढ़ रही है। लेकिन महज़ इस ख़याल पर ही हमको हँसी आ जाती थी। हम यह मानने को क़तई तैयार नहीं थे कि एक इनसान, जिसकी आँखें बिलकुल बकरी की तरह हैं, कोई भी मुश्किल ख़याल सोचने के क़ाबिल है।

शुरू के दिनों में एक बार मैं उसके कमरे में चली गई थी। उसको इसी तरह लेटा हुआ पाकर मैंने पूछा था, 'क्या सोच रही हो, डौली?' वह एकदम अकबकाकर उठ बैठी थी और अपने बाल समेटते हुए कहा था, 'कुछ भी नहीं...' उसकी आँखों में मुझे पहचान की कोई झलक नहीं मिली थी। कुछ बौखलाहट के साथ मैंने उसे बताया था कि मरियम और मैं सामनेवाले कमरे में हैं और उसे अकेलापन महसूस हो तो वहाँ अच्छी गपशप हो सकती है। 'हाँ ज़रूर...' उसने कहा था, पर आवाज़ के उतार-चढ़ाव में कोई फ़र्क़ नहीं आया था। उसने मुझसे बैठने के लिए नहीं कहा था और न ही वह कभी हमारे कमरे में आई।

हम उसके बारे में कभी-कभार सोचते थे। जब मैंने मरियम से इस मुलाक़ात के बारे में बताया तो उसने शिकायत के लहजे में कहा था, 'क्या यार, अपनी भी क़िस्मत देखो! हमारे ही सामनेवाला कमरा उस बकरी को मिलना था! अगर इसमें नीलू रहती तो मज़ा आ जाता। पर डौली का साथ उसे मंजूर थोड़ी होगा।' नीलू मरियम के बचपन की दोस्त थी। मैं नीलू से कालेज में ही मिली थी। लेकिन ऐसा महसूस नहीं हुआ। मरियम ने उसके बारे में बहुत बातें की थीं। मुझे लगने लगा था मैं भी उसे बचपन से जानती हूँ। यह वही फ़ोटोवाली नीलू थी जो नैनीताल की झील पर नाव में बैठी पहाड़ों के सुरमई रहस्य में खोई हुई जान पड़ती थी। लम्बा, नाजुक सा चेहरा, घुँघराले बाल और कहीं दूर पर टिकी हुई नशीली आँखें। मैंने कहा था, 'काफ़ी ख़ूबसूरत है तुम्हारी यह दोस्त। लगता है किसी कविता में से निकलकर सीधे चली आ रही है!' मरियम के मुँह पर टेढ़ी सी मुस्कुराहट देखकर मैंने पूछा था, 'क्यों हँसीं?'

'उसे देखोगी तो ख़ुद ही जान जाओगी...' मरियम ने जवाब दिया था।

नीलू को जानना आसान था, कम से कम मुझको तब ऐसा लगता था। आज जब वह यहाँ नहीं है तो मुझे यक़ीन हो गया है कि मैं या मरियम उसको इतने क़रीब से जानते हुए भी एकदम नहीं जान पाए। कि उसके अन्दर बहुत दूर, किसी अँधेरे कोने में कुछ छिपा था जिसका नाम हमें आज भी नहीं मालूम और जिसकी वजह से वह भी, जो हम जानते थे, असम्भव सा लगने लगता है।

उसके पतले चेहरे और शान्त आँखों को देखकर यह अन्दाज़ा लगाना मुश्किल था कि वह इतनी चंचल है। बहुत बोलती थी, बल्कि अच्छी-ख़ासी मुँहफट थी। एक

बार मरियम और मुझसे शर्त जीतने के लिए उसने बस में बैठकर एक बिलकुल ही अजनबी इनसान से पूरे एक घंटे बातचीत की थी। मुझसे मिलने के कुछ ही घंटों बाद उसने अपने बारे में वही सब बातें दोहराईं जो मरियम मुझे पहले बता चुकी थी—कि उसके माँ-बाप देश के बँटवारे के समय शरणार्थी बनकर कराची से भागे थे और अब बम्बई में बस गए हैं, कि उसकी अपनी माँ से नहीं बनती, कि उसे संगीत और नाचने का शौक है, कि वह चार भाइयों में अकेली बहन है।

यह था उसकी 'ऊपरी' ज़िन्दगी का ख़ाका। लेकिन उन दिनों हम समझते थे कि एक इनसान को जानने के लिए इतना किसी भी तरह से काफ़ी नहीं है। हम एक-दूसरे को कुरेदते जाते थे, बड़ी हिफ़ाज़त से परतें हटाते जाते थे, शायद इस उम्मीद में कि अन्दर से कोई चमकता हुआ हिस्सा निकलेगा जिसे सिर्फ़ हमने ही देखा होगा। अब नीलू हमारे साथ नहीं है और मैं बहुत सोचती हूँ कि उन सारी परतों के पार अन्दर बहुत दूर वह क्या था जिसको हम नहीं देख पाए, पर कुछ भी याद नहीं आता और वह एक ख़ामोश धुंध में गुम हो जाती है।

सिर्फ़ 'ऊपरी' बातें ही याद आती हैं। नीलू बहुत उधमी थी। बेहद गोरी और लम्बी, वह अकसर कसी हुई जीन्स और टी-शर्ट पहने रहती थी, जिनके अन्दर से उसके हाथ-पैर हमेशा अलग-अलग दिशाओं में जाने को अधीर रहते। हम अकसर उसको 'बुल इन अ चाइना शॉप' कहते थे। यह उपाधि शायद मरियम ने सबसे पहले उसे दी थी और अब वह उससे चिपक गई थी। इसकी वजह थी। जैसे ही वह कमरे में घुसती, छोटा-मोटा तूफ़ान आ जाता। मिनटों में कपड़े, किताबें, तकिए वग़ैरह ज़मीन पर पहुँच जाते, अलमारी का पट खुला रह जाता और क्रीम की शीशी, मंजन वग़ैरह के ढक्कन ग़ायब हो जाते। यही वजह थी कि मरियम ने उसके साथ एक कमरे में रहने से इनकार कर दिया था। लेकिन हम दोनों चाहते थे कि वह सामनेवाले कमरे में आ जाए। पर उस कमरे में डौली जुनेजा रहती थी।

न चाहते हुए भी हमारे बीच डौली का ज़िक्र अकसर निकल आता था। उसी तरह से, जैसे अब भी मैं उसको अपनी यादों में से नहीं निकाल पाई हूँ, जबकि उसका अगर हमसे कोई भी नाता था, तो बहुत ही दूर का। शायद उसकी शख़्सियत हमको इतनी रूखी, इतनी बदरंग लगती थी कि उसके मुक़ाबले में हम अपने को निहायत दिलचस्प, होशियार और समझदार दिखने लगते थे और हमको यह अच्छा लगता था।

पतझड़ के दिन थे। जाड़ा अपनी आख़िरी साँसें गिन रहा था। होस्टल के सामने लगाई हुई घास के किनारे खड़े नीम के पेड़ के पत्ते धीरे धीरे झड़ रहे थे। बिलकुल हलकी सी सरसराहट के साथ; जैसे पीली बर्फ़। घास के छोर पर क्यारियों में हर साल जाड़े में कालेज के दो माली अंग्रेज़ी फूल लगाते थे। 'फ़्लाक्स, 'कैन्डीटफ्ट', 'स्वीट पी' और 'कैलेन्डुला'। इन फूलों में रंग भी होता है और ख़ुशबू भी। सहसा

यह सुगंध नाक को छू जाती थी। और इस महक के ऊपर, किसी ऊँचे, महीन से सुर की तरह, नींबू के फूलों की तीखी ख़ुशबू। मैं नींबू के फूलों की ख़ुशबू कभी बर्दाश्त नहीं कर पाई हूँ। आज भी यह महक दिमाग़ में कितनी तस्वीरें ले आती है जिनका आपस में कोई मेल नहीं है और मन बेचैन हो जाता है।

मरियम, नीलू और मैं घास पर चित लेटे थे। उन दिनों हम एल्बर्ट कामू की किताबें पढ़ते थे और अपने को उन्हीं में से किसी का पात्र समझते थे। इस वक़्त, इसी परम्परा में, हम यहाँ लेटे थे—'क्रूसिफ़ाइड इन द सन'। हमारे बीच ख़ामोशी छा गई थी। यह और हवा में सूखे पत्तों का शोर। हम आँखें बन्द किए पड़े थे।

'सुनो, यह डौली बड़ी अजीब चीज़ मालूम देती है!' एकदम से नीलू ने कहा।

'क्यों?' मरियम और मैंने एकसाथ पूछा।

'कल होस्टल के पीछे वह पूनम के बाल में जूँएँ ढूँढ़ रही थी!' नीलू की आवाज़ एक गहरे मतलब के साथ धीमी हो गई थी।

'तो इसमें अजीब क्या है? अकसर लोगों के बालों में जूँएँ पड़ जाती हैं।' नीलू की बेवकूफी पर मैंने हलका सा झुँझलाकर कहा।

'नहीं, वह साथ-साथ बड़ी तेज़ी से कुछ बोलती जा रही थी। मुझे देखकर एकदम से चुप हो गई और पूनम से कहने लगी कि बाक़ी कल बताऊँगी। जैसे कोई बहुत बड़ा राज़ हो।'

'हाँ, यह तो वाक़ई थोड़ा अजीब है। हमारे लिए तो कभी उसके मुँह में एक शब्द भी नहीं होता।' मरियम ने कुछ सोचते हुए कहा।

'तुमने पूनम से पूछा नहीं वह क्या कह रही थी?'

'नहीं, मैंने सोचा वह अपनी जूँ को लेकर शर्मिंदा हो जाएगी।'

'अरे सुनो! मुझको भी डौली के बारे में कुछ याद आया...' मरियम बोली। मेरी और नीलू की सवालिया निगाहें उसके चेहरे पर टिक गईं। वह फिर बोली, 'उस दिन मैंने डौली को अरूप की मारुति में बैठकर जाते देखा था। सोचा था बताऊँगी पर भूल गई। जानती हो न, अरूप को...अरे वही नन्दिता का भाई...हाय कितना हसीन है।'

हम तीनों उठकर बैठ गए थे। नीलू और मैं ताज्जुब से मरियम को देख रहे थे। नीलू का मुँह हैरत से खुल गया था पर उसमें से कोई बोली नहीं निकली। उन दिनों हम लोगों की बातें अकसर लड़कों पर भी आकर टिक जाती थीं। हममें से किसी का भी बॉयफ्रेंड नहीं था। नीलू बताती थी कि एक लड़के से उसकी पहचान हो गई थी। उसका नाम बीनू था। एक बार क्रिकेट खेलते समय उसने बल्ले पर झुके ही ऊपर देखा था और नीलू से कहा था, 'तुम्हारी आँखें बहुत सुन्दर हैं।' लेकिन कुछ दिनों बाद उसके माँ-बाप का तबादला हो गया और वह दूसरे शहर में रहने लगा था। अब यह डौली...हमारी नज़र में, इस लड़की में, जिसके न तो दिमाग़ था और

न ही शक्ल-सूरत, ऐसा क्या जादू था जो हममें नहीं था? 'यह तो छुपी रुस्तम निकली!' कुछ देर बाद मैंने कहा। मेरे लहजे में व्यंग्य था। फिर भी, पीछे से जलन साफ़ झलक रही थी।

होस्टल के हाते में लड़कों का आना मना था। लेकिन सोमवार, बुधवार और शनिवार को लड़कियाँ 'पिन्क स्लिप' पर वार्डन से हस्ताक्षर करवाकर तीन घंटे तक होस्टल के बाहर रह सकती थीं। होस्टल का फाटक साढ़े आठ बजे बन्द हो जाता था और उसके बाद लौटनेवाली लड़कियों को 'पिन्क स्लिप' पर लोकल गार्डियन के हस्ताक्षर दिखाने पड़ते थे। तभी वे अन्दर दाख़िल हो सकती थीं।

हम भी कभी शाम को सैर करने निकल जाते थे। हमारे पास जाने के लिए कोई ख़ास जगह नहीं थी। हम तीनों ही इस शहर में नए थे। लेकिन सड़क पर निकल पड़ने में, बिना किसी दिशा के टहलते रहने में हमको एक ख़ास तरह का सुख मिलता था। यह न जानना कि हमको किस तरफ़ जाना है हमारे अन्दर यह सुहावना भ्रम पैदा कर देता था कि हम हवा की तरह मुक्त हैं।

अकसर हम फाटक से बाहर निकलकर ठिठक जाते। सड़क के किनारे, कालेज की दीवार से लगे हुए सपाट ज़मीन के टुकड़े पर गाड़ियों की क़तार लगी रहती थी। कुछ नौजवान भी मोटरसाइकिलों पर बैठे हुए नज़र आ जाते। वह बार-बार होस्टल की तरफ़ देखते और उनकी आँखों में उम्मीद चमक उठती। लिपस्टिक और आईशैडो लगाए, रंग-बिरंगे लहँगे, साड़ी या जीन्स पहने लड़कियाँ अपनी ऊँची एड़ी की चप्पल पहने टक-टक करती तेज़ी से निकल जातीं। हम फाटक से थोड़ा हटकर, पुलिया पर बैठे आती-जाती लड़कियों को देखा करते थे। अच्छा-ख़ासा फ़ैशन परेड होता था। उनमें कुछ लड़कियों को हम पहचानते थे। वह लम्बे बाल और सुन्दर आँखोंवाली लड़की राजश्री थी जो बीकानेर की राजकुमारी थी। कटे बाल और कसी हुई जीन्स पहने वह थी मेखला पराशर। वह 'क्ले पिजन शूटिंग चैम्पियन' थी। और लिलैट जो मॉडेल थी...

हम देर तक बैठे उन्हें देखते रहते थे। कभी हम यह बूझने का खेल खेलते कि कौन सी लड़की किस गाड़ी में बैठेगी या अन्दाज़ा लगाते कि वह कहाँ जाती होगी। और अकसर कोई बिलकुल ही बेमतलब बात पर हम हँस पड़ते और देर तक अपने को रोक नहीं पाते। हम एक ही कालेज में पढ़ते थे लेकिन वे लड़कियाँ न जाने क्यों अजनबी सी लगतीं, हमारी कल्पना के छोर पर किसी धुँधले इशारे की तरह लहराती हुई। उनके बारे में अनुमान लगाने में हमको नई सम्भावनाओं और दिशाओं का एहसास होता था जो हमको एक अजीब तरह से आकर्षित करता था।

हमसे मिलने कोई नहीं आता था। मुझको और मरियम को यह ठीक ही लगता था। कम से कम हम ऐसा दिखाना चाहते थे। हम अपने आपको बड़ा गम्भीर समझते थे और हर बात में 'गहरा' मतलब ढूँढ़ते थे। लेकिन नीलू के चेहरे पर कभी-कभी

एक दबी हुई बेचैनी छा जाती। यूँ ही पुलिया पर बैठे मैंने एक दिन नीलू की तरफ़ देखा था। वह चुपचाप आती-जाती लड़कियों का तमाशा देख रही थी। उसकी बोझिल पलकें उसके गालों पर झुक आई थीं। लगता था जैसे वह नींद में हो। उसकी आँखों को देखकर अकसर ऐसा ही लगता था। पर वह अपनी आँखों को 'रसीली आँखें' कहती थी। अचानक मुझको एहसास हुआ था कि शायद उस ख़ामोश चेहरे के पीछे सब शान्त नहीं है।

'नीलू, तुमको इन लड़कियों से ईर्ष्या होती है?' मैंने धीरे से पूछा था। वह चौंक गई थी और घबराकर मेरी तरफ़ देखने लगी थी। 'हाँ, और क्या! मैं भी बाहर की दुनिया देखना चाहती हूँ...ज़िन्दगी बस यूँ ही निकली जा रही है। मुझे जीवन से सिर्फ़ एक ही चीज़ चाहिए...मज़ा।' उसने मचलकर कहा था और मेरी नज़र सड़क के पार, दूर पेड़ों के झुरमुट पर पहुँच गई थी जहाँ से सफ़ेद पालतू कबूतरों का झुंड एकदम से पर फड़फड़ाकर उड़ गया था। फिर निगाह उसके चेहरे पर लौट आई थी।

मरियम को और मुझे उसकी बात अटपटी लगी थी—अटपटी और छिछोरी। हमको उससे यह उम्मीद नहीं थी। हमको अफ़सोस हुआ था कि वह भी उन लालची लोगों में से है जो ज़िन्दगी में छोटी-छोटी ख़ुशियों के पीछे हाथ फैलाए भागते हैं। हमारी संवेदना में कहीं यह बात अखरती थी। हम जीवन में कोई बड़ी सच्चाई ढूँढ़ते थे जिसके मिल जाने पर हमको एक असीम आनन्द ख़ुद-ब-ख़ुद घेर लेगा जिसकी हम कल्पना भी नहीं कर सकते।

मरियम चित्रकार बनना चाहती थी। तेज़ी से गुज़रते हुए लम्हों को रंगों की दुनिया में क़ैद कर लेना चाहती थी। मैं लिखना चाहती थी। मुझे हर इनसान किसी कहानी या उपन्यास का पात्र नज़र आता था। मुझे लगता था कि ज़िन्दगी में कोई न कोई ज़रूरी उद्देश्य होना चाहिए जो उसे सार्थक बनाता है। ऐसी ज़िन्दगी जो सिर्फ़ हँसी-खेल, मज़े और सैर-सपाटे से भरी हो, मुझको बेमानी और अधूरी लगती थी।

हम पुलिया पर से उठकर चलने लगे थे। होस्टल के बाहर लम्बी-पतली सड़क बहुत दूर तक चली गई थी—एकदम सीधी, किसी ख़ुशनसीब के भाग्य की सहज लकीर की तरह। उसमें कोई घुमाव या मोड़ नहीं थे। शायद वह शहर के उस सिरे पर जाकर ख़त्म होती थी जहाँ अभी कोई मकान नहीं थे। हवा के चलने से सड़क के किनारे लगे चिलबिल के पेड़ों के सूखे पत्तों और बीजों के खड़खड़ाने का शोर शाम की नीली गहराई में जाकर कहीं बिखर जाता था जैसे दूर कहीं, हमसे अनजान कोई लम्बी साँसें भर रहा हो। हम उस सड़क पर टहलते हुए बहुत दूर तक चले गए थे। हमने धीमी आवाज़ में बहुत सारी बातें की थीं। घिरती हुई साँझ में दुनिया एक बेहद रहस्यमय जगह जान पड़ी थी और उसमें रास्ता टटोलते हुए, उम्मीदों की एक ख़ामोश लहर हमको धो गई थी।

उस रात होस्टल लौटने पर पूनम ने बताया था कि डौली जुनेजा लोगों का सिर 'पढ़ती' है। पूनम का कमरा हमसे दो कमरे छोड़कर था। वह कभी-कभी हमें होस्टल की 'ख़बरें' बताने चली आती थी। उसने बताया कि डौली सिर के बाल हटाकर बाल की जड़ों को 'पढ़ती' है, जैसे कि वह कोई नक्शा पढ़ रही हो। वह एकदम बता सकती है न सिर्फ़ यह कि उस इनसान की बीती हुई ज़िन्दगी में क्या घटा है, बल्कि यह भी कि आनेवाले समय में वह किन चीज़ों का इन्तज़ार कर सकता है। क्योंकि उसको यह विचित्र कला हासिल है और वह भविष्य इतने यक़ीन के साथ बताती है, लोग उसको बुलाकर अपने घर ले जाते हैं जिससे वे उसकी बातें आराम से सुन सकें। पिछले हफ़्ते वह नन्दिता के घर गई थी क्योंकि उसके घर विदेशी आए हुए थे जिनको यह सिर 'पढ़ने' वाली बात नई और अजीब जान पड़ी थी।

हमको भी बात अजीब लगी थी। इसलिए नहीं कि हमको इन बातों पर यक़ीन था, बल्कि हमको यक़ीन नहीं था कि डौली जुनेजा कुछ भी कर सकती है जो ग़ैरमामूली है। कि उसकी सादी, अनाकर्षक शख़्सियत के पीछे कुछ और भी है जिसकी वजह से वह और लोगों से अलग है। एक नई, अपरिचित सी सम्भावना उसके चारों ओर कोहरे की तरह लिपट गई थी। न चाहते हुए भी हमारे अन्दर अपना सिर 'पढ़वाने' की खलबली मचने लगी।

इसका मौक़ा दूसरे ही दिन मिल गया। इतवार था। खाने के कमरे में सुबह आठ बजे से सामोवार में चाय खौलने लगती थी। ज़्यादातर लड़कियाँ इतवार को देर से उठती थीं। क्लास में वक़्त से पहुँचने की हड़बड़ी न होने से होस्टल एक उनींदा नक़ाब ओढ़ लेता था और बीच के गलियारे में सन्नाटा छा जाता था। मगर डौली तड़के ही उठ जाती थी। दिनों के सिलसिले से जैसे उसे कोई मतलब ही नहीं था। उसके अन्दर फ़िट किया हुआ अलार्म उसको रोज़ छः बजे जगा देता था, बाहरी दुनिया के सोते रहने या जागने से बेख़बर।

जब हम खाने के कमरे के अन्दर दाख़िल होते तो वह हमसे पहले ही वहाँ बैठी हुई मिलती। उसके हाथ में 'ईव्ज़ वीकली या फ़ेमिना' का कोई अंक होता जिसको वह हमेशा अपने चेहरे के सामने रखकर पढ़ती थी जैसे वह काग़ज़ नहीं ईंट की दीवार हो और हम, जो उस दीवार के बाहर थे, अन्दर की दुनिया के बारे में कुछ नहीं जान सकते थे। कौन सा दिन है, इसका बस वह एक छोटा सा संकेत देती थी। जिस दिन क्लास होती थी वह सुबह से ही अपना छींटदार सलवार-कुर्ता पहने नज़र आती, लेकिन इतवार को वह गहरा ऊदा ड्रेसिंग गाउन पहने रहती जिसकी आस्तीन पुरानी होकर जगह-जगह से उधड़ने लगी थी।

जब नीलू ने अपने ख़ास ढंग से, बिना किसी भूमिका के, सिर 'पढ़वाने' की हम सभी की ख़्वाहिश ज़ाहिर की तो डौली ने ज़रा भी ताज्जुब नहीं दिखाया। बल्कि उसकी आँखों में हलकी-सी चमक आ गई और उसने बड़े सहज भाव से कहा, 'हाँ

हाँ, इसमें क्या मुश्किल है?' उसकी सिर 'पढ़ने' के लिए तत्परता, ख़ासकर यहाँ जहाँ किसी भी वक़्त कोई और आ सकता था, हमको उसके अब तक के झेंपू बरताव के ख़िलाफ़ लगी थी, लेकिन वह लड़की अजीब तो थी ही। वह मरियम की कुर्सी के पीछे खड़े होकर उसका सिर टटोलने लगी थी। मगर जब नीलू की बारी आई तो नीलू खिलखिला पड़ी थी और मेरे लिए भी हँसी रोकना मुश्किल हो गया था। डौली ने घायल आवाज़ में कहा था, 'नहीं, हँसो मत...अगर तुम लोग हँसोगी तो जादू टूट जाएगा...' उसके हाथ नीलू के बाल हटाने लगे थे और वह उसके सिर पर झुक गई थी। फिर उसके हाथ न जाने क्यों ठिठक गए और वह चुप हो गई थी। अब हम नहीं हँसेंगे, इसकी लाख तसल्ली देने का भी कोई असर नहीं हुआ था और उसने रूखी आवाज़ में कहा था, 'नहीं, अब मैं कुछ नहीं बता पाऊँगी।' और सूखे पत्तों से बजता हुआ वीराना उसकी भूरी आँखों में घिर आया था।

आज उस सुबह को याद करती हूँ तो एक शक मन में जड़ जमाने लगता है कि उस चुप्पी के पीछे हमारी हँसी नहीं, कोई और बात थी जो नीलू की ज़िन्दगी और आनेवाली हक़ीक़त से एक महीन तार के ज़रिए जुड़ी है। मुझे अपने ऊपर ही ताज्जुब होता है कि मैं, जो इन बातों में कभी नहीं पड़ी, यह वहम अपने दिमाग़ में उगने दे रही हूँ। पर मेरे न चाहते हुए भी वही अटपटा और बिलकुल बेमानी ख़याल मुझको कुरेदता रहता है और चैन नहीं लेने देता—क्या डौली ने चमकती हुई दोपहर में टाँगों और बाँहों का वह टूटा हुआ ढेर और शान्त समुन्दर पर तैरती हुई राख देख ली थी?

उसी साल गर्मी की छुट्टियों में हम कन्याकुमारी गए थे और ज़मीन के उस आख़िरी टुकड़े पर खड़े होकर, दूर तक फैले हुए समुद्र में उमड़ती हरी-नीली लहरों को देखकर हमको एक अनाम डर ने घेर लिया था। वहीं नीलू की दोस्ती 'कैप्टन' से हो गई थी और मरियम की आतंकित फुसफुसाहट अब भी कान में आ जाती है—'देखो, वह तो उसके साथ चली जा रही है।' मरियम ने लहरों में तैरती सम्भावनाओं का चित्र बनाया था और समुद्र के किनारे डूबते सूरज की रोशनी में बैठकर एक फटे हुए पन्ने पर मैंने अपने सफ़र के बारे में लिखा था। वहीं नीलू अनंत पानी में तैरती बहुत दूर निकल गई थी, वहाँ जहाँ से न वह हमको देख सकती थी और न लहरों के शोर के ऊपर उस तक हमारी आवाज़ पहुँच सकती थी।

जब हम कालेज लौटे थे तो समुद्री हवा और सूरज से हमारा रंग बिलकुल झौंस गया था और सबने इस पर ग़ौर किया था। डौली जुनेजा अब भी सामनेवाले कमरे में रहती थी। गलियारे में बासी सब्ज़ी और परफ़्यूम की बू अब भी भटकती थी। 'रैगिंग' का सिलसिला चालू हो गया था। नई लड़कियाँ सहमी-सहमी सी बिलकुल दबे पाँव गलियारा पार करके खाने के कमरे में जमा होती थीं, डरती हुई कि अनजाने में ही उनसे कोई ऐसी बात न हो जाए जो उन्हें 'एल.एस.आर. स्पेशल' का हक़दार बना दे।

होस्टल के सीले हुए माहौल में एक और बात जुड़ गई थी। बरसात थी। दिन भर पानी बरसता था और काले बादल नीचे लटक आते थे। रात को, रोशनी की तरफ़ खिंचते हुए हज़ारों पतिंगे कमरे की खिड़की से अन्दर घुस आते थे और सुबह हमको मेज़ पर, बिस्तर और ज़मीन पर टूटे हुए पंखों का ढेर मिलता था। यही पंख खाने के कमरे के सामने भी होते थे जहाँ रात भर बल्ब जलता था।

डौली जुनेजा अब कभी-कभी अपने कमरे का दरवाज़ा पूरा खुला छोड़ देती थी। शायद उसकी झिझक कम हो गई थी। तब भी उसने हमें अपने कमरे में कभी नहीं बुलाया। उसके कमरे में एक तब्दीली नज़र आती थी। दीवार पर लगी शेल्फ़ और उसकी मेज़, जो हमेशा ख़ाली रहती थीं, किताबों से लद गई थीं। लेकिन पास से भी उनके शीर्षक पढ़ना असम्भव था क्योंकि डौली ने सब पर पत्रिकाओं के पन्ने फाड़कर जिल्द चढ़ा दी थी। उसकी अलमारी पर एक ताला लटक गया था जिसको देखकर हम ताज्जुब में पड़ गए थे क्योंकि वह कमरे में अकेली थी और उससे मिलने भी शायद ही कभी कोई आता हो।

उन्हीं दिनों मैंने डौली को ख़्वाब में देखा था। दोपहर को मैं अपने कमरे में ऊँघ गई थी। कुछ बरसात का आलस्य, कुछ रात देर तक पढ़ने की थकान से। ख़्वाब में मेरे सिर के सारे बाल ग़ायब हो गए थे और डौली मेरे ऊपर झुकी हुई कह रही थी, 'अरे, सारे रास्ते तो बन्द हो गए हैं!' फिर मुझ पर एक बेहद लाचार नज़र डालकर उसने मेरा सिर पत्रिका के पन्ने से ढँक दिया था। मैं बारिश के निरन्तर संगीत पर उठी थी और पाया था कि शाम का धुँधलका कमरे में घुस आया है। शाम को सो जाने से हमेशा मेरी तबियत भारी हो जाती है।

घबराहट में मैं कमरे के बाहर निकल गई थी। होस्टल से बाहर निकलने के लिए वार्डन का दफ़्तर पार करना पड़ता था। वहाँ पहुँचते-पहुँचते मेरे क़दम ठिठक गए थे। दफ़्तर में से वार्डन की आवाज़ आ रही थी; ग़ुस्से में ऊँचे स्वर पर ठहरी हुई, 'तुम्हें शर्म आनी चाहिए...यह बात तो मुझे प्रिंसिपल से बतानी पड़ेगी...और तुम्हारे माँ-बाप यह सुनकर क्या कहेंगे?' मुझे इस बात का कोई जवाब नहीं सुनाई दिया था लेकिन खिड़की के शीशे से डौली का झुका हुआ सिर नज़र आ गया था।

कुछ दिनों बाद डौली कालेज से निकाल दी गई थी। सुनने में आया था कि उसने कालेज के पुस्तकालय से धीरे-धीरे करके क़रीब डेढ़ सौ किताबें ग़ायब कर दी थीं। हम समझ नहीं पाए वह इतनी ढेर सारी किताबें वहाँ से कैसे निकाल पाई। हमें यह जानकर भी आश्चर्य हुआ था कि वह पढ़ने की इतनी शौक़ीन है। बाद में उसके कमरे की तलाशी ली गई थी। शायद किसी के लोकल गार्डियन ने शिकायत की थी कि डौली ने उनके घर से कुछ चीज़ें उठा ली थीं। उनमें से एक फ़ालसई रंग का बनारसी कामवाला रेशमी लहँगा भी था जो डौली की अलमारी में मिला। चोरी का यह सुबूत पाकर लड़कियाँ डौली के कमरे में पिल पड़ी थीं और कई और चीज़ें

ढूँढ़ निकाली थीं। सफ़ेद लेस की शमीज़, चुन्दरी का दुपट्टा और नीले नागरे जो डौली के पैर की नाप के नहीं थे।

वह कमरा जिसमें उसने हमें कभी नहीं बुलाया, एकदम से लोगों से भर गया था। उसकी हर चीज़ शक की नज़रों से देखी जा रही थी और बीच में वह ख़ामोशी से खड़ी थी। जो चीज़ें उसने ली थीं वे उसकी शख़्सियत से कोई मेल नहीं रखती थीं और उनको पहनने का साहस शायद उसमें कभी नहीं होता। आज भी पता नहीं चल पाया कि उनको लेने में उसका क्या मक़सद था। साहस करके तभी मैंने उससे पूछा था, 'लेकिन डौली, तुमने यह सब चीज़ें क्यों लीं?' उसकी आँखों में मैला सा पानी तैर गया था और उसने कहा था, 'तुम नहीं समझोगी...'

दूसरे दिन वह होस्टल छोड़कर चली गई थी। उसके बाद हमने उसे फिर नहीं देखा। डौली जुनेजा हमको शुरू से अजीब लगी थी। पकड़े जाने पर उसकी परेशानी में होस्टल की सभी लड़कियों ने मज़ा लिया था। हमने भी। इस मज़े के आगे दर्द या सदमे के लिए कोई गुंजाइश नहीं थी। आज शर्मिंदगी होती है। डौली चली गई। किसी ने उसको याद नहीं किया। जैसे कि वह हमारे साथ होस्टल में कभी रही ही न हो। मगर आज होस्टल के दरवाज़े पर रखा दयनीय सा काला टीन का बक्स और उसके बग़ल में खड़ी अकेली लड़की न जाने क्यों याद आ जाते हैं। उसके जाने के कुछ महीनों बाद अफ़वाह उड़ी कि डौली शादी करके इंग्लैंड चली गई है। उसकी हर बात की तरह यह बात भी अजीब ही लगी।

जिस साल डौली जुनेजा कालेज से चली गई उसी साल नीलू ने भी कालेज छोड़ दिया। वे दिन कितनी तेज़ी से गुज़र गए, जैसे किसी अनजाने हाथ ने टेप को 'फ़ास्ट फ़ारवार्ड' कर दिया हो। नीलू को बम्बई में एक अख़बार में पत्रकार की नौकरी मिल गई थी। बहुत दिनों तक उसकी चिट्ठियाँ आती रहीं। फिर एक दिन वे आना बन्द हो गईं। लेकिन अब उनके बारे में कुछ भी ठीक से याद नहीं आता। सारी बातों का क्रम बिगड़ गया है।

चिट्ठियाँ बन्द होने के कुछ महीने, या हो सकता है दो-एक साल बाद उसके भाई की चिट्ठी आई थी। उसने लिखा था कि एक दोपहर को नीलू अपने दफ़्तर की इमारत की तेरहवीं मंज़िल से नीचे कूद गई। वह दोपहर ख़ास तरह से उजली थी। चमकती हुई दोपहर में नीचे तैरती हुई नीलू को कई लोगों ने देखा था। उसका दफ़्तर घनी आबादी के बीच था। कोई कुछ बता नहीं सका कि उसने ऐसा क्यों किया। कई तरह की अफ़वाहें उड़ीं कि उसको एक ऐसे आदमी से प्यार हो गया था जो उसे नहीं चाहता था; कि उसकी माँ ने अपनी डाँट-फटकार से उसको यह करने पर मजबूर कर दिया; कि वह नशीली दवाएँ लेने लगी थी—ड्रग्ज़।

मैं और मरियम अकसर उसकी बातें करते हैं। हर तरह से अपने दिमाग़ पर ज़ोर डालते हैं कि कोई छोटी सी बात याद आ जाए जिससे यह कोहरा छँट जाए लेकिन

हम किसी भी नतीजे पर नहीं पहुँच पाते। सिर्फ़ बहुत-सी अधूरी बातें याद आ जाती हैं। कभी-कभी हमको अपने पास किसी बेहद ग़मगीन, कोमल सी चीज़ का एहसास होता है जिसको हम कोई नाम नहीं दे पाते। वह अपनी सदियों से उदास आँखों से हमें देखती है लेकिन इस छाया में हम उस चंचल लड़की को नहीं पहचान पाते जिसको हम जानते थे। वह तो इतने सालों बाद भी वैसी ही है जबकि हम न चाहते हुए भी, छोटी-छोटी बातों में, रोज़ अपने को बदला हुआ पाते हैं। और न जाने कौन सी कड़ी उनको जोड़ती है; पर जब हम नीलू की बातें करते हैं तब बरसों से खोया डौली जुनेजा का चेहरा भी याद आ जाता है।

दीवारें

क्रिस्टीन मैडम गली के मुहाने पर ही रिक्शा रुकवा देती थीं। हमेशा से वह ऐसा ही किया करती थीं। बनारस के गुंजान कबीर चौरा से आगे बढ़ो तो लोहे की दुकानों का इलाक़ा लोहटिया पड़ता है। लोहटिया में गलियों का ज़ाल बिछा हुआ है। हमारा घर भी इन्हीं गलियों में से एक में था। सँकरी सी गली थी; ख़ासी ऊबड़-खाबड़। मरम्मत न होने के कारण जिधर देखो गड्ढे नज़र आते थे और ढेरों कंकड़-पत्थर। शायद क्रिस्टीन मैडम ऐसे दुर्लभ रास्ते पर धचकोले नहीं खाना चाहती थीं। हो सकता है चौमुहानी से अन्दर घर तक का रास्ता पैदल तय करने की आदत सालों पुरानी हो गई हो। मुझे यह तो मालूम था कि क्रिस्टीन मैडम बेहद सधी हुई आदतों की इनसान थीं। कोई भी चीज़ जिस तरह से एक बार हो जाए, वह दोबारा उसको ठीक उसी तरह से करना चाहती थीं। ग़रज़ यह कि, वह रिक्शा रोज़ वहीं रुकवा देती थीं, घर से तक़रीबन साठ गज़ की दूरी पर।

रिक्शे की घंटी सुनते ही मैं वहीं से, खिड़की पर से ही, आवाज़ लगाती थी, 'अम्मीजान, क्रिस्टीन मैडम आ गईं।' यह ख़बर सुनकर अम्मीजान कुछ हूँ-हाँ में जवाब देकर अपने हाथीदाँत वाले सरौते से सुपारी कतरती जाती और गर्दन तक ऊपर नहीं उठाती थीं। वैसे, उनकी इस प्रतिक्रिया से मुझे ताज्जुब नहीं होता क्योंकि मैं प्राय: रोज़ ही उन्हें यह ख़बर सुनाया करती थी। और ख़बर सुनाकर मैं खिड़की पर ही डटी रहती। क्योंकि भारी-भरकम क्रिस्टीन मैडम को रिक्शे से उतरते देखने में एक ख़ास तरह का मज़ा था जिससे मैं महरूम नहीं रहना चाहती थी।

सबसे पहले वह अपना जड़ाऊ मोतियोंवाला पर्स खोलती थीं; वही पर्स जो वह कहती थीं उनके गुमशुदा शौहर ने बरसों पहले उनको हाँगकाँग से लाकर दिया था। फिर उसमें कुछ देर टटोलने के बाद वह कुछ पैसे निकालकर रिक्शेवाले के हाथ पर रखती थीं। इस पर रिक्शेवाले के साथ उनकी थोड़ी देर तक बहस होती जो मैं कोशिश करने पर भी नहीं सुन पाती। किराए का मामला तय हो जाने पर वह रिक्शे

पर से अपनी किताबें, एक अदद पैकिट वग़ैरह उठा आगे झुककर, रिक्शे की सीट पकड़, धीमे से, बड़े एहतियात से एक पैर नीचे की तरफ़ बढ़ातीं, जैसे कि वह चीनी मिट्टी की बनी हों और हलके से झटके में चिटक जाएँगी। जब दोनों पैर ज़मीन पर सही-सलामत आ जाते तो वह कुछ देर वहीं स्थिर खड़ी रहतीं जैसे कि उन्हें इस बात का यक़ीन न हो। फिर धीमे-धीमे, बढ़ते आत्मविश्वास के साथ, वह आगे चल पड़तीं, उनकी कलफ़ की हुई साड़ी का आँचल पीछे प्रश्नचिह्न की तरह लहराता हुआ।

कम से कम वह मुझको ऐसा ही दिखाई पड़ता था। क्योंकि क्रिस्टीन मैडम की ज़्यादातर बातें सवाल के रूप में ही होती थीं। बहुत सारी बातें, जो मेरी नज़र में ज़ाहिर सी थीं, क्रिस्टीन मैडम के ज़हन में सवालों के अनन्त सिलसिले के तौर पर पेश होती थीं। मुझको खिड़की पर खड़ा देख, वह रोज़ कुछ आश्चर्य से पूछतीं—'बाहर का सीन देख रही हो?' या अम्मीजान से पूछतीं—'आपा, आप सुपारी काट रही हैं?' इसी प्रकार के प्रश्न हमेशा उनकी ज़बान पर रहते। एकाध बार मेरे मन में यह बात आई कि क्रिस्टीन मैडम इतने सवाल इसलिए पूछती हैं कि वह इस तरह कुछ और कहने की ज़िम्मेदारी से बरी हो जाना चाहती हैं। हम लोगों की रोज़मर्रा की ज़िन्दगी एक ढर्रे में चलती रहती थी—एक सीधी लकीर की तरह। उसमें कुछ नया नहीं होता था। रोज़ का वही नियम। इसमें हम लोग अपने में कुछ भी नया कहने और सोचने की शक्ति नहीं ढूँढ़ पाते थे। इस अभाव का एहसास शायद उनको अकसर होता था क्योंकि क्रिस्टीन मैडम कुछ कहना ज़रूरी समझती थीं।

क्रिस्टीन मैडम हमारे घर के अहाते में, गूलर के नीचे खपरैल की छतवाले कमरे में रहती थीं। कहने को वह किराएदार थीं पर किराया बरायनाम था जिसे वह कभी देतीं, कभी नहीं। एक ज़माने से वह वहाँ रहती चली आ रही थीं। मैंने जब से होश सँभाला, उनको वहाँ रहता हुआ पाया—सुर्ख़ सफ़ेद रंगत, भारी शरीर जो उम्र के साथ बढ़ता गया, तीखे नक्श और बाल कसकर जूड़े में बँधे हुए।

क्रिस्टीन मैडम कुछ दूर पर ही स्थित सेंट जार्जिज़ स्कूल में अध्यापिका थीं। रोज़ बिना नागा सुबह सात बजे वह स्कूल के लिए रवाना हो जातीं और दोपहर में घर लौटते-लौटते उनको दो बज जाते थे। बाहर की दुनिया को देखने के लिए वह हम लोगों का क़रीब-क़रीब एकमात्र ज़रिया थीं। एकमात्र तब से, जब से बराबर फ़ेल होते रहने के कारण मेरा स्कूल जाना बन्द कर दिया गया। स्कूल न जा पाने की वजह से मेरे अन्दर कमतरी का एहसास बराबर बना रहा। यह एहसास और भी बढ़ गया जब बड़े भाई साहब की बेटी तरन्नुम, जो तक़रीबन मेरी हमउम्र थी, बड़ी आसानी से हर दर्जा पास करती गई। मेरे लिए अम्मीजान और अब्बा अकसर परेशान रहते। मैं, जो उनकी ढलती उम्र की औलाद थी, जिसकी शक्ल-सूरत भी मामूली थी और जिसके ब्याह के लिए, वे सोचते, उनको न जाने कितनी दिक़्क़तों का सामना करना पड़ेगा।

हम लोगों का घर बहुत पुराना था। पुरानी बोसीदा दीवारें जिनका पलस्तर ज़्यादा दिनों का हो जाने के कारण कहीं-कहीं से चप्पड़ों में उखड़ गया था और नीचे से लखौरी ईंटों की क़तारें निकल आई थीं। आँगन में बैठकर गर्दन ऊपर घुमाओ तो सुरमई छतें नज़र आती थीं जिन पर एक अर्से से सफ़ेदी नहीं हुई थी। पुरानी दीवारों की दरारों के बीच जंगली घास उग आई थी जो हर मौसम में रंग बदल लेती थी; बरसात में हरी, जाड़े में सुनहरी और गर्मी में मटियाले रंग की। घर के कमरे काफ़ी बड़े-बड़े और पुराने ढंग के बने हुए थे जिनमें खिड़कियाँ कम थीं और दर ज़्यादा। उनमें एक बू बसी हुई थी जो कि बरसाती सीलन, धूल और पुराने पत्थरों के अलावा उम्र की बू भी थी। एक ज़माने में इस घर में रहनेवाले बहुत थे—वह हमारा पुश्तैनी घर था। अब उसके अधिकतर रहनेवाले जा चुके थे और कमरे ख़ाली पड़े थे। दिन भर मैं उनमें टहला करती, हर कोने का मुआयना करती और मुझको लगता कि वहाँ न जाने कितनी रूहें भटकती होंगी।

घर के जो रहनेवाले बचे थे, वे भी ख़ासे पुराने हो चुके थे। मेरी फूफी, शाहिदा बीबी, तो सदियों पुरानी थीं। बचपन में ही मैंने उनकी उम्र का अन्दाज़ा उनके ज़रा से में ऊँघ जाने की आदत से लगाया था। ज़रा सा मौका पाने पर वह एक नींद ले लेती थीं—यानी कि वह एक ज़माने से थकी हुई थीं और यह थकान दूर करने के लिए, मुझे लगता था, उन्हें एक और सदी की ज़रूरत होगी। अब्बा थे जो यक़ीनन काफ़ी बुड्ढे थे। घर के दुमंज़िले पर एक कमरे में वह दिन भर बड़े-बड़े पीले होते हुए काग़ज़ों पर पारे खींचा करते और आनेवाले दिनों के बारे में पेशीनगोई किया करते। अब्बा ज्योतिष में दिलचस्पी रखते थे। एक ज़माना ऐसा भी था जब वह वकालत करते थे और इंग्लैंड जाकर बैरिस्ट्री पढ़ने के ख़्वाब देखा करते थे। पर वह ज़माना लद गया। उनकी उस शख़्सियत का वुजूद अब सिर्फ़ उनके नाम में रह गया था। वह अब भी वकील साहब कहलाते थे।

फिर घर में अम्मीजान थीं और मैं। अम्मीजान की उम्र के बारे में सटीक हिसाब लगाना मेरे लिए मुश्किल था पर मुझको अकसर लगता था कि अपने तख़्त पर बैठकर सुपारी कतरते-कतरते ही अम्मीजान के चेहरे की शादाबियत फीकी पड़ गई थी और बाल सफ़ेद हो गए थे। लगता था कि एक उम्र गुज़र गई और अपने सरौते में मसरूफ़, अम्मीजान ने इस पर ग़ौर ही नहीं किया। अम्मीजान का अकसर यही शग़ल रहता था। गुलाबी ग़िलाफ़वाला पानदान सामने खोले, वह सरौता तेज़ी से चलाती रहती थीं। इतनी सुपारी आख़िर क्या होगी, शायद यह ख़याल कभी उनके दिमाग़ में नहीं आता था। सुपारी काटने के बाद जो वक़्त बचता था उसे अम्मीजान बावर्चीख़ाने में, या शाहिदा बीबी के साथ नोक-झोंक में निकाल देती थीं।

गर्मी के दिन थे, शाम का वक़्त। हम सभी अन्दर के कमरों से निकलकर आँगन में बैठे थे, जैसे बारिश को सूँघकर चींटियाँ अपने बिल से निकल आती हैं।

हम सभी, यानी शाहिदा बीबी, अम्मीजान, क्रिस्टीन मैडम और मैं। अम्मीजान अपना फायलेरिया से सूजा हुआ पैर तिपाई पर टेके बैठी सामने बँधी हुई बकरी को एकटक घूर रही थीं। उनकी आँखों में बेइन्तिहा शक था। आँगन में भीगी मिट्टी की सोंधी ख़ुशबू उठ रही थी। दूसरे पहर शाहिदा बीबी ने वहाँ पानी छिड़कवाया था कि रात गए देर तक ठंडा रहे। अभी मई का महीना शुरू नहीं हुआ था कि शाम तक आग बरसती रहती थी और रात आठ बजे कहीं जाकर कुछ राहत मिलती थी। सामने बँधी हुई बकरी ने जब गर्दन फेरी तो शाहिदा बीबी ने, बकरी की इस हरकत पर ग़ौर फ़रमाते हुए, ख़ुद भी गर्दन हिलाई और उनके दबीज़ कल्ले हलके से हिल उठे।

जिस दिन से वह बकरी बाज़ार से लाकर सहन में बाँधी गई थी, उसी दिन से बात साफ़ जाहिर हो गई थी कि वह ऐबी है। जितने लोगों ने उसे देखा, सभी ने यही कहा। वैसे तो बकरियों की ज़ात से जिन ख़ूबियों की उम्मीद रखी जा सकती थी, वे सभी उसमें मौजूद थीं—कान नर्म और बटुआनुमा, थन लम्बे, मुँडी, सिर पर सींगों की छोटी-छोटी ठोकरें नज़र आने लगी थीं। आँखें शान्त और काली, जैसे काँच की गोलियाँ। रंग भी ख़ूबसूरत, लाल था, मानो उस पर गेरू पुता हो। मगर इस बकरी में एक ऐब था। वह गर्दन फेरती थी। ज़रा-ज़रा सी देर पर, गर्दन के एक विचित्र से झटके के साथ वह ऊपर को देखती और उसकी काली आँखों में कोई परेशानी की झलक, कोई बेचैनी के सुबूत यह नहीं बताते कि यों करने में उसकी क्या मसलहत हो सकती है।

शाहिदा बीबी ने एक सहमी सी नज़र अम्मीजान के चेहरे पर डाली, फिर जल्दी से नीचे देखने लगीं। हम सभी वहाँ मौजूद थे, फिर भी ख़ामोशी छाई हुई थी। दोनों वक़्त मिलते मच्छरों की तादाद कुछ ज़्यादा ही हो गई थी और बाहर बैठना दुश्वार हुआ जा रहा था। कभी हम लोगों में से कोई ज़ोर से ताली बजाकर मच्छरों को मारने की कोशिश करता पर फ़ौरन ही मच्छरों का हुजूम वापस लौट आता। चाय के रंग की शाम जैसे ठहर गई थी; लगता था रात कभी न होगी। हवा बोझिल हो रही थी। हम सबको किसी दूसरे के बोलने का इन्तज़ार था।

आख़िर अम्मीजान ने कहा, 'अपने ज़माने में ऐबी बकरियाँ मैंने भी देखी हैं, मगर ऐसी! अम्माँ ने एक बकरी पाली थी जिसके सींग टूटे हुए थे मगर कम्बख़्त फिर भी मारती थी। फिर एक बकरी घर में आ गई थी जो अपने ही बच्चों को दूध नहीं पिलाती थी। शायद उसके थन ख़राब थे। लेकिन इस ऐब की बकरी मैंने पहले नहीं देखी। ख़ुदा महफूज़ रखे! कोई मुसीबत तो सिर पर नहीं मँडरा रही है?' और यह कहते हुए अम्मीजान ने अपने दोनों कानों की लौएँ छू लीं जैसे कि आनेवाली मुसीबत से उन्होंने पहले ही माफ़ी माँग ली हो।

शाहिदा बीबी नासमझी से मुस्कुरा रही थीं। उनके सामने के दो दाँतों के बीच

ख़ाली जगह और गाल में गड्ढा साफ़ नज़र आ रहा था। वह ज़रा ऊँचा सुनती थीं। अम्मीजान की बात के जवाब में उन्होंने कहा, 'आँय?'

अम्मीजान झुँझला गईं—'ओफ़ो रे बहरी बला! इससे अच्छा तो दीवार से बातें कर लूँ।'

शाहिदा बीबी की मुजरिमों जैसी निगाह पल भर के लिए अम्मीजान के चेहरे पर ठहरी जैसे कि उन्हें इन्तज़ार हो कि अब अम्मीजान उन्हें सलवात सुनाएँगी या किसी और तरह से उनका क़ुसूर साबित करने की कोशिश करेंगी। शाहिदा बीबी की यह ख़ास सिफ़त थी कि बहुत जल्दी उनको जुर्म का एहसास होने लगता था। किसी भी महफ़िल में दाख़िल होते ही वह सबके चेहरों का मुआयना करने लगतीं कि कौन उनके आने का बुरा मान रहा है। लोगों की नज़रों के नीचे वह फ़ौरन अपने को अजनबी महसूस करने लगती थीं।

इस वक़्त उन्होंने अपनी नाक को कई बार जल्दी-जल्दी छुआ तो उनकी उँगलियाँ किसी घबराई हुई चिड़िया के फड़फड़ाते पंखों की तरह लगने लगीं। वह उमूमन ऐसा ही किया करती थीं जब वह किसी बात से परेशान हो जाती थीं। और अभी वह परेशान थीं, क्योंकि बकरी उन्हीं के ज़रिए घर में आई थी। पर अम्मीजान को चुप देखकर वह भी थोड़ा सँभल गईं।

ख़ामोशी को तोड़ता हुआ काले पक्षियों का झुंड एकदम से आकाश में उड़ा। उनके चहचहाने में घुँघरूओं की सी आवाज़ थी। क्रिस्टीन मैडम अपना सिर पीछे कुर्सी पर टेके आसमान को देख रही थीं। शायद वह अम्मीजान और शाहिदा बीबी की बातों पर ज़्यादा ध्यान नहीं दे रही थीं। एकदम से हवा उठ आई थी और थोड़े बादल भी नज़र आने लगे थे। धीमे-धीमे चलते बादलों को बराबर देखते रहने से लगता था कि ज़मीन भी झूम रही है।

'लगता है बारिश होगी,' क्रिस्टीन मैडम ने कहा। 'कई साल पहले ऐसा ही हुआ था। मई में धुआँधार बारिश हुई थी, फिर जुलाई-अगस्त सूखे रहे। किसानों की फ़सल बरबाद हो गई।' इस मुश्किल पर विचार करते हुए क्रिस्टीन मैडम का चेहरा गम्भीर हो गया। उनके भिंचे हुए होंठ लकीर की तरह पतले हो गए थे। मालूम होता था कि मुँह की जगह पर किसी ने उनका चेहरा छुरी से चाक कर दिया है।

'ज़रा सुनिए,' कुछ देर बाद क्रिस्टीन मैडम फिर बोलीं। 'स्कूल में जो मिसेज़ पाल हैं न, कल उनके इकलौते बेटे का भयानक एक्सिडेन्ट हो गया। सुनते हैं सिर में चोट आई है और वह अपनी माँ तक को नहीं पहचान रहा है। बेचारा अभी बीस साल का भी पूरा नहीं हुआ है।'

इस ख़बर को सुनाते वक़्त उनके चेहरे पर एक तरह का रंग आया था जो जल्दी ही लुप्त हो गया और वह अपने बाएँ हाथ की उँगली पर नौरत्न की अँगूठी को धीमे-धीमे घुमाने लगीं। वह प्याज़ी रंग की साड़ी पहने थीं जो उनकी खाल के रंग से

काफ़ी मिलती-जुलती थी और कुछ देर तक देखने के बाद ही समझ में आता था कि साड़ी कहाँ ख़त्म होती है और गर्दन शुरू। वह चुपचाप वहाँ बैठी थीं और उनके चेहरे पर थकान और एक क़िस्म की ऊब के निशान नक्श थे।

अभी दो दिन पहले ही उन्होंने ब्लड कैंसर वाली ख़बर सुनाई थी। उनके स्कूल की किसी जवान टीचर को ब्लड कैंसर हो गया था। और अब यह। तक़रीबन रोज़ ही वह कोई न कोई ऐसी ख़बर सुनाया करती थीं जिससे हमारे घर के बूढ़े, शिकस्ता-पर लोग लरज़ उठते थे। हर वक़्त उनका दम सूली पर रहता था कि देखो आज क्या सुनने को मिलता है। क्योंकि बाहरी दुनिया के संग सम्बन्ध बनाए रखने के लिए वह हम लोगों के लिए अकेली डोर थीं, हमको लगता कि हमारे छोटे से संसार के बाहर न जाने कौन-कौन से ख़तरे हैं और हम अपनी दुनिया में और भी सिमटते चले जाते।

एकदम से क्रिस्टीन मैडम की नज़र सामने बँधी हुई बकरी पर पड़ी। बकरी के आगे बड़े से तसले में सानी थी जिसमें वह सिर झुकाए हुए थी। खाते-खाते एकबारगी उसने ऊपर देखा और झटके के साथ गर्दन को एक तरफ़ मोड़ा। उसकी गर्दन के झटके के साथ-साथ क्रिस्टीन मैडम भी चौंक गईं।

'अच्छा, तो यह ऐसे गर्दन फेरती है?' उन्होंने पूछा।

वह तो साफ़ दिख रहा था पर अम्मीजान ने जवाब देना ज़रूरी समझा, 'हाँ, ख़रीदने से पहले शाहिदा बीबी ने इस बात पर ग़ौर ही नहीं किया। तीन दिन से यह मनहूस बकरी हमारे आँगन में बँधी है। न जाने क्या सितम ढाएगी!'

अम्मीजान की हाँ में हाँ मिलाते हुए क्रिस्टीन मैडम की मुद्रा और भी गम्भीर हो गई। 'गर्दन फेरना क्या कोई अच्छी बात है?' उन्होंने कहा।

हम लोग देर तक बाहर बैठे रहे। शाम का वक़्त कुछ ऐसा ही होता था, उचटा-उचटा सा। अन्दर जाओ तो गर्मी और उमस का सामना, ऊपर से पीली-पीली रोशनी में पुराने घर का सारा सामान भयावह लगने लगता। बाहर कम से कम खुली हवा तो थी। धुँधलके में एक उजला उल्लू ख़ामोशी से उड़कर बिजली के तार पर बैठ गया।

क्रिस्टीन मैडम अपने कमरे में जा चुकी थीं। सुबह स्कूल जाने की तैयारी में उनको तड़के उठना पड़ता था इसलिए रात को भी वह प्रायः सो जाती थीं। हम तीनों बैठे रहे, आँगन की पुरानी दीवारों से घिरे हुए। एकदम से दीवार पर से पुराने पलस्तर का एक चप्पड़ उखड़ा और ज़मीन पर गिरकर चकनाचूर हो गया। चमेली की लतर के पास लगे हुए बल्ब की मद्धिम रोशनी में ख़ाली ईंटों का अजीब सा आकार निकल आया था—किसी डरावने पशु की तरह। उसे देखकर मुझे हलका सा डर महसूस होने लगा। अम्मीजान ने एक नज़र बकरी पर डाली फिर जल्दी से शाहिदा बीबी की तरफ़ देखा जैसे कह रही हों, 'देखा, घर ढहना शुरू हो गया।' शाहिदा बीबी भी बकरी को ही देख रही थीं। वह बड़े इत्मीनान से खड़ी थीं, इस बात से बिलकुल ही बेख़बर कि उसकी वजह से घर में इतनी खलबली है।

सुबह सूरज जल्दी ही निकल आया और धूप तेज़ हो गई। बकरी के बारे में सुनकर नाउन आईं। नाउन बकरियों के मामले में काफ़ी तजुरबेकार थीं और अच्छी समझ रखती थीं। बकरी को एक नज़र देखते ही उन्होंने उसे मनहूस क़रार दिया और कहा कि गर्दन फेरनेवाली बकरियों के ज़रिए घर में बदअमनी फैलती है, उनका और कोई मसरफ़ नहीं होता। क्यों न दरगाह से तावीज़ मँगाकर इसके गले में पहना दी जाए जिससे बला टल जाए?

बकरी के मसले को लेकर कई दिनों तक घर में बातचीत होती रही। हम लोग बार-बार बकरी का मुआयना करते। कितनी ख़ूबसूरत थी! कैसा प्यारा रंग था! कोई उसका ऐब न जानता होता तो वाक़ई उस पर रीझ जाता। मेरी तो समझ में यह बात नहीं आ रही थी कि गर्दन फेरने में, मान भी लो कि वह बकरी को ज़ेब नहीं देता, आख़िर हर्ज क्या है। लेकिन अम्मीजान सुपारी काटने में मशगूल, बेख़याली में ही गर्दन झटक देतीं। 'वुई, आख़िर क्या सूझी! आगा देखा न पीछा, एक ऐबी जानवर को लाकर आँगन में बाँध दिया,' वह बड़बड़ातीं। शाहिदा बीबी चोरों की तरह एक कमरे से दूसरे में छिपती फिर रही थीं। मुझे उन पर तरस आ रहा था। अम्मीजान कभी-कभी बहुत कठोर हो जाती थीं।

अब्बा के सामने बात रखी गई तो उन्होंने बकरी के घर में आने की तारीख़ और सितारों के मेल के बारे में कुछ समझाकर बात को रफ़ा-दफ़ा कर दिया। पड़ोस के मि. चौहान ने सुझाव दिया कि बकरी के गले में चौड़ा सा पट्टा बाँध दिया जाए। फिर वह गर्दन नहीं फेर पाएगी और धीरे-धीरे करके यह ऐब जाता रहेगा। पर ऐसा पट्टा आए कहाँ से और मान लो वह कहीं से हाथ लग भी जाए तो उसे पहनाएगा कौन? बकरी के ऐब का इतना ज़्यादा ज़िक्र हुआ था कि हम सभी उससे घबराने लगे थे। जब वह गर्दन फेरती थी तो हम कुछ क़दम पीछे हट जाते कि उसकी मनहूस नज़र हम पर न पड़े। जान अच्छी-ख़ासी साँसत में फँस गई थी।

बकरी के तमाशे को अपनी आँखों से देखने के लिए आसपड़ोस के सभी लोग चले आ रहे थे, धीमे-धीमे टपकती पानी की बूँदों की तरह। रिज़वी साहब के पढ़कर फूँकने में बहुत लोगों का अक़ीदा था। उनकी फूँक में ज़बरदस्त असर है, वे कहते। किसी ने कहा उलझी हुई बात को सुलझाने के लिए उनको बुला लिया जाए। रिज़वी साहब बेहद शर्मीले क़िस्म के इनसान थे। कहीं ज़्यादा आने-जाने की उनकी आदत न थी। लेकिन पड़ोसियों के इसरार पर वह आ गए। मजमे पर मुहज़्ज़ब सन्नाटा छा गया था। रिज़वी साहब ने अपने चश्मे की डंडी को कान के पीछे अच्छी तरह बिठाते हुए कुछ बुदबुदाया जो किसी को सुनाई नहीं दिया, फिर मिनमिनाती हुई आवाज़ में कहा, 'जल तू जलाल तू, आई बला को टाल तू।'

रिज़वी साहब की आँखें नीली थीं और वह ज़रा नाक से बोलते थे। एक बार मजमे पर, फिर बकरी पर उनकी नज़र पल भर के लिए ठहरी फिर दूर हट गई।

रिज़वी साहब को हमेशा ख़तरा रहता था कि उनकी बात की कोई हँसी न उड़ाए। किसी के चेहरे पर उन्होंने मुस्कुराहट नहीं देखी, फिर भी वह कुछ देर तक अस्थिर और बौखलाया हुआ महसूस करते रहे।

'आख़िर जानवर ही तो है,' आए हुए लोगों में से कोई बोला। 'यह महज़ आपका वहम है कि इसकी वजह से घर में कुछ बुरा होगा। मैं यह सब नहीं मानता...'

यह सुनकर क्रिस्टीन मैडम का चेहरा तमतमा उठा। 'आप इसको वहम कहते हैं?' वह बोलीं। 'मैं ऐसे कई वाक़िए अपनी आँखों से देख चुकी हूँ।' उन्होंने अपना सिर रहस्यपूर्ण भाव से हिलाया और फिर मुझ पर नज़र पड़ी तो कहा, 'जब तक यह बकरी घर में रहेगी आप समझते हैं इस लड़की का ब्याह हो सकता है?'

लो, फिर उन्होंने अपनी काली ज़बान से बोलना शुरू किया, मैंने झुँझलाकर सोचा और एक नफ़रत भरी नज़र बकरी पर डाली।

बारह बजते-बजते सब लोग चले गए थे। सूरज बिलकुल सिर पर आ गया था और आँखों को बाहर का प्रकाश बर्दाश्त नहीं हो रहा था। हम लोग पीले कमरे के दरवाज़े बन्द करके अन्दर बैठे थे। पीले कमरे के ऊपर अब्बा का कमरा था इसलिए वह और कमरों की बनिस्बत ठंडा रहता था।

'न जाने क्यों आजकल पैर का दर्द और भी बढ़ गया है,' अम्मीजान ने कहा और अपने सूजे हुए पैर को ज़रा देर सहलाया, फिर कराहती हुई तख़्त पर लेट गईं। उनके लहजे में जो शिकायत थी उसका सबब मैं फ़ौरन समझ गई।

कमरे के एक कोने में शाहिदा बीबी अपने पलँग पर बैठी रेडियो सुन रही थीं। उस पर फ़िल्मी गीत बज रहे थे, फिर प्रोग्राम ख़त्म हो गया और ख़बरें आने लगीं। प्रोग्राम के एकदम से बदल जाने पर शाहिदा बीबी के चेहरे पर ज़रा भी शिकन न आई और वह वैसे ही भावहीन चेहरा बनाए बैठी रहीं। मुझे बराबर शक होता था कि शाहिदा बीबी के कानों में आवाज़ नहीं जाती। वह अकसर रेडियो लगाकर भूल जाती थीं और बैठे-बैठे ऊँघ जातीं या उठकर कहीं चली जातीं और रेडियो बजता रहता था। तब अम्मीजान चिढ़कर मुझको रेडियो बन्द करने के लिए भेजतीं। आज भी लगता था कि शाहिदा बीबी का दिमाग़ कहीं और था। वह शून्य भाव से, वहीं बैठी खिड़की के बाहर देख रही थीं।

उनकी नज़र के साथ-साथ मैंने भी बाहर देखा। बकरी जामुन के साए में बँधी थी और गर्मी से पस्त वह जुगाली कर रही थी। दूर पर क्रिस्टीन मैडम अपने कमरे से निकलीं और सामने बने ईंट के चबूतरे पर खड़ी होकर उन्होंने झुककर तौलिया से अपने गीले बालों को अच्छी तरह रगड़ा, फिर तौलिए को अलगनी पर टाँग वह अन्दर चली गईं। मुझे याद आया कि आज इतवार है, तभी क्रिस्टीन मैडम घर पर हैं।

खिड़की पर खड़े होकर सामने की दीवारें साफ़ नज़र आती थीं। वही काली-काली सी दीवारें जिनकी ऊँचाई की वजह से उनके पार कुछ भी दिखाई नहीं देता था। बस उस खिड़की से सामनेवाले कमरों के भारी दरवाज़े दिखते थे जिनमें शीशे लगने की सख़्त ज़रूरत थी और आगे चटियल, पानी के लिए तरसती ज़मीन। दूसरी खिड़की से गली दिखती थी, जो इस वक़्त सुनसान थी। मैं मुड़कर वापस तख़्त पर आ गई। रेडियो अब भी बज रहा था। उस पर 'कृषि जगत' प्रोग्राम आ रहा था जिसको सुनते-सुनते शाहिदा बीबी ऊँघ गई थीं और अम्मीजान सुन नहीं रही थीं। मैंने रेडियो बन्द कर दिया तो अचानक सन्नाटे का वुजूद हुआ।

बाहर का दृश्य, यह कमरा, कमरे के अन्दर लोग—मैं सभी को रोज़ देखने की आदी थी। लेकिन इन पुरानी दीवारों से घिरकर मुझे पता नहीं कैसी वहशत हो रही थी आज। सबकुछ सामान्य होते हुए भी कुछ बदल गया था। अम्मीजान अब भी सुपारी कतरने में अपना अधिकतर समय बिता रही थीं पर उनके हिलते हुए हाथों में एक नई बेचैनी आ गई थी। शाहिदा बीबी कुछ ज़्यादा ही बहरी हो गई थीं और ज़रूरत से ज़्यादा डरी हुई मालूम दे रही थीं। क्रिस्टीन मैडम की निराशा भरी भविष्यवाणी करने की आदत उरुज पर पहुँच चुकी थी। हम लोगों के नपे-तुले नियमबद्ध जीवन में जैसे एक महीन सा बाल पड़ गया था जिसका रिश्ता किसी स्तर पर उस बकरी से था। अजीब समस्या थी जिसका हल आख़िर क्रिस्टीन मैडम को सूझा। उस मुश्किल का, जो हमारे मन में इतनी बड़ी हो चुकी थी, इतना आसान सा समाधान था कि हम हैरान थे कि हमने पहले इसके बारे में क्यों नहीं सोचा। क्रिस्टीन मैडम ने अम्मीजान से कहा, 'आपा, आप इजाज़त दें तो बकरी को बाज़ार वापस ले जाऊँ। यह जहाँ से आई है वहीं चली जाए।'

अम्मीजान के चेहरे पर इत्मीनान की झलक ने मुझे उनका जवाब पहले ही बता दिया। शाहिदा बीबी भी, ज़रा सोचने के बाद राज़ी हो गईं।

रिक्शा आया और बकरी को उसके पायदान पर चढ़ाकर बैठा दिया गया। क्रिस्टीन मैडम भी रिक्शे पर बैठ गईं। रिक्शे पर चढ़ते वक़्त बकरी के मुँह से ज़रा भी आवाज़ नहीं निकली। उसकी मूक आँखों में कोई शिकायत नहीं थी; बस उसने एक बार गर्दन फेरकर ऊपर देखा। हम लोग फाटक के बाहर, सड़क पर काफ़ी देर तक खड़े रहे, जब तक कि रिक्शा बहुत दूर न निकल गया और उसकी घंटी की आवाज़, जो बराबर आ रही थी, ख़ामोश न हो गई। सड़क सुनसान और धूल से भरी हुई थी। बकरी के चले जाने से मैं, और अम्मीजान भी, बहुत हलका-हलका सा महसूस कर रहे थे, जैसे कि हमारी ज़िन्दगी एकदम से आसान हो गई हो। सिर्फ़ शाहिदा बीबी के चेहरे का अफ़सोस बालू पर समुद्र के निशान की तरह था।

मुझे देर तक नींद नहीं आई। बाहर, घर की पुरानी दीवारों पर गर्मी की रात कराह रही थी। आख़िर मैं सो गई और जब आँखें खुलीं तब भी अँधेरा था। कहीं

से मुर्गे ने बाँग दी। मैं बिस्तर से धीमे से उठकर खिड़की पर चली गई। सुबह के धुँधलके में मुझे वही काली-काली सी दीवारों का आकार नज़र आने लगा। उन्हें देखकर मुझे हलका सा ताज्जुब हुआ, जैसे कि मुझे उम्मीद रही हो कि रात भर में, बकरी के जाते ही उनमें कोई तबदीली आ गई होगी। पर मैं जो कुछ देख पा रही थी, वह बिलकुल पहले जैसा ही थी। सवेरा मेरी आँखों के सामने हुआ, सुरमई और भुरभुरा, राख की तरह।

शक

रात भर छप्पर पर बिल्ले लड़ते थे, और उनके रोने की आवाज़ से माहौल अशान्त हो जाता था, कभी अजय की आँख खुल जाती, कभी मेरी। पुराने घर के फूस के छप्पर के नीचे, आँगन से लगे कमरे में हम चारपाई पर सोए रहते थे। जो पहले जग जाता वह दूसरे को भी हिलाकर जगा देता और कहता, 'देखो, वे फिर आ गए।'

तब हम दोनों आँगन में खुलती खिड़की पर आकर खड़े हो जाते और सलाखों को पकड़कर बाहर झाँकने की कोशिश करते। पर आँगन में छिटकी रुपहली चाँदनी की चादर और उसमें सिहरते सायों के अलावा हमें कुछ नहीं दिखता। वे बिल्ले हमें कभी नहीं दिखते मगर हमें लगता कि वे बड़े-बड़े ख़तरनाक पंजों और दाँतोंवाले ख़ूँखार बिल्ले होंगे। बाज़ेक रात वे नहीं आते। तब हम उनकी प्रतीक्षा करते और अँधेरे में चुपचाप लेटे रहते। जब आँख लग जाती तो मच्छरों का संगीत सताने लगता। ऊँचा, सामूहिक सा स्वर होता, एक गुप्त धमकी लिये हुए। नींद दुर्लभ थी। तड़के बाल्टी में पानी के शोर मचाकर गिरने की ध्वनि चौंका देती। नींद से यूँ झटके के साथ जगाया जाना हमें बुरा लगता। लेकिन वह आवाज़ आकर्षक भी थी क्योंकि सुबह-शाम आधे-आधे घंटे के अलावा दिन भर पानी नहीं आता था और हम जल्दी-जल्दी बाल्टियों-भगौनों में पानी भरकर रख लेते थे।

बैंक में आठ साल नौकरी करने के बाद भी अजय की ज़्यादा तरक़्क़ी नहीं हो पाई थी और अभी तक हम छोटे शहर यानी इलाहाबाद से सटे हुए झूसी में छोटे आँगनवाले घर में संकुचित थे। अजय को दफ़्तर में काफ़ी मेहनत करनी पड़ती थी और शाम को जब वह घर लौटता तो इतना थक जाता था कि चाय का प्याला लेकर टी.वी. के आगे बैठ जाने के अलावा वह किसी और काम के क़ाबिल नहीं रहता था। पिछले वर्ष, कई महीनों तक पैसे जुटाने के बाद हम टी.वी. ख़रीद सके थे जिसके चलते हमारी शामें आबाद हो गई थीं। फिर भी, शायद उस शहर के वीरान हिस्से में रहने की वजह से, तन्हाई का एक झीना सा पर्दा हमारे आपसी रिश्ते और

हमारी ज़िन्दगी पर पड़ा रहता था। शादी के छः साल बाद भी औलाद का अभाव हमारे साथ बना रहा था। हम सामान्य जीवन जी रहे थे जिसमें न तो सुख के पर्वत थे न दुख की घाटियाँ, मगर हम ख़ुश ही थे।

दिन भर मैं अकेली रहती थी, पड़ोस के घर भी थोड़ी दूरी पर थे और अकसर मैं वहाँ जाना पसन्द नहीं करती थी। कभी-कभी मिसेज़ कश्यप ही चली आती थीं और हम अपनी-अपनी बिनाई लेकर धूप में बैठ जाते थे। बातें ज़्यादातर बिनाई के नए नमूने और अचार बनाने की विधि पर होती थीं। जब वह चली जातीं तो भी मैं बिनती जाती और हर बिने हुए फन्दे के साथ मुझको लगता कि मैं एक सुन्दर स्वप्न तैयार कर रही हूँ। वे दिन जवानी के थे और हर चीज़ अपने में एक मायने रखती थी। उन दिनों अकसर मेरे अन्दर किसी ख़ूबसूरत चीज़ को हासिल करने की चाह उठती थी। अपूर्ण अभिलाषाओं की गठरी लेकर मैं जी रही थी। ज़्यादातर मैं बिनकर जो तैयार करती वह अजय के लिए स्वेटर होता क्योंकि बच्चा न होने की वजह से मेरे दिल के अन्दर की कोमलता अजय पर ही सर्फ़ होती थी। उसके पिचके हुए गाल और मायूस आँखों को देखकर मुझे अफ़सोस होता था। मेरा जी चाहता कि उसके माथे पर हलके से हाथ फेरकर मैं उस पर से फ़िक्र की लकीरें मिटा दूँ। शहर जाना कम ही होता था। कभी इतवार को अजय सिनेमा के टिकट ले आता या कोई ज़रूरी बाज़ार-हाट के काम के लिए हम अजय की पुरानी फटफटिया पर निकलते लेकिन धूल से भरी सड़कों का सिलसिला देखकर मुझे थकान ही होती थी।

हमारे घर के पीछे, सौ गज़ की दूरी पर एक नाला बहता था जिसके पानी की ऊपरी सतह पर हरी सी काई जम जाती थी। किसी मौसम में पानी पर उगनेवाले गोल, चिकने पत्तों और बैगनी फूलवाले पेड़ एकदम से नज़र आने लगते और हम भूल जाते कि फूलों के नीचे गन्दा पानी है जिस पर मच्छरों का डेरा है। उस पानी की और उसमें रहनेवाले जीव-जन्तुओं की बू कभी-कभी, हवा के झोंके के साथ हमारे घर तक पहुँचती थी। नाले के बग़ल से सड़क तीन मील दूर स्थित शहर को जाती थी और इस सड़क के किनारे हमेशा ही जंग खाई हुई बेकार मशीनें पड़ी रहती थीं जिनका मसरफ़ आज तक समझ में न आया और न यह याद पड़ता है कि वे कैसे और कब यहाँ लाई गई होंगी। बस अब वे लैंडस्केप का ज़रूरी हिस्सा बन गई थीं। नाले के उस पार बेहया की कुछ झाड़ियाँ थीं जिनके पत्ते मवेशी नहीं खाते थे और झाड़ियों के भी परे रेल की पटरियाँ जिन पर दूर जानेवाली गाड़ियाँ अक्समात धुआँ उगलती हुई निकल जाती थीं। आगे स्टेशन से सिग्नल न मिलने पर ये गाड़ियाँ कभी-कभी यहाँ रुक जातीं और मंज़िल तक पहुँचने के लिए बेताब मुसाफ़िर बेचैनी से टहलते नज़र आने लगते। पर यहाँ उतरता कोई भी नहीं था। थोड़ी देर में गाड़ी आगे सरकने लगती और जहाँ से मैं दरवाज़े पर खड़ी देखती होती, वहाँ से आकाश में हलके से धुएँ के निशान के अलावा और कुछ नहीं बचता।

ऐसे ही, अक्तूबर की एक सूखी दोपहर को मैं दरवाज़े पर खड़ी थी। अनमना सा दिन था, शून्य से भरा हुआ। रात-भर बिल्लों ने जगा रखा था और जब आँख लगती तो बुरे सपने जगा देते। कभी लगता आँगन में कोई खड़ा है, कभी कोई दस्तक देता हुआ जान पड़ता। बीच-बीच में झींगुर ज़ोर से बोलकर चौंका देते। ग़रज़ कि नींद पूरी नहीं हो पाई और तड़के उठकर पानी भरकर मैं फिर सो गई। सूरज चढ़े सो जाना मुझे कभी रास नहीं आया है। दिन भर अजीब सा महसूस करती रहती हूँ। मैंने जैसे-तैसे सुबह काटी, कई काम करने को थे। आबादी से ज़रा हटकर होने के कारण घर में क़यामत की धूल हो जाती थी। उसे साफ़ करना था। मैले कपड़ों का अम्बार था। उसे धोबी को दे सकती थी या ख़ुद ही थोड़े-थोड़े करके धो लेती। मगर मैंने दोनों ही नहीं किया। जमादारिन आई तो उसे अगले दिन आने की हिदायत देकर रवाना कर दिया। किसी काम में मन नहीं लगा। इतवार था इसलिए अजय घर पर ही था। खाना पकाने के काम से जल्दी से छुटकारा पा लेने के लिए मैंने गैस पर उलटी-सीधी सब्ज़ी रख दी। फिर दरवाज़े पर निकल आई और आम के पेड़ पर सूखे पत्तों को देखती रही। हवा में उड़ते टिड्डों के बारीक पंखों पर सूर्य की किरणों का खेल देखकर कुछ राहत महसूस होने लगी।

ध्यान उधर से हटा तो मैंने देखा कि नाले के पार पटरियों पर एक गाड़ी आकर रुकी है। कुछ लोग गाड़ी से निकल आए थे; दरवाज़ों पर भी लोग खड़े थे। यह तो क़रीब-क़रीब रोज़ का ही नज़ारा था। फिर एक तेज़ सीटी बजाकर, जोरदार फुँफकार के साथ रेल खिसकने लगी और रफ़्तार पकड़कर आगे निकल गई। तब मेरा ध्यान पटरी के पास के स्थान पर गया जहाँ दो लोग बैठे नज़र आ रहे थे। एक आदमी जो शायद बीड़ी पी रहा था और उसकी बग़ल में औरत जिसकी पीली साड़ी तेज़ धूप में आँखों को खटक रही थी। दूर से अन्दाज़ मिला कि वह अपना सामान बराबर कर रही है। उन्हें देखकर मुझे हलका सा ताज्जुब हुआ क्योंकि उमूमन यहाँ उतरनेवाले कम ही होते थे। फिर यह सोचकर कि वे नाले के उस पार बसे मुहल्ले के रहने वाले होंगे, मैंने ध्यान उधर से हटा लिया।

अन्दर जाकर गैस पर सब्ज़ी उतारी और दरवाज़े पर मोढ़ा खींचकर मैं बिनाई लेकर वहीं बैठ गई। यहाँ से चारों तरफ़ का नज़ारा मिलता था। ख़ासी ठंड थी और जहाँ मैं बैठी थी वहाँ धूप की एक फाँक ज़मीन पर फैल गई थी। धूप में बैठना अच्छा लग रहा था। हवा के झोंके के साथ सूखे पत्ते खड़खड़ाकर उड़ते हुए आए। परिवेश इतना शान्त था कि उनके शोर से मैं चौंक गई। दूर तक आकाश में रोशनी के कण नाच रहे थे। जैसे आकाश टी.वी. की ख़ाली स्क्रीन हो। सड़क निर्जन थी।

'खाने के लिए क्या है?' अजय ने अन्दर से पूछा। छुट्टी के दिन वह कोई किताब लेकर लेट जाता या टी.वी. पर कोई प्रोग्राम लगाकर उसके आगे बैठ जाता। खिंचे हुए पर्दों के पीछे अँधेरा और टी.वी. से बराबर आती हुई ध्वनि एक उनींदा

सा माहौल पैदा कर देती थी। शान्ति के इस तालाब में हिलोरें पैदा करनेवाली सिर्फ़ एक मैं थी, कमरे के अन्दर-बाहर करती हुई। अजय के सवाल के जवाब में मैंने कहा, 'बैगन की कलौंजी है।'

मेरी आवाज़ का रंग देखकर उसने और आगे न पूछा। कुछ देर बाद मैंने ही उससे पूछा, 'कहो तो धनिया-मिर्च की चटनी पीस दूँ?'

पर उसने मेरी बात का जवाब न देकर कहा, 'यह ज़ैदी तो हाथ धोकर मेरे पीछे ही पड़ गया।'

ज़ैदी अजय के बैंक का मैनेजर था। इस बैंक में नौकरी के आठ सालों में चार मैनेजर बदले थे और यह पहला था जिसके साथ अजय की गुट्टी नहीं बैठी थी। हर वक़्त वह उसके काम में मीनमेख़ निकालता और किसी न किसी बात पर फ़साद खड़ा कर देता। न जाने अब क्या हुआ, मैंने सोचा।

'पाँच मिनट लेट पहुँचा तो उसने सबके सामने मुझसे किस बुरे रुख़तेवर से बातें कीं।'

'च...च...' मैंने ज़बान से सहानुभूति दिखानेवाली आवाज़ें निकालीं। न जाने कब अजय को इस मैनेजर से और इस बैंक से निजात मिलेगी। बिनाई करते-करते मेरे हाथ ढीले पड़ने लगे थे। सूरज की तरफ़ मुँह करके आँखें बन्द कर लो तो बन्द पपोटों में से कैसे तीखे रंग नाचने लगते थे—गहरा लाल, गुलाबी, नारंगी। और हलका सा मुँह फेर लो तो गहरा नीला, जैसे मोर की दुम के पंख। रात को नींद पूरी न होने की वजह से वहाँ बैठे-बैठे मैं ऊँघ गई। न जाने कितनी देर सोती रही। फिर सूखे पत्तों के खड़खड़ाते शोर से मैं जागी। ऐसा लगा जैसे हज़ारों आदमी उनको कचरते हुए चले आ रहे हैं।

तब तक वे काफ़ी पास आ गए थे। मैंने देखा कि यह वही औरत और आदमी हैं जिनको कुछ देर पहले मैंने पटरियों के किनारे बैठे देखा था। उनके क़रीब आ जाने पर मैंने उन्हें ग़ौर से देखा। औरत का क़द अच्छा था और हाथ-पैर से भी वह तगड़ी थी, जिसकी वजह से उसके बग़ल में चलता हुआ आदमी नाटा लग रहा था, हालाँकि आम तौर पर उसका क़द मँझोला ही कहलाता। वह नीली चारख़ानेदार लुंगी पहने था। कुर्ता कुछ मैला था और चेहरे पर मौसम और समय के प्रहार के निशान मौजूद थे जिनकी वजह से उसकी उम्र का अन्दाज़ लगाना मुश्किल था। वह शक्ल से काफ़ी भूखा दिख रहा था, जैसे कि कई दिनों से उसे खाना मयस्सर न हुआ हो। उसके मुक़ाबले में औरत कम मुरझाई हुई थी। वह लाल छापे की पीली साड़ी पहने थी और कलाइयों पर मोटे-मोटे कंगन, शायद गिलट के, उस डिज़ाइन के जो खींचने पर खुल जाते हैं। कानों में भी वह उसी मोटी डिजाइन के कुंडल पहने थी और मेरी नज़र उन पर से सरकती हुई उसके गाल पर पहुँची जिस पर काला गुदना था। औरत गोद में एक बच्ची लिये थी जिसकी उम्र दो-तीन साल की रही होगी

और जिसके पतले चेहरे में से बड़ी-बड़ी काली आँखें मुझे निहार रही थीं। औरत का बच्ची को गोद में लेने का ढंग कुछ ऐसा था जैसे वह उसके शरीर से ही उगा हुआ एक अंग हो।

मेरी नज़र अपने ऊपर गड़ी देख आदमी कुछ हिचकिचाता हुआ सा आगे बढ़ा और मुझसे मुखातिब होकर बोला, 'भाभीजी, बताइए यह अँग्रेज़ी गुड्डा कहाँ चलेगा?' यह कहकर वह औरत की तरफ़ मुड़ा, 'दिखा भाभीजी को।'

औरत ने अपनी साड़ी की तह में से एक सिक्का निकाला और आगे बढ़कर मेरी हथेली पर रख दिया। सिक्का 1903 का था और उस पर किंग एडवर्ड का सिर बना हुआ था। वह पसीने से हलका सा चिपचिपा हो रहा था और उसका किनारा महीन दरारों से कटा हुआ और खुरदुरा था। मैंने उसे उलट-पलट कर देखा। 1903। अँग्रेजों का ज़माना। चाँदी। मैंने बौखलाकर उनका चेहरा देखा और समझ में नहीं आया कि उन्हें क्या चाहिए या मैं उन्हें क्या जवाब दूँ। मैंने पुकारा, 'अजय! एक मिनट बाहर आना!'

वह आ गया तो मैंने ख़ामोशी से सिक्का उसके हाथ में दे दिया। 'यह तो बहुत पुराना है,' अजय ने कहा।

'भैयाजी, इसको बैंक या डाकख़ाने में बदल लेंगे?' आदमी की आवाज़ में ख़ुशामद भरी हुई थी जैसे कि वह समझता हो कि डाकख़ाने या बैंक की कार्यवाही अजय के ही हाथों में है। अजय के 'नहीं' में गर्दन हिलाने पर उसके चेहरे पर रूठा हुआ सा भाव आ गया और वह बोला, 'मगर वह जो गाड़ी में थे, वह तो कह रहे थे तुम बैंक में काम करते हो?'

'ओफ़्फ़ो! उससे क्या होता है।' अजय ने थोड़ा खिसियाते हुए कहा। 'लेकिन पहले बताओ तुम्हें यह मिला कहाँ से?' अजय ने सवाल किया।

आदमी ने चारों तरफ़ नज़र दौड़ाई जैसे कि वह पूरी तरह से आश्वस्त हो जाना चाहता हो कि कोई देख तो नहीं रहा है। थोड़ी देर के लिए उसके चेहरे पर एक छिपा सा भाव आया हालाँकि उसकी शक्ल पर देहात की खुली हवा और एक तरह की आत्मीयता झलक रही थी।

'भैयाजी, हम लोग मज़दूर हैं।' उसने आगे को झुककर, तक़रीबन फुसफुसाकर कहा, 'एक पुरानी हवेली के पीछे काम लगा था। वहीं खोदते समय एक पेटी मिली। उसी में ऐसे सिक्के थे। ढेर सारे हैं...'

उसकी आँखें गोल-गोल हो गई थीं। इतना कहकर वह रुका, कुछ नाटकीय ढंग से, फिर वह हम दोनों का चेहरा निहारने लगा। वह शायद इन्तज़ार कर रहा था कि इस बात का हम पर क्या असर होगा। मैं भौंचक अजय को देख रही थी। अजय, जो कि अपनी भावनाओं को ज़ब्त करने में मुझसे ज़्यादा अभ्यस्त है, बेवकूफ़ की तरह बिना कुछ कहे खड़ा था, चेहरा किसी कैलेंडर पर बनी छवि की तरह एकदम ख़ाली।

आख़िर उस आदमी से और इन्तज़ार नहीं किया गया और वह ख़ुद ही बोला, 'और भी न जाने क्या है...बड़ी सी माला, पीली-पीली...पता नहीं क्या है?...' एक रहस्यभरी ख़ामोशी छा गई थी। अजय ने उसे तोड़ा—'हमें दिखाओ तो हम बताएँ कि वह क्या हो सकता है...'

औरत अब पहली बार बोली। उसकी आवाज़ थोड़ी भारी और कर्कश थी, 'बाबूजी, हमें फँसाओगे तो नहीं? हम ग़रीब लोग हैं...'

वैसे तो उसकी बोली विनम्र थी पर उसकी अदा में एक प्रकार की अकड़ थी और मैंने मन ही मन तय कर लिया कि वह मुझे पसन्द नहीं है। अजय के आग्रह करने पर वे फाटक के अन्दर आ गए और औरत ने फिर अपनी साड़ी की तह में से एक कपड़े की पोटली निकाली और जहाँ मैं मोढ़े पर बैठी थी वहीं ज़मीन पर उकड़ूँ बैठ गई। उसने पोटली की गिरह खोल दी तो ढेर सारा खनखनाता हुआ सामान ज़मीन पर बिछ गया। पीले रंग और बैर के बीज के आकार के मोतियों से बना हुआ एक बड़ा सा हार जो पोटली में बँधने की वजह से काफ़ी उलझ गया था। मोतियों की पीली चमक के आगे मैंने उधर से आँखें फेर लीं और दबी आवाज़ में अजय से कहा, 'गोल्ड।'

बातों के दरमियान पता चला कि वे दोनों बिलासपुर के रहनेवाले थे। काम की तलाश में वे पूरब निकल आए थे। उन्हें क्या मालूम था कि इतना सामान उन्हें बिन माँगे ही मिल जाएगा और फिर काम करने की ज़रूरत नहीं पड़ेगी। अब यह धन बेचकर वे जल्दी से घर जाना चाहते थे। एक बहन ब्याहने को थी, खेत गिरवी रखे थे, बैल बेचने की नौबत आ गई थी। लेकिन अब उन्होंने उम्मीद करना शुरू कर दिया था कि हालात बदल जाएँगे। वे चाहते थे कि हम उनका सामान बिकवाने में मदद करें।

'पर हम लोगों के पास तुम क्यों आए?' मैंने पूछा।

'बाबूजी तो बैंक में काम करते हैं; उन्हें सब मालूम है।'

इसके आगे हम क्या तर्क करते? अजय के शक ज़ाहिर करने पर कि कहीं यह चोरी का सामान तो नहीं, वे कसमें खाने लगे और हाथ-पैर जोड़ने लगे—'इसके बारे में किसी को बताना मत, बाबूजी! हमारे ठेकेदार को पता चल गया तो वह हमारी पेटी छीन लेगा,' औरत ने कहा।

आदमी ने झुककर झट से एक मोती जो उसमें अलग पड़ा था, उठा लिया। उसके हाथ से छूकर और भी मोती इधर-उधर लुढ़कने लगे। औरत जल्दी-जल्दी उन्हें ज़मीन पर से बटोरने लगी। उसके हाथ जली हुई लकड़ी के रंग के थे और उसकी बाँह पर महीन रोएँ थे जो खाल के ही रंग के होने की वजह से जल्दी नज़र नहीं आते थे।

'इसे देखो भैया,' आदमी ने मोती अजय को पकड़ाते हुए कहा। 'चाहे एकाध-ठो कुचल के देख लो। भैया, जल्दी इसका दाम लगवा दो तो हम अपने घर जाएँ।'

औरत ने कहा, 'ऐसी माला पहनना तो क्या, हमारे गाँव में किसी ने देख भी लिया तो ख़ून-खच्चर हो जाएगा। मगर बाबूजी, हमारे साथ धोखा न करना।'

'बार-बार तुम ऐसी बातें क्यों करती हो?' मैंने चिढ़कर पूछा। 'हम तुम्हें डाकू दिखते हैं? पढ़े-लिखे लोगों की पहचान नहीं है?'

अजय ने मोती अपनी जेब में रख लिया और सोनार को उसे दिखाने का वादा करते हुए उन दोनों को दूसरी शाम आकर मिलने के लिए कहा। फिर वह अन्दर चला गया। औरत ने एक हाथ से कनस्तर, जो वह अपने साथ लाई थी, उठाया, दूसरे हाथ से बच्ची को बन्दरिया के समान चिपका लिया और उठ खड़ी हुई। आदमी ने फाटक के बाहर जाकर अपनी गठरी बग़ल में दबाई और वे दोनों चले गए। मैं वहीं बैठी उनको धूल भरे रास्ते पर जाते देखती रही, मिसेज़ कश्यप के घर, फिर दूर खड़े इमली के पेड़ के भी आगे वे लहराते साए बनकर ओझल हो गए। न जाने वे रात कहाँ बिताएँगे, मैंने सोचा।

शाम हो चली थी, जाड़े का दिन था; आँख झपकते धूप ग़ायब हो जाती थी। धूप ढलते ही पैरों में और कन्धों पर ठंडक महसूस होने लगी। मैंने अपनी बिनाई और इधर-उधर लुढ़के ऊन के गोले समेटे और अन्दर चली आई। मन में अजीब तरह की हलचल थी। सुबह का सूनापन रफ़ा-दफ़ा हो गया था। बिना कुछ कहे मैंने गैस पर चाय के लिए पानी रखा। मेरे मन का आवेग मेरे हाथों में छलक आया था—आज उनमें प्याली और तश्तरी कुछ ज़्यादा ही शोर मचा रहे थे।

'न जाने वे दोनों क्या समझकर गाड़ी से यहाँ उतर गए!' अजय कुछ सोचते हुए बोला।

'हाँ, इसके बारे में उनसे पूछना चाहिए था,' मैंने जोश के साथ कहा।

मैंने इसके बारे में और सोचा तो मुझे सचमुच अजीब लगा कि वे हमारे पास क्यों आए। इत्तिफ़ाक़ ही होगा, सोचकर मैंने अपने को आश्वस्त किया। रात को देर तक हम चुपचाप लेटे रहे। आज रात बिल्ले नहीं आए और शायद ठंड बढ़ जाने की वजह से मच्छर भी कम थे। फिर भी रात बेचैन थी और हम दोनों ही अपनी-अपनी जगह जागते रहे हालाँकि हमारी कोशिश यही थी कि दूसरे को पता न चले कि हम जाग रहे हैं। मन में कुछ था जिसे हम आकार नहीं दे पा रहे थे तो शब्द कहाँ से लाते?

दूसरी सुबह अजय दफ़्तर जाने के लिए तैयार हुआ तो मैंने यूँ ही पूछा, 'तुमने मोती रख लिया?'

अजय ने कहा, 'हैं? कौन सा मोती? हाँ, हाँ रख लिया।' जैसे कि उसने रात देर तक उन दोनों और उनके ख़ज़ाने के बारे में नहीं सोचा हो।

अजय के जाने के बाद दिन बेचैनी से कटा। चलते-फिरते मैंने मैगज़ीन का एकाध पन्ना पढ़ा, स्नान किया, चिट्ठी लिखने बैठी लेकिन पूरी नहीं की, बाहर

दरवाज़े पर खड़े होकर सड़क पर नज़र दौड़ाई। उस पर आता-जाता कोई नहीं दिखा। अन्दर चली आई तो मिसेज़ कश्यप आ गईं।

'खड़े-खड़े चली जाऊँगी,' वह बोलीं। 'शाम को मिस्टर कश्यप के मेहमान आ रहे हैं। तैयारी करनी होगी।'

मिसेज़ कश्यप को उन दोनों के बारे में क़रीब-क़रीब बता ही दिया। फिर न जाने क्या सोचकर मैंने ज़बान पर आए शब्द लौटा लिये। वह चली गईं तो सूनापन और गहन हो गया। अजय के घर आने का मैं बेताबी से इन्तज़ार करने लगी। मुझे यक़ीन था कि जाँचे जाने पर वह मोती सोने का ही निकलेगा। फिर भी मेरी ख़्वाहिश थी कि बात पक्की तरह से पता चल जाए। अजय के आने पर मैंने फ़ौरन ही उससे सवाल नहीं किया बल्कि उसके ख़ुद बोलने का इन्तज़ार करने लगी। आख़िर उसने बताया कि जैसा कि हमारा ख़याल था, मोती 22 कैरट सोने का था और उसके वज़न के मुताबिक़ उसका दाम क़रीब तीन-साढ़े तीन सौ रुपए होगा।

'एक मोती का इतना दाम!' मैं चौंक गई। जल्दी-जल्दी मैं मन में हिसाब लगाने लगी। वह हार कितना बड़ा सा था। उसमें कुछ नहीं तो ऐसे तीन-चार सौ मोती तो ज़रूर होंगे। इसका मतलब उन दोनों को लाखों का सामान बैठे-बिठाए ही मिल गया। कभी ख़्वाबों में भी उन दोनों ने इतने रुपए न देखे होंगे। किसी की क़िस्मत पलटे तो ऐसे। आख़िर उन दोनों ने कौन से ऐसे नेक काम किए थे जो अजय और मैंने नहीं किए और भगवान ने इस तरह उन पर कृपा की? इस गड़े हुए ख़ज़ाने की बदौलत उन दोनों की ज़िन्दगी बदल जाएगी। सारी परेशानियाँ दूर हो जाएँगी। क्या मेरी ज़िन्दगी कभी बदलेगी? अजय के साथ रहते मुझे छः साल हो गए थे मगर पहली बार मुझे अपनी ज़िन्दगी की कमियाँ नज़र आने लगीं। कितनी नीरस, कितनी बदरंग थी वह, उसके मुक़ाबले में, जो वह बन सकती थी। अजय की चार हज़ार की तनख़्वाह में हम कुछ बचा भी पाए तो जितना उन लोगों के पास था उतना जुटाने में न जाने कितने वर्ष लग जाएँगे। हो सकता है वह कभी सम्भव ही न हो। मुझे उन दोनों से ईर्ष्या होने लगी। वे आकांक्षाएँ जिनको मैं सतह से बहुत नीचे गाड़ चुकी थी, एकदम से मेरे ज़हन पर खटखटाने लगीं। पहली बार मैंने अपने अन्दर असन्तोष को पहचाना।

शाम होकर अँधेरा छाने लगा था तब तक वे नहीं आए थे। अजय और मैंने उनके आने की उम्मीद छोड़ ही दी थी कि वे एकदम से नमूदार हुए। औरत तेज़ी से आगे-आगे चली आ रही थी और आदमी उसके पीछे दुबकता हुआ सा। वे पास आ गए तो आदमी ने हाथ जोड़कर पूछा, 'भैयाजी, कुछ पता चला?'

अजय ने मेरी तरफ़ देखा, मैं जल्दी से उसकी तरफ़ देखकर दूसरी तरफ़ देखने लगी।

'भाई देखो!' अजय कुछ ठहरकर बोला। 'मैं सोनार के पास गया था। उसने कहा यह सोना तो है मगर मोती अन्दर से खोखला है और उसमें कालिख जमी

हुई है। उसे साफ़ करने के बाद एक मोती का दाम क़रीब दो सौ बैठेगा। अब तुम हार के मोती गिन डालो तो तुम्हें इसकी क़ीमत का अन्दाज़ हो जाएगा।' आदमी हाथ जोड़ने लगा—'भैयाजी, हम अनपढ़ लोग हैं। आप ही गिन दें, हमें विश्वास हो जाएगा।'

थोड़ी देर झिझकने के बाद अजय ने कहा, 'अच्छा लाओ।' और गणित में अभ्यस्त बैंक के कर्मचारी का आत्मविश्वास चेहरे पर लाकर उसने उलझे हुए हार को सुलझाना शुरू किया। वह काफ़ी भारी था और मोती आपस में इस तरह उलझ गए थे कि उन्हें अलग-अलग करने में काफ़ी समय लग गया। किसी तरह से वे गिने गए तो कुल 398 निकले।

'तो इनका दाम क्या हुआ?' आदमी ने आशा भरी निगाह ऊपर उठाई।

'तीस हज़ार रुपए,' अजय ने मेरी तरफ़ देखकर कुछ ज़्यादा ही जल्दी से कहा।

आदमी के चेहरे पर मायूसी छा गई। उसने औरत से मुखातिब होकर कहा, 'मगर तुम तो कह रही थीं पचास हज़ार के ज़रूर होंगे?'

जल्दी से बात को मोड़ते हुए अजय ने कहा, 'तुम इन्हें बेचना चाहो तो मैं कुछ पूछताछ करूँ?' वह अपनी आवाज़ में एक तरह की लापरवाही ले आया था जैसे कि उसे कोई फ़र्क़ नहीं पड़ेगा चाहे वे मोती बिकें या नहीं। मुझे लगा उसकी लापरवाही के पीछे से उसका उतावलापन झलक रहा है। जैसे कि उसकी असली भावनाओं के आगे चिलमन डली हो और चिलमन के पीछे क्या है, यह दिख रहा हो, धुँधला-धुँधला।

'अच्छा भैयाजी, हम सोचकर बताएँगे,' औरत यह कहकर अपनी पोटली पर कसके गिरह बाँधने लगी। फिर वे जाने की तैयारी में उठ खड़े हुए। उनके जाते-जाते मैंने अपनी आवाज़ को शीरीं बनाते हुए कहा, 'तुम्हारा नाम क्या है?'

'जी, विष्णु और यह हमारा परिवार है,' आदमी बोला।

'अरे, मेरे पिताजी का भी नाम विष्णु था,' मैं बेसाख़्ता बोल उठी।

मुझे लगा यह सुनकर आदमी के चेहरे पर इत्मीनान आ गया। वे नमस्कार करके चले गए।

'हम कहीं से इतने पैसों का इन्तज़ाम नहीं कर सकते?' उनके जाने के बाद मैंने अजय से पूछा।

''देखो, कल बैंक में पूछूँगा। शायद लोन मिल जाए।

'आख़िर तो उन्हें पचास हज़ार की ही उम्मीद है। सोने की क़ीमत तो कहीं बढ़कर है। हम उन्हें जितना वे चाह रहे हैं, दे देंगे तो वे ख़ुश हो जाएँगे...और बाक़ी...' मैंने वाक्य पूरा नहीं किया।

'फिर उन्होंने ये रुपए कमाए तो हैं नहीं...' अजय कुछ देर बाद बोला।

'वैसे भी, अगर हम उनका सोना बिकवाते नहीं हैं तो वे उसका करेंगे क्या?

इतना सोना इन लोगों के लिए बहुत ज़्यादा है। इसके लिए तो उनकी जान ख़तरे में पड़ सकती है।' यह कहने के पहले मैंने काफ़ी बातें सोच ली थीं।

हम कुछ देर तक उन्हीं की बातें करते रहे। दोनों ठेठ देहाती मालूम देते थे। गाँव में रहनेवालों की ही तरह वे सीधे और साफ़ दिल के जान पड़ते थे। इतना सोना लेकर शहर में उनका किस तरह गुज़ारा होगा? बात करते-करते उनके बारे में हमें तरह-तरह के डर घेरने लगे। यहाँ से जाते हुए, सुनसान सड़क पर कहीं कोई उन्हें रोककर उनका सोना छीन न ले। या और भी बुरा, कहीं जान न ले ले। आजकल के ज़माने में इतना सोना क्या, इसका एक-चौथाई भी पास में रखना जान जोखिम में डाल सकता है। गले की चेन खींचने के कितने केस रोज़ अख़बार में छपा करते हैं। आजकल हर चीज़ इनसान की जान से क़ीमती है। हम विष्णु और उसके परिवार को लेकर काफ़ी परेशान हो गए।

'हमें उनकी मदद करनी चाहिए,' मैंने अजय से कहा।

'इतने पैसे तो उन्होंने कभी न देखे होंगे। उनकी तो समझ ही में नहीं आएगा कि वे उसका क्या करें,' वह बोला।

'अरे जान बची लाखों पाए। उन्हें रास्ते में ही कोई न धर ले...अभी, इसी वक़्त।'

'हाँ पुलिसवाले ही बड़े बदमाश होते हैं। आदमी पर एक नज़र डालते ही वे पहचान जाते हैं कि उसके पास क्या है—और ये बेचारे तो नौसिखिए हैं। कहीं इनके मुँह से कोई बात निकल गई तो लेने के देने पड़ जाएँगे...'

'ओह!' मैंने परेशान होकर कहा। 'हमें उन्हें यहीं रोक लेना चाहिए था...या कम से कम उनका सोना ही हिफ़ाज़त से रख देते...' मैंने पछतावे के साथ कहा।

मुझे सचमुच उनके लिए चिन्ता हो रही थी। कहीं बेचारे बेमौत न मारे जाएँ। उनके प्रति मेरे मन में कुछ मिलीजुली भावनाएँ उभर रही थीं। चिंता तो थी ही, ईर्ष्या और साथ ही साथ एक जज़्बा जिसकी मौजूदगी को मैं ख़ुद ही क़ुबूल करना चाह रही थी। मैंने हमेशा अपने को दुनियावी लालसाओं के परे समझा था। कपड़े-लत्ते, आभूषण, बँगला, गाड़ी—इन चीज़ों ने कभी मुझे आकर्षित नहीं किया। हमेशा ये सामान मेरी पहुँच के बाहर थे, शायद इस कारण। आज एकदम से ये चीज़ें मिथ्या नहीं यथार्थ मालूम देने लगी थीं। अगर कुछ पैसे मिल जाते तो कम से कम यह घर बदलकर हम शहर के ज़्यादा विकसित हिस्से में चले जाते। सलीक़े से सजा, रौशन घर मेरी आँखों में घूम गया। शायद लॉन और बग़ीचा भी उसमें होता। अजय को इतनी दूर फटफटिया पर काम करने नहीं जाना पड़ता। मेरा जब जी चाहता मैं जगमगाते शहर में सैर करने निकल जाती। सबसे बढ़कर, उन बिल्लों से और उनके साथ जुड़े गुमनाम डर से निजात मिलती। फिर भी, मन में कुछ खटकता था। क्या ऐसा करना सही होगा?

अजय सोच में डूबा हुआ था। एकदम से बोला, 'उन्हें जितने रुपयों की आशा है, वे तो हम उन्हें देंगे ही। अगर हम उनका सामान बिकवाते नहीं हैं तो उनकी जान मुसीबत में ही फँसेगी। यही समझ लो कि जो पैसे हमें मिलते हैं, वे उनकी मदद करने के एवज़ में हैं...'

उस वक़्त मुझे भी लगने लगा कि हम उन दोनों पर उपकार कर रहे हैं। मन ही मन हम अपने को अभी से शाबाशी देने लगे थे। रात जब तक हम नहीं लेटे तब तक वज़नी सा सन्नाटा छाया रहा जिसके गर्भ में क्या है, यह जानने की चाह न अजय की थी, न मेरी। सोने से पहले हम रात की आवाज़ें सुनते रहे। मुझे लगा रात की हज़ारों आँखें हैं जो मेरे अन्दर तक देख रही हैं और मुझे अजीब तरह की शर्मिंदगी होने लगी। काफ़ी रात गए, सन्नाटे में गाड़ी का दरवाज़ा बोला, फिर मोटर स्टार्ट होने की आवाज़ आई। शायद मिस्टर कश्यप के मेहमान जा रहे होंगे।

दूसरे दिन वे दोनों नहीं आए। हम रात तक उनका इन्तज़ार करके आख़िर सो गए।

'कोई बात हो गई,' मैंने जम्हाई लेते हुए अजय से कहा।

'कल वे ज़रूर आएँगे।'

हमेशा की तरह आज भी अजय ने उम्मीद नहीं छोड़ी थी। बैंक से उसने पचास हज़ार के लोन का इन्तज़ाम कर लिया था और अब उनके आने के लिए उसकी बेसब्री का अन्दाज़ मुझे दिन भर उसकी सड़क पर रह-रहकर पड़ती निगाह से मिल रहा था। रुपए लाने में उसने काफ़ी दिक़्क़त उठाई थी और अब वह चाह रहा था कि सौदा जल्दी से हो जाए। मगर वे नहीं आए। अगला दिन भी निकल गया। यहाँ तक कि मुझे शक होने लगा कि सचमुच कहीं किसी ने उन्हें पकड़ तो नहीं लिया। लेकिन कुछ तो सुनने में आता। अख़बार का लोकल ख़बरोंवाला पन्ना मैंने चाट डाला मगर उसमें भी कोई ऐसा समाचार नहीं था।

उसके बादवाला दिन मकर संक्रांति का था। अजय के बैंक में छुट्टी थी। सुबह उठी तो हलका सा अब्र था लेकिन दस बजते-बजते धूप निकल आई और जाड़े का चमकता हुआ ताज़ा दिन खिल आया, नए नोट जैसा साफ़ और कुरकुरा। आसमान में बहुत सारी पतंगें नज़र आने लगी थीं। मिसेज़ कश्यप वाली कालोनी में और नाले के पार मुहल्ले में लड़के अपनी-अपनी छत पर चढ़कर पतंग उड़ा रहे थे। सुन्दर दृश्य था—गहरी नीलिमा में तैरती रंग-बिरंगी मछलियों जैसी पतंगें। मेरा दिल हलका था। मैं छिलकेवाली उड़द और सोये की खिचड़ी पका रही थी और गुनगुनाती फिर रही थी। विष्णु और उसकी पत्नी अभी तक नहीं आए थे। इसका मतलब मैंने यह लगाया था कि अब उन्हें हमारी मदद की ज़रूरत नहीं है। उनके साथ कोई अप्रिय घटना हुई हो, इसकी सम्भावना मैंने मन से निकाल दी थी। मुझे लग रहा था कि अच्छा हुआ बात यूँ पलट गई और हम अपनी उलझन से मुक्त हो गए। सोना-चाँदी, रुपया, वाक़ई ये मन को कैसे पसोपेश में डाल देते हैं। मैं खिचड़ी को बघारने जा ही रही

थी कि किसी ने दरवाज़े पर दस्तक दी। मैंने बाहर झाँककर देखा तो विष्णु और उसकी पत्नी दरवाज़े के बाहर खड़े थे। मेरा दिल बैठ गया। मैंने तो इस ख़याल से समझौता कर लिया था कि अब वे नहीं आएँगे और मैं ख़ुश थी। मगर अब फिर से वही पागल सी उम्मीदें जाग गईं। धीमे-धीमे फिर मैंने अपने को एक तरह के लालच की गिरफ़्त में पाया।

अजय ने पूछा, 'कौन है?'

'लो आ गए तुम्हारे सौदागर,' मैंने थोड़े तंज, थोड़ी गम्भीरता से कहा। एकदम से मन में उठती आशंका को पहचानते हुए मैंने अजय को सचेत किया, 'देखो, उनका सारा सोना अँकवाए बग़ैर उन्हें रुपए मत दे देना।'

अजय ने मेरी तरफ़ कुछ ऐसे देखा जैसे कि मैं कैसे इस तरह की बातें सोच सकती हूँ। मैंने भी ढिठाई से उसकी तरफ़ घूरा।

बाहर वे दोनों काफ़ी बेतकल्लुफ़ी से सीढ़ी पर बैठे थे। अजय को देखकर वे खड़े हो गए।

'तुम लोग कहाँ रह गए थे?' अजय ने पूछा। 'हमने तो सोच लिया था अब तुम नहीं आओगे।'

'क्या करते, बाबूजी! देखो, बच्ची को कितनी चोट आ गई थी। गिर पड़ी और माथा फूल गया।' औरत ने पट्टी हटाकर बच्ची का माथा दिखाया जो वाक़ई इतना सूज गया था कि लगता था कि माथे में से एक दूसरा माथा उग आया है।

'बाबूजी, हम लोग राज़ी है,' विष्णु धीमी आवाज़ में बोला। 'इतना क़ीमती सामान लेकर हम कहाँ-कहाँ फिरेंगे? इन्तज़ाम हो गया है?'

'हाँ-हाँ, इन्तज़ाम करने की कोशिश मैंने की है,' अजय बोला। 'मगर देखो, सोनार के पास मैं अभी जाकर सोने का दाम लगवाना चाहता हूँ—कहीं इससे बढ़कर तो नहीं मिलेगा? मैं बस गया और आया,' अजय ने कहा।

विष्णु के चेहरे पर पल भर के लिए विस्मय का भाव आया। फिर जल्दी से चेहरे की शिकनें मिटाता हुआ वह मुस्कुराया—'भैयाजी, आपको हम पर विश्वास नहीं है?'

'नहीं-नहीं, ऐसी बात तो नहीं,' अजय ने जल्दी से अपनी सफ़ाई दी। 'पर इससे ज़्यादा रुपए मिल गए तो तुम्हारा ही तो फ़ायदा होगा।'

'अच्छा भैयाजी, आप पढ़े-लिखे हैं, आप जैसा कहें।'

औरत जो अब तक ख़ामोशी से सब सुन रही थी बोली, 'बाबूजी, एक बार रुपए का दर्शन तो करा दो। हमने कभी इतना पैसा देखा नहीं।' उसकी आवाज़ में लालच के साथ घबराहट भी मिली हुई थी।

'अच्छा, दिखाता हूँ,' कहकर अजय ने मुझसे चाबी माँगी और गोदरेज की अलमारी खोलकर उसमें से नोटों की गड्डी निकाल ली।

'देखो अजय! सब एकदम से मत दे देना,' मैंने फिर उसे चेतावनी दी।

'उँह हूँ,' कहकर उसने बाहर झाँका और उन लोगों को अन्दर बुला लिया। वे कमरे में दाख़िल हुए तो छोटी सी जगह में मिट्टी, पसीने और थकान की बू भर गई। न जाने कितनी दूर से ये लोग पैदल आए होंगे, मैंने सोचा। नोटों की गड्डी अजय के हाथ से लेकर औरत ने उसे हैरत से देखा, फिर उसे माथे से लगाया और मुझसे बोली, 'देखो भाभीजी, मुझे घबराहट से बुखार आ गया है। देखो, मेरा माथा कितना गरम है। देखो, छूकर देखो!' यह कहते हुए उसने बढ़कर मेरा हाथ पकड़ लिया और अपने माथे पर रख दिया।

उसकी उँगलियाँ बर्फ़ की तरह ठंडी थीं और खाल खुरखुरी। मगर माथा हलका सा गरम और कुछ चिपचिपा सा। मुझे उसका स्पर्श अच्छा नहीं लगा। 'हाँ, गरम तो है,' मैंने कहा। 'पर इतना घबरा क्यों रही हो?'

उसने मुझ पर एक शकभरी निगाह डाली, फिर अजय की तरफ़ मुड़कर कहने लगी, 'भैयाजी, जल्दी से इसे निपटा लो। देखो, यह पोटली तुम ले लो। और रुपए मैं यहाँ रख देती हूँ...'

उसने झट से एक फीका लाल रंग का कपड़ा निकाला और जल्दी से नोटों की गड्डी उसमें लपेट दी। फिर उसने अपनी साड़ी के पल्ले में बँधी चाबी लेकर कनस्तर पर लगे ताले को खोला और मुझे दिखाने लगी, 'देखो, इसमें बस थोड़ा सा चावल है, और कुछ नहीं।' यह कहकर उसने एक बार आदमी की तरफ़ देखा। विष्णु की निगाह बच्ची पर थी, जो इस वक़्त अपने नन्हे हाथ हमारी टी.वी. के स्क्रीन पर हैरत के साथ फेर रही थी। मुझे बच्ची को देखकर थोड़ी परेशानी होने लगी, यह सोचकर कि वह टी.वी. पर धब्बे लगा देगी। तभी विष्णु बोला, 'अब ठीक है, बाबूजी! अब तुम सोनार के पास जाओ।'

मैंने देखा कि लाल कपड़े की पोटली कनस्तर में एक तरफ़ रखी थी। औरत ने कनस्तर में ताला लगाकर कमरे के कोने में बिछे तख़्त के नीचे उसे खिसका दिया। जाने की तैयारी में अजय ने सोने के हार को एक प्लास्टिक की थैली में डाल लिया और हम बाहर निकल आए।

'तुम लोग मेरे ही साथ खाना खा लेना। अभी यहीं बैठ जाओ।' मैंने सीढ़ियों की तरफ़ इशारा किया, फिर अजय को एक मिनट के लिए अन्दर बुलाकर उसे कुछ ज़रूरी बातें समझाने लगी। बातों के बीच एक बार मैंने नज़र बाहर की तरफ़ घुमाई तो विष्णु और उसकी पत्नी फाटक के बाहर खड़े थे। औरत के हाथ में एक लाल डोलची थी जो वह अपने साथ लाई थी और आदमी की गोद में बच्ची थी। वह अनिश्चित से खड़े थे, जैसे कहीं जाने का इरादा कर रहे हों।

'देखो, तुम लोग कहीं जाना नहीं!' मैंने पुकारकर कहा। 'मैं चाय बना रही हूँ।'

'बस आ रहे हैं भाभीजी!' आदमी बोला, पर वे उसी जगह खड़े रहे। औरत ने एक-दो बार सड़क के दोनों तरफ़ देखा जैसे कि वह मन में अन्दाज़ लगा रही हो कि किस तरफ़ ज़्यादा आसानी से और जल्दी से जाया जा सकता है। उनका अन्दर आने का कोई इरादा नहीं मालूम दे रहा था।

उमूमन मैं शक्की मिज़ाज की नहीं हूँ। हर वक़्त किसी के इरादे को ग़लत समझने की मेरी आदत नहीं। पर उस समय औरत के हाथ में डोलची और दोनों को फाटक पर खड़ा देखकर मन में न जाने किस तरह की आशंका उभरी। आख़िर तो उन्होंने पैसे भी अन्दर रख दिए थे और सोने का हार तो अजय के पास था। कहीं ऐसा तो नहीं कि मेरी आँख बचाकर औरत ने रुपए कनस्तर में न रखकर अपनी डोलची में रख लिये हों? मुझे याद आया कि उसी वक़्त मैं बच्ची को टी.वी. पर हाथ फेरते हुए देखने लगी थी। लाल कपड़े में लिपटा कुछ तो मैंने कनस्तर में देखा था, मगर उस कपड़े में रुपए थे कि कुछ और? जितना उसके बारे में सोचा, मेरा यक़ीन और पक्का होता गया कि रुपए डोलची में ही हैं और उसे लेकर ये दोनों अब यहाँ से जल्द से जल्द रफ़ूचक्कर हो जाना चाहते हैं। इसका मतलब यह कि सोने का हार भी उन्होंने बदल दिया है और उसे कहीं छिपा दिया है। एक बार मन में शक आ गया तो मुझे हर चीज़ पर शक होने लगा।

आख़िर मैं अपनी बेचैनी अपने तक सीमित नहीं रख सकी। अजय से मैंने अपना शक ज़ाहिर किया तो वह मेरा मुँह ताज्जुब से देखने लगा।

'सच? क्या ऐसा हो सकता है?' उसने पूछा।

मेरे इसरार करने पर उसने एक बार विष्णु को आवाज़ लगाई—'विष्णु...' उसकी आवाज़ उन तक पहुँचकर वापस आ गई।

'चलो, तुम लोग चाय पी लो,' मैंने पुकारकर कहा।

मगर वे हूँ-हाँ करके मँडराते वहीं खड़े रहे। अब अजय को भी दाल में कुछ काला नज़र आने लगा। उसने रूखी आवाज़ में कहा, 'अच्छा दिखाओ तुम्हारी डोलची में क्या है?'

'हाँ दिखाती हूँ, बाबूजी!...ज़रा ठहरो तो सही...' यह कहकर उसने डोलची और कसकर पकड़ ली; लगता नहीं था कि वह उसे खोलकर दिखाएगी। अजय ने क़रीब-क़रीब उसकी बाँह पकड़ ली थी और उससे अन्दर आ जाने का आग्रह कर रहा था।

अब विष्णु फाटक के अन्दर आ गया और घर की दिशा में धीमे-धीमे बढ़ने लगा। पर औरत अब भी वहीं खड़ी रही; उसकी मुद्रा में एक तरह की ढिठाई आ गई थी जैसे कि वह हमें ललकार रही हो कि अन्दर ले चलो तो जानें। जैसे वह कोई एड़ लगाता हुआ घोड़ा हो, मैंने खीझकर सोचा। सामने सड़क पर गुज़रता साइकिल सवार रुककर मज़ा लेने लगा।

‘बस तुम कनस्तर एक बार फिर से खोलकर दिखा दो कि तुमने रुपए उसमें रखे हैं या नहीं। असल में मेरी पत्नी ने तुम्हें रुपए रखते देखा नहीं...’ अजय ने ठिसियाकर बात पूरी नहीं की।

‘ठीक है, चलो दिखा देती हूँ।’ ग़ुस्से से तेज़ क़दम बढ़ाती औरत फाटक के अन्दर घुस आई।

‘लाओ कनस्तर...कहाँ है?’ उसने जैसे हम पर आरोप लगाया। मैं कमरे से कनस्तर उठा लाई। उसने साड़ी के पल्ले से चाबी ली और हमारे सामने कनस्तर खोलकर रख दिया। उसमें फीके लाल कपड़े की पोटली हिफ़ाज़त से रखी थी। मुझे फिर भी विश्वास नहीं हुआ।

‘खोलकर दिखाओ...’ मैंने डपटकर कहा।

औरत ने कपड़ा हटाकर रुपयों की गड्डी मेरे पैर के पास रख दी। ‘लो गिन लो।’

मैंने काँपते हाथों से गड्डी उठा ली। पूरे पचास हज़ार थे। मेरी आँखें अपने हाथों पर ही गड़ गईं। समझ में नहीं आया कि अब मैं उनसे क्या कहूँ। वे दोनों वहीं बैठे रहे। विष्णु के चेहरे पर एक रूठा हुआ भाव आ गया था और वह नीचे देख रहा था जैसे कि उसे हमसे आँखें मिलाने में तकलीफ़ हो रही हो। बच्ची की काली आँखों में हैरत थी; कभी वह हमें और कभी अपने माँ-बाप को देख रही थी, जैसे कि वह समझना चाह रही हो कि क्या हो रहा है।

‘लाओ हमारा सामान! हमें नहीं बेचना है।’ औरत की आवाज़ कर्कश थी।

‘हाँ, लाता हूँ,’ कहकर अजय अन्दर चला गया। बहाना करके मैं भी अन्दर आ गई। अजय ने मेज़ पर हारवाली थैली रख दी थी। उसने जल्दी से वह कपड़ा खोला जिसमें हार लिपटा था और मोतियों की एक लड़ी उस हार में से तोड़ ली। मोतियों को उसने जेब में डाल दिया और बाक़ी सामान उसने पोटली में बाँध दिया और बाहर आकर औरत के हाथ में दे दिया।

‘देखो भई, ग़लती हुई। हम सौदा अब भी कर सकते हैं। चलो, हम सोनार के यहाँ साथ-साथ चलते हैं। तुम अन्दर आकर थोड़ी देर बैठो तो सही!’

‘भाभीजी, सच-सच बताओ, तुमने पुलिस को बुलाकर अन्दर छिपा रखा है, न? अभी तुम्हारे घर में हज़ारों आदमी हैं कि नहीं? तुम हमें पकड़ाओगे, हमें मालूम है।’ औरत थोड़ी सी भयभीत लगने लगी थी।

‘कैसी बेवकूफ़ी की बातें करती हो!’ अजय की आवाज़ रूखी थी।

‘अच्छा, तुम लोग यहीं ठहरो। हम घर बन्द कर लें तो तुम्हारे साथ सोनार के पास चलते हैं।’

विष्णु और उसकी पत्नी ने कोई जवाब नहीं दिया। मैं अन्दर जाकर खिड़की-दरवाज़े बन्द करने लगी। अजय ने कुर्ता-पायजामा बदलकर पैंट-शर्ट पहन लिया।

मैंने बालों में जल्दी से कंघी फेर ली। मुश्किल से हमें दस मिनट लगे होंगे। जब हम बाहर आए तो वे वहाँ नहीं थे। मैं समझी फाटक के बाहर खड़े होंगे। पर वहाँ भी उनका कोई नाम-ओ-निशान नहीं था। सड़क हमेशा की तरह सुनसान थी। दूर पर बेहया की झाड़ियाँ अपने धूल से लदे पत्ते लेकर एकदम स्थिर थीं। नाले के गंदे पानी पर मच्छरों के झुंड थे। एकदम से आम के पेड़ पर से कव्वा अपने काले पंख फड़फड़ाता हुआ उड़ा। उसकी फड़फड़ाहट से ख़ामोश वातावरण में हलचल पैदा हो गई। अजय उनको ढूँढ़ता हुआ आगे तक निकल गया। जब लौटा तो उसके चेहरे की मायूसी बता रही थी कि वे नहीं मिले।

अन्दर आकर मेरी सवालिया निगाह अपने ऊपर पाते हुए अजय मुझ पर बरस पड़ा, 'आख़िर तुम्हें क्या सूझी कि तुमने इस तरह का शक मेरे दिमाग़ में डाल दिया? यह बात तुम्हारे मन में आई कैसे?'

'क्योंकि मैंने उसे रुपए रखते देखा नहीं...फिर जिस तरह वे फाटक पर खड़े थे, मुझे लगा कि...' मैं हकलाई।

'अरे, वे बेचारे घबरा रहे थे कि हम कहीं उनके साथ कोई बुरा व्यवहार न करें। आख़िर तो उन्होंने रुपए भी अन्दर रख दिए थे और सोना तो मेरे पास ही था। अपने विश्वास का वे और क्या सुबूत दे सकते थे? असल में, अब इनसान में इनसानियत तो बाक़ी रह नहीं गई है। बिना दूसरे पर शक किए, हम एक क़दम आगे बढ़ नहीं सकते,' अजय ने झुँझलाकर कहा। फिर गिरी हुई मानसिकता पर वह एक लम्बा खर्रा सुना गया। अपराध-बोध के नीचे पहले ही दबी, उसका लेक्चर सुनकर मैं तिलमिला गई।

'हाँ, और तुमने जो उनके हार का टुकड़ा रख लिया वह बहुत ऊँचा काम था!' मैं उसको कुसूरवार ठहराने की कोशिश में बोली।

'अरे, तो क्या मैं सिर्फ़ तुम्हें कह रहा हूँ? मैं भी उतना ही अपराधी हूँ। उस वक़्त तो मुझे बस इतना ही सूझा कि मेरा इतना समय और इतनी मेहनत बरबाद हुई। और लोन पर पैसे अलग कटेंगे। मैं तो सिर्फ़ अपना मेहनताना ले रहा था।'

'बर्दाश्त के बाहर तो यह है कि उनका विश्वास हम पर से हट गया। इतना बड़ा विश्वासघात!' अपने प्रति घृणा और शर्मिन्दगी ने मुझे घेर लिया। विश्वासघात तो हमने किया ही था। हार रखकर मुझे लगा हमारा कुसूर और भी गम्भीर हो गया। इसके लिए हमें कौन माफ़ करेगा?

'अजय, तुमने उनके हार के मोती रखकर अच्छा नहीं किया,' मैं बार-बार यही वाक्य दोहराती रही। हार को लौटाने की बेकार सी आशा में हमने उन्हें बहुत ढूँढ़ा मगर वे ऐसा ग़ायब हुए जैसे वे हमारी ज़िन्दगी में कभी आए ही नहीं हों। बहुत दिनों तक बाज़ार-हाट के लिए निकलते वक़्त या कभी यूँ ही टहलते हुए मुझे कोई चेहरा देखकर पल भर के लिए वहम हो जाता कि यह तो विष्णु है। कभी औरत का चेहरा

नज़र आता। किसी की पीठ, या गर्दन टेढ़ी करके बात करने का अन्दाज़ या साड़ी के पल्ले के पीछे आधा छिपा गिलट का कुंडल देखकर मैं चौंक जाती। लेकिन हर बार ही वह चेहरा या तो भीड़ में खो जाता या मैं वहाँ तक पहुँच न पाती। ऐसा इत्तिफ़ाक़ कई बार हुआ।

हमारी ज़िन्दगी अपनी धीमी रफ़्तार से चलती रही। कुछ महीनों बाद हमने उनका ज़िक्र करना छोड़ दिया। फिर भी कुछ अनकहा किसी ठोस वस्तु की तरह हमारे बीच बना रहा। विष्णु और उसकी पत्नी वाले वाक़िए ने हमें अपना ऐसा रूप दिखाया था जिसकी ओर से हम अब तक ग़ाफ़िल रहे थे। पर यह नया रूप हम दोनों को ही अप्रिय लगा और उसके बोध ने हमें अपने आप में सिमटते जाने पर मजबूर कर दिया। कभी मैं ज़हन पर ज़ोर डालती तो मैं अपने को यूँ भी क़ायल कर लेती कि यह सानिया सिर्फ़ मेरी कल्पना की उपज है। ऐसा सचमुच कुछ हुआ ही नहीं। गुप्त धन, गड़ा हुआ खज़ाना। आधुनिक ज़माने में यह तो अफ़साना ही था; अलीबाबा की गुफ़ा में ही उसका सत्य था।

फिर मैं अपनी अलमारी खोलती तो कपड़ों के ढेर के पीछे, नक़्क़ाशी किया हुआ संगमरमर का एक डिब्बा महफ़ूज़ था। उस पर गुलाबी पत्थर का बना हुआ एक फूल था जिसके चारों ओर नक़्क़ाशी होने के कारण ऐसा लगता कि वह फूल जज़ीरों में क़ैद है। और उसके अन्दर...लेकिन बहुत दिनों तक, अपने अपराध से बोझिल, मैंने उसके बारे में सोचना ही नहीं चाहा। कई महीने बीत गए। एक दिन अजय ने कहा, 'देखो इतना सोना घर में रखना ठीक नहीं। अब तो जो हुआ उसे लेकर रोने से कोई फ़ायदा नहीं। उन लोगों को ढूँढ़ने की भी हमने पूरी कोशिश कर डाली। अब भलाई इसी में है कि सोने को बेचकर हम उसका इस्तेमाल करें या बैंक में रख दें।'

मुझे उसकी बात में कोई ख़ामी नज़र नहीं आई। दूसरे दिन मैंने संगमरमर का वह डिब्बा हिफ़ाज़त से अपने दुपट्टे में लपेटा और अजय की फटफटिया पर बैठकर हम शहर चले गए। मैंने सोनार की दुकान के बाहर ही खड़े रहना बेहतर समझा। न जाने मुझे इस वारदात को लेकर क्या हुआ था कि मैं उस हार को देखना तक नहीं चाहती थी। मैं सड़क के किनारे, एक मोटर पर टेक लगाकर खड़ी हो गई और आती-जाती मोटरों को देखती रही। अजय को दुकान में क़रीब पन्द्रह मिनट लग गए। जब वह बाहर आया तो उसके चेहरे के भाव को मैं एकदम से पहचान नहीं सकी। उसके होंठ कुछ इस तरह भिंचे हुए थे जैसे कि उनके अन्दर क़ैद मुस्कुराहट प्रतिबन्ध तोड़कर निकल न पड़े, ऐसा ख़तरा उसे महसूस हो रहा हो। वह नीचे देखता हुआ चला आ रहा था लेकिन मुझे देखते ही जैसे वह अपनी मुस्कुराहट पर अंकुश नहीं लगा पाया और वह एकदम से उसके चेहरे पर फैल गई। उसकी शक्ल ख़ुशी से चमक रही थी।

लगता है सोने का काफ़ी अच्छा दाम मिल गया है, मैंने डूबते दिल के साथ सोचा। वह पास आ गया तो मैंने पूछा, 'क्या मिला, बिक तो गया?'

उसने सिर पीछे फेंककर एक क़हक़हा लगाया—'ये सारे मोती पीतल के हैं।

मैं हक्का-बक्का रह गई। मैंने और जो भी सोचा हो, मुझे इस जवाब की ज़रा भी अपेक्षा नहीं थी। मैं उसका चेहरा देखती ही रह गई।

'मगर ऐसा कैसे हो सकता है?' मैं हकलाई। 'कोई ग़लती हुई होगी। तुम्हारा मतलब विष्णु और उसकी पत्नी हमें बेवकूफ़...पर वह तो इतना नेक दिखता था... ? और वह मोती जो हमने पहले जँचवाया था, वह तो सोने का ही था। था कि नहीं?'

मुझे पिछली बातों पर भी शक होने लगा। क्या हमने इसमें भी कोई समझने की ग़लती की थी? जब से कनस्तर में रुपए सही-सलामत रखे हुए मिल गए थे, मुझे विष्णु और उसकी पत्नी पर और भी भरोसा हो गया था।

'हाँ-हाँ, वह तो यक़ीनन सोने का ही था,' अजय बोला। 'मगर तुम याद करो कि उस वक़्त हमने ग़ौर नहीं किया कि वह मोती हार से अलग पड़ा हुआ था। उसकी डिजाइन तो हार के मोतियों जैसी ही थी, पर वह उनसे जुड़ा हुआ नहीं था...उसी के चलते हम बहुत बड़ी हेराफेरी में फँस जाते। सोनार भी कह रहा था कि इस तरह का धंधा आजकल लोग बहुत करने लगे हैं।'

मैंने गहरी साँस ली। ऐसा इत्मीनान मुझे बरसों में न हुआ होगा। मुझे लगा जैसे कि मौत के मुँह से किसी ने हमें खींच लिया हो। कितने महीनों से ज़िल्लत और बेइज़्ज़ती के एहसास के नीचे मैं दबी हुई थी। यह एहसास मिनटों में ग़ायब हो गया। मेरा दिल बिलकुल हलका हो गया, हवा की तरह। अगर बीच बाज़ार में न खड़ी होती तो शायद मैं गाने लगती। 'चलो, घर चलें,' मैंने अजय की तरफ़ मुस्कुराकर देखा।

कुछ ही देर में फटफटिया पर बैठे हम घर की दिशा में बढ़ने लगे। वही धूलभरी सड़क। घर के क़रीब पहुँचते-पहुँचते वे पहचानी हुई मशीनें नज़र आने लगीं, जंग खाई हुईं, बेकार सी, जिनका कोई मसरफ़ नहीं था, फिर भी वे पुराने दोस्त का आकर्षण लिये हुए थीं। और आगे बेहया की झाड़ियाँ और नाले के पास हमारा फूस की छतवाला घर—हमारा घर जिसके छप्पर पर बिल्ले लड़ते थे और जिसके नीचे हम उनके खूँख़ार पंजों और दाँतों से महफ़ूज़ रह सकते थे।

दीदावर

नरगिस ने बिस्तर में पैर फैलाए, बाँहों को सिर के ऊपर ताना और अँगड़ाई लेकर पलँग पर से उठ खड़ी हुई। सूर्य ने उसके जागने का इन्तज़ार नहीं किया था और कमरे के बाहर की दुनिया को सुनहरी रोशनी में नहला रहा था। उस वक़्त अगर नरगिस ने किसी भी खिड़की या दरवाज़े से बाहर देखा होता, या ज़ीने पर निकलकर आई होती तो उसको ऐसी दुनिया दिखाई देती जो सोने की बनी हुई जान पड़ती। आकाश तो सोने के वरक़ में लिपटा ही था, बसन्त ने सड़क के किनारे लगे नीम के पेड़ों पर भी पीलापन बिखेर दिया था और पेड़ों के नीचे सड़क पर झरे हुए पत्तों का पीला कालीन बिछ गया था जिस पर लोग चल रहे थे।

लेकिन नरगिस ने न तो एक बार भी उधर का रुख़ किया और न ही उसको यह स्वर्णिम दुनिया नज़र आई। वह सीधे गई कमरे के उस कोने में जहाँ पर आईना लगा था और उसके सामने जाकर खड़ी हो गई। उसने वहाँ जो देखा वह उसे पसन्द आया और आईने की छवि के अलावा इधर-उधर देखने की उसमें तौफ़ीक़ न हुई। वैसे तो नरगिस का चेहरा मामूली ही था पर आँखों की वजह से वह सुसज्जित और अपने ही ढंग का आकर्षक लगता था।

नरगिस की आँखें बेहद ख़ूबसूरत थीं—बड़ी-बड़ी, अमावस्या की रात जैसी काली। पलकों की झालर आँखों पर कुछ इस तरह सजी हुई थी मानो उनमें कुदरती काजल लगा हुआ हो। उनकी वजह से उसकी आँखों की चमक में—जो कि यूँ भी अद्भुत थी—चार चाँद लग जाते थे। ख़ासकर अभी, जब वह सोकर उठी थी और चेहरे की ताजगी वैसी थी जैसी पहली बारिश के बाद प्रकृति की होती है। इन्हीं ख़ूबसूरत आँखों को देखकर उसके माँ-बाप ने उसका नाम नरगिस रखा था। नरगिस एक ख़ूबसूरत फूल का नाम है जिसका बीच का हिस्सा आँख की शक्ल का होता है और जिसका शायरों ने अकसर ज़िक्र किया है।

नरगिस की आँखें अकसर लोगों की बातचीत का मज़मून बन जाया करती

थीं। उनकी सुन्दरता का इस क़दर ज़िक्र हुआ करता था कि नरगिस को इस बात का अच्छा-ख़ासा अन्दाज़ था। और बात उससे छुपी भी कैसे रह सकती थी जब आईना, उनका गवाह, उसके सामने था? वह उनके घमंड में चूर, सातवें आसमान पर चढ़ी रहती थी। अपने में वह इतनी ज़्यादा मुबतिला रहती कि अपने से अलग दुनिया और उसमें रहते लोगों को देखना या समझना उसे ग़ैरज़रूरी सा लगता था। लोगों के बीच उठते-बैठते समय उसको लगता कि सब उसी की आँखों को देखकर सराह रहे हैं।

फिर धीरे-धीरे, बचपन के खेल भूलकर उसने आईने में रहनेवाली लड़की के साथ एक नया रिश्ता कायम कर लिया और उसके आगे वह तरह-तरह के अभिनय किया करती। कभी आँखों को मासूमियत से झुका लेती, कभी बड़ा-बड़ा खोलकर काली पुतलियों के गहरे तालों में बसी चमकती मछलियों का खेल देखा करती। उसके पास मछली की ही शक्ल की सुरमेदानी थी जिसकी चाँदी की सलाई से वह आँखों में बड़ी हिफ़ाज़त से सुरमा लगाया करती थी। इससे आँखों में ठंडक भी पहुँचती थी और उनकी ख़ूबसूरती भी निखर आती थी। बड़ा गुमान था उसे उन आँखों का।

कोई वजह न थी कि नरगिस अपना तौर-तरीका बदले। अपने में मशगूल, बाहरी दुनिया से ग़ाफ़िल, ज़िन्दगी इस तरह से भी बसर हो जाती। पर ऐसा होना न था। एक दिन वह नानी के पास बैठी थी। नानी रोज़ की तरह आज भी तख़्त पर बैठी साड़ी काढ़ रही थीं। नानी सफ़ेद बुर्राक़ साड़ी पहनती थीं और उनके बाल भी एकदम सफ़ेद थे। साड़ी काढ़ते वक़्त उनकी नाक पर चश्मा होता था और बग़ल में सन्दूक़ची जिसमें उनका सिलाई-कढ़ाई का सामान रहता था। नानी ख़स का इत्र लगाती थीं और सबसे नफ़ीस तम्बाकू का ज़र्दा चबाती थीं। इसलिए उनके आसपास एक ठंडी सी ख़ुशबू फैल जाती थी। वह बिना किसी किताब में देखे या कपड़े पर नक्शा बनाए यूँ ही कपड़े काढ़ती चली जाती थीं और जो चीज़ें बनके तैयार होतीं उनकी ख़ूबसूरती देखने के क़ाबिल होती थी।

नरगिस नानी को कढ़ाई करते हुए देख रही थी। उसे नानी के पास बैठना यूँ भी अच्छा लगता था। अपने अलावा अगर उसे किसी में दिलचस्पी थी तो वह नानी में। काढ़ते वक़्त नानी इधर-उधर की बातें, ज़माने की बातें किया करती थीं। अंग्रेज़ों के ज़माने में सामान कितना सस्ता था, शाम को किस तरह से मेमें अपने बच्चों को लेकर टहलने निकला करती थीं, सड़क के किनारे कैसे-कैसे फ़व्वारे चलते थे। नानी की बातें एक समाँ बाँध देती थीं और उनको सुनकर नरगिस कुछ देर के लिए अपनी ज़ात से बेख़बर हो जाती थी। सूई का तागा ख़त्म हो जाने पर नरगिस नानी के लिए उसे फिर पिरो देती, क्योंकि नानी की आँखों की रोशनी कम हो गई थी और तागा उन्हें सूझता नहीं था।

नरगिस ने आगे झुककर साड़ी पर तेज़ी से बनते हुए गुल-बूटों पर ग़ौर फ़रमाया। नानी के हाथ में सूई का आगे बढ़ना और नरगिस का सामने झुकना—दोनों का आपसी सामंजस्य कुछ ऐसा बना कि सूई उसकी काली पुतली को बींधती हुई फ़ौरन ही वापस निकल आई, इतनी सफ़ाई से मानो नानी ने उसकी आँख के अन्दर जल्दी से एक टाँका लगा दिया हो। यह पूरी हरकत पल भर में हुई, जिसे कहा जाए बिलकुल पलक झपकते। उसे दर्द का एहसास भी न हुआ, बल्कि यूँ लगा जैसे आँख में कोई भुनगा घुस गया हो। उसने सिर झुकाकर आँख को कसके मल दिया।

'हाय हाय बेटा, क्या हुआ,' नानी ने पूछा पर उसे ख़ुद भी कुछ समझ में न आया और उसने बात वहीं ख़त्म कर दी।

लेकिन शाम होते-होते उसकी आँख एकदम सुर्ख हो गई, जैसे गुरूब होता हुआ आफ़ताब। दर्द भी शदीद था और आईने में अपनी शक्ल देखकर वह काँप गई। उसने पहले एक आँख को बन्द करके दूसरी से अपनी उँगलियों को देखकर आज़माया, फिर दूसरी आँख से उन्हें देखा। ज़ख़्मी आँख के सामने अँधेरा छाया रहा, जैसे उस पर काली पट्टी बँधी हो। दूसरे दिन डाक्टर को आँख दिखाई गई तो उसने वरम उतारने और दर्द कम करने के लिए दवा दे दी। उससे सूजन और सुर्ख़ी दोनों ही जाते रहे पर उस आँख से अब भी कुछ दिखाई न दिया। थोड़े दिनों में आँख की काली पुतली पर एक महीन सी सफ़ेद परत जम गई। एक आँख अब कंजी लगने लगी। मोहल्ले में रहनेवाले वैद्य ने एक जंगली पौधे का पता बताया जिसका दूध आँख में डालने से यह तकलीफ़ रफ़ा-दफ़ा हो जाएगी। बहुत ढूँढ़ने के बाद जब वह पौधा मिला और उसके दूध का एक क़तरा आँख में टपकाया गया तो नरगिस तड़प गई। आँख में देर तक जलन होती रही पर उसका कोई और अंजाम न निकला।

तक़रीबन साल भर तक यही सिलसिला—कभी इसका इलाज, कभी उसकी दुआ—चलता रहा। आख़िर हारकर डाक्टरों की सलाह के मुताबिक़ यह तय हुआ कि आपरेशन के अलावा इस मुसीबत के पार लगने का कोई और ज़रिया नहीं है। नरगिस के लरज़ उठने के लिए आपरेशन का ख़याल भर काफ़ी था, पर आपरेशन के न होने से आँख की रोशनी वापस आने की कोई उम्मीद न थी और यह ख़याल और भी भयानक था। आँख में चोट लग जाने का नरगिस को गहरा सदमा था पर आँख की रोशनी के जाने के साथ उसका पुराना ग़ुरूर भी जाता रहा था। उसने इस हादसे के लिए किसी को दोष नहीं दिया—न नानी को और न ज़िन्दगी के उसके साथ खेले गए इस क्रूर नाटक को। जो हुआ उसके बारे में नरगिस के मन में कोई सवाल न उठे। उसने जो भी हुआ उसे एक तरह की संजीदगी के साथ क़ुबूल किया। शायद इनसान की तबियत की यही खुसूसियत हो कि बहुत जल्दी वह एक स्थिति के साथ समझौता करके आगे की सोचने लगता है। गुज़रते हुए दिनों के साथ नरगिस

का दिल पुख़्ता होता गया और एक दिन ऐसा आया कि आपरेशन के ख़याल से भी उसे परेशानी न हुई।

आख़िर आपरेशन हुआ। जब नरगिस की आँख को चाक करके अन्दर टाँके लगाए गए तो वह होश में थी। उसी वक़्त, वहाँ लेटे-लेटे, उसे एक अजीब सा ख़याल आया। उसे लगा उसकी आँख एक दरवाज़ा है जिसे खोलकर डाक्टर उसके अन्दर का मुआयना कर रहे हैं। वह ख़ुद भी इस ख़याल से चौंक गई और काफ़ी देर तक वह तरह-तरह के दरवाज़ों के बारे में सोचती रही। फिर कुछ देर बाद डाक्टरों ने यह दरवाज़ा बन्द कर दिया। आँख पर हरे रंग की पट्टी बाँधी गई तो नरगिस उन पुराने घरों के हरे शटरनुमा दरवाज़ों के बारे में सोचने लगी जिन्हें उसने शहर में देखा था। हरी पट्टी के कुछ दिनों बाद खुल जाने की तसल्ली देकर डाक्टर चले गए।

जब पट्टी खुली तो आँख हलके गुलाबी रंग की हो गई थी। नरगिस को फ़ौरन ही पता चल गया कि ज़ख़्मी आँख से अभी तक उसे ज़्यादा सूझ नहीं रहा है। हाँ, इतना ज़रूर था कि जहाँ पहले उस आँख के आगे तारीकी छाई रहती थी, अब पास रखी हुई चीज़ें और शोख़ रंग उसे दिख जाते थे। यही क्या कम है, डाक्टरों ने कहा। जब भी वह उस आँख से देखती, नरगिस को लगता वह मूसलाधार वर्षा के पर्दे के पीछे से दुनिया को देख रही है और यह अपने आप में एक नया अनुभव था। ख़ैर, दूसरी आँख तो सही-सलामत थी। तभी उसे वह दरवाज़ेवाली बात फिर से याद आ गई और उसने महसूस किया कि जिस दरवाज़े से डाक्टरों ने उसके अन्दर झाँका था, उसी दरवाज़े से अब वह बाहरी दुनिया को देख रही है। उसकी आँखें दरअसल दुनिया पर रुख़ किए हुए दो दरवाज़े हैं। उसने अपनी आँखों के बारे में पहले कभी इस तरह से नहीं सोचा था और अब उसे यह ख़याल काफ़ी अटपटा सा लगा।

जब उसके ज़हन में यह बात बैठ गई कि दरअसल वह एक ही आँख से देख रही है, तब उसका दिल चाहने लगा कि बार-बार वह इस बात को आज़मा कर देखे। वह बाहर ज़ीने पर निकल आई। ज़ीने के ठीक सामने, सड़क के किनारे एक पुराना नीम का पेड़ था। कुछ देर चुपचाप खड़े रहने के बाद उसने हथेली से बाईं आँख को ढँककर नीम के पेड़ पर अपना पूरा ध्यान लगाया। कुछ भूरा-भूरा, धुएँ जैसा नज़र आया। उसने हाथ बढ़ाकर इस धुएँ को छुआ। धुआँ कड़ा और खुरदुरा था। उसकी उँगलियों के पोरों में गुदगुदी हुई। अब उसने दाहिनी आँख को ढँककर बाईं आँख खोल ली। धुएँ ने ठोस आकार ले लिया और आँख खुलने के पल में ऐसा वहम हुआ कि पेड़ का तना थोड़ा सा बाईं तरफ़ खिसक आया, जैसे कि नीम के पेड़ ने अचानक एक क़दम बाईं ओर ले लिया हो। इस आँख से एकदम साफ़ दिख रहा था।

तभी नरगिस की नज़र पेड़ के तने में एक गोल से छेद पर पड़ी। एकदम गोल छेद था, जैसे कि बढ़ई के औज़ार से बना हो। लेकिन बढ़ई ने यहाँ छेद क्यों बनाया?

देर तक सोचने के बाद भी इस सवाल का कोई जवाब नहीं मिला। फिर एकदम से राज़ खुल गया। कोई चीज़ तेज़ी से उड़ती हुई आई और छेद के अन्दर घुस गई। नरगिस देख नहीं पाई थी कि वह क्या है, तभी उसने छेद से सिर बाहर निकाला। वह एक नुकीली चोंच वाली चिड़िया थी। उसका पेट संदली रंग का था और पीठ पर काली और सफ़ेद धारियाँ थीं। नरगिस कुछ देर तक उसको देखती रही। चिड़िया ने छेद के अन्दर, एक तरफ़ अपनी चोंच से मारना शुरू किया—टकटकाटक, टकटकाटक। एक नुकीली सी ध्वनि थी, लय में गूँजती हुई। उसको देखते-देखते नरगिस की हैरत की इन्तिहा न थी। अपनी कारीगरी के नशे में चूर एक सधे हुए कलाकार की तरह वह चिड़िया अपना घोंसला तराशती गई। नरगिस को यह पूरी क्रिया जादू की तरह नज़र आई। उसे देखकर वह भूल गई कि वह एक ही आँख से देख रही है, कि उसकी दूसरी आँख में धुआँ ही धुआँ है।

वह अन्दर आ गई। शाम को रंजन का फ़ोन आया।—'डाक्टर जिवागो देखने चलोगी? ओडियन में लगी है...' उसने पूछा। फिर, मुँह से बात निकलते ही, जैसे उसे अपनी ग़लती का एहसास हुआ, फिर बात पलटते हुए उसने कहा, 'या हम पार्क में घूमने चल सकते हैं...शायद फ़िल्म का टिकट न मिले...आज दूसरा ही दिन तो है।'

'नहीं, आज मन नहीं है...' नरगिस ने रंजन से मुलाक़ात टालते हुए कहा।

जब से नरगिस की आँख में चोट लगी थी रंजन उसका ज़्यादा ही ख़याल करने लगा था। उसका दिल रखने के लिए वह कुछ न कुछ किया करता था मगर नरगिस को उसका यही व्यवहार अखरता था। वह रंजन की दया के टुकड़ों पर नहीं पलना चाहती थी। रंजन को देखते ही उसको अपनी पुरानी दुनिया, अपने पहलेवाले मन की स्थिति याद आ जाती थी। इस बात का उसे गहराई से एहसास होता था कि वह दुनिया उसने अब खो दी है। उसको यह ख़याल एक झटके के साथ तब आया था जब उसने रंजन का ही दिया हुआ संगमरमर का बना और दिल के आकार का डिब्बा ज़मीन पर पड़ा टूटा हुआ पाया था। उस डिब्बे में वह अपना श्रृंगार का सामान रखती थी। न जाने वह डिब्बा कैसे गिर गया—उसके अन्दर का सारा सामान तितर-बितर हो गया था। नरगिस को उसके टूट जाने का अफ़सोस तो हुआ ही, साथ-साथ उसके दिमाग़ में यह बात अटक गई कि इस हादसे का और गहरा मतलब है। और इस मतलब के पूरे वज़न से नरगिस अनभिज्ञ नहीं थी।

दूसरे दिन नरगिस के मन में उस कठफोड़वा चिड़िया के प्रति फिर से कौतूहल जागा। उसने ज़ीने पर आकर पेड़ के तने पर नज़र डाली। छेद के अन्दर कुछ हरा-हरा सा दिख रहा था। वे दो तोते थे। बना बनाया घोंसला मिल जाने की ख़ुशी को वे शायद पूरी तरह से अनुभव कर रहे थे। वह चिड़िया जिसने छेद बनाया था कुछ दूर बैठी तोतों को देख रही थी। एकदम से वह उड़ती हुई आई और पंख ज़ोर से फड़फड़ाकर उसने तोतों को वहाँ से हटाने की कोशिश की। तोते उड़कर पास की

डाल पर बैठ गए। फिर वे धीमे-धीमे करके फुदक-फुदककर छेद के क़रीब आने लगे। नरगिस को उन्हें देखकर ग़ुस्सा आने लगा। इस चिड़िया ने इतनी मुश्किल से घर तैयार किया था; और उसमें रहने के लिए अब ये तोते आ गए। उसने 'हुश हुश' करके उनको वहाँ से उड़ा दिया। उसने कभी सोचा भी नहीं था कि चिड़ियों में भी इस तरह की लड़ाइयाँ होती हैं। पहली बार उसको अपने इर्द-गिर्द एक जीते हुए संसार का एहसास हुआ।

पहली बार ही उस साल नरगिस ने पतझड़ को आते देखा। नीम की पत्तियों ने रंग बदलना शुरू किया तो उसे लगा कि उसे धोखा हुआ है। उसने याद करने की कोशिश की कि पत्तियाँ कल क्या इसी रंग की थीं? मगर इन पत्तियों को देखकर वह कलवाली पत्तियों का रंग भूल गई। पत्तियों के रंग का परिवर्तन इतना बारीक था कि वह नरगिस के लिए सिर्फ़ एक एहसास के रूप में व्यक्त हुआ। फिर, जो शक था वह कुछ दिनों में यक़ीन बन गया। पत्तियाँ एकदम पीली हो गईं। फिर भी, वह रंगों को एक गहराई से दूसरी तक जाते हुए पकड़ नहीं पाई। उसको यह भी बड़ा रहस्यमय लगा—एक और तरह का जादू। फिर पत्तियाँ झरने लगीं। ज़ीने पर खड़ी नरगिस के बालों में वे आकर अटकीं, नरगिस ने हाथ बढ़ाकर उनको पकड़ना चाहा, पर वे नाचती-लहराती, अपनी ही धुन में मग्न, दूर उड़ गईं। नरगिस के दिल में एक अजीब तरह की चुभन होने लगी। वह ज़ीने पर से खुलती नाली में से मुसलसल टपकती पानी की एक-एक बूँद को देखने लगी। बराबर पानी के टपकते रहने की वजह से नीचे एक छोटा गड्ढा-सा बन गया था। बूँदें रोशनी में चमकतीं, जैसे एक-दूसरे से मिलने को आतुर, जल्दी-जल्दी टपक रही थीं। नरगिस की नज़र उन्हीं पर अटकी रह गई जैसे किसी ने उस पर मंत्र पढ़ दिया हो।

एक रात गहरी नींद से नरगिस जाग गई। उसका दिल तेज़ी से धड़क रहा था और एक तरह की घुटन महसूस हो रही थी। उसने बिजली का स्विच दबाया तो कमरे में तेज़ रोशनी से आँखें चौंधिया गईं। आँखें रोशनी की आदी हुईं तो उसने दीवार पर टँगी घड़ी पर नज़र डाली। रात के डेढ़ बजे थे। उसने लाइट बन्द कर दी। तभी कमरे के बाहर, रात के अन्धकार में से उसे हलकी-हलकी, बराबर आती हुई आवाज़ सुनाई दी, जैसे कोई धीमी आवाज़ में फुसफुसाकर बातें कर रहा हो। उसने खिड़की से सिर बाहर निकाला तो मिट्टी से सोंधी सी ख़ुशबू उठ रही थी। धीमे-धीमे बारिश हो रही थी।

फिर देखते ही देखते, हवा बहने लगी। हवा का ज़ोर बढ़ता गया। घर के खिड़की-दरवाज़े हवा के ज़ोर से बजने लगे। उसने उठकर जल्दी-जल्दी उनमें सिटकिनी लगाई। हवा का शोर भयंकर था। खिड़की के बाहर एकदम काला आसमान दिख रहा था। फिर बिजली बड़ी ज़ोर से कड़की और आकाश पर एक जलती हुई लकीर पल भर के लिए नक्श हो गई। उसकी रोशनी में पागलों की तरह

झूमते हुए पेड़ कुछ क्षणों के लिए उजागर हो गए। हवा इतनी तेज़ थी कि ज़ीने के सामने नीम के पेड़ की डालें झूम-झूमकर ज़मीन को छू कर फिर खड़ी हो रही थीं। ऐसा दृश्य तो उसने कभी नहीं देखा था। वह एक ही वक़्त में भयानक था और बेहद ख़ूबसूरत भी। आँधी तक़रीबन एक-डेढ़ घंटे चली। जब हवा स्थिर हुई तब नरगिस सो गई।

सुबह उठकर ज़ीने पर आई तो दिल दहलानेवाला मंज़र आँखों के सामने था। सड़क पर बिजली के तार टूटे पड़े थे, नीची जगहों पर पानी भर गया था और कहीं-कहीं बिजली के खम्भे दोहरे मुड़ गए थे। जहाँ नीम का पेड़ होना चाहिए था, वहाँ एक पीला पहाड़ था। नीम का पेड़ जड़ से उखड़कर ज़मीन पर लेटा था—उसकी विशाल डालें टूटकर नरगिस के ज़ीने पर गिरी पड़ी थीं पर पेड़ के गिरने से इमारत को कोई नुकसान नहीं हुआ था। पेड़ के गिरने का धमाका ज़रूर हुआ होगा और नरगिस को ताज्जुब हुआ कि आँधी के ज़बरदस्त शोर में उसको यह आवाज़ क़तई सुनाई नहीं पड़ी। जहाँ पेड़ की जड़ें धरती के अन्दर गई थीं वहाँ एक बहुत बड़ा गड्ढा हो गया था। धरती का कलेजा जैसे फट पड़ा था और उसके अन्दर नरगिस को भूलभूलैया जैसी जड़ों का जाल नज़र आ रहा था। पेड़ को इस तरह गिरा हुआ देखकर उसे गहरा अफ़सोस हुआ। आसमान को छूती उसकी डालें और ज़मीन के हृदय तक पहुँचती उसकी जड़ें—क्या शान थी उस पेड़ की! और कितना दुखद था उसका यूँ धराशायी हो जाना! उसके आगे नरगिस की, इनसान की ज़िन्दगी में घटे छोटे-छोटे क्षणों की क्या वक़त थी? नरगिस अपने इस छोटे होने को बड़ी गहराई से महसूस करने लगी।

उसके इतने क़रीब, उसके जीने के एकदम सामने प्रकृति ने इतना बड़ा करिश्मा खड़ा किया था और अब तक वह उसे अनदेखा करती चली आई थी। जब वह अन्दर आई तो सूरज निकल आया था और चारों तरफ़ सफ़ेद रोशनी चमक रही थी।

दूसरे दिन रंजन उसके लिए एक तोहफ़ा लेकर हाज़िर हुआ। उसने शहर की सबसे महँगी चश्मे की दुकान से उसके लिए एक बहुत ही सुन्दर, नए फ़ैशन का धूप का चश्मा बनवाया था। जेब से चश्मा निकालते हुए उसने नरगिस से कहा, 'देखो, इसे लगा लो तो तुम्हारी आँखों में धूप नहीं चुभेगी और तुम कितनी हसीन दिखोगी।'

नरगिस ने चश्मा उसके केस से निकालकर देखा। वाक़ई वह ख़ास तौर से देखने के क़ाबिल था। सुनहरा, बेहद नाजुक सा फ्रेम जिसमें लगा हुआ शीशा ऐसा था कि उसे पहनकर बाहर देखो तो धूप का पता नहीं चलता था और आँखों में एक ठंडी राहत महसूस होती थी। मगर कमाल था कि कमरे के अन्दर की रोशनी पर इसका कोई असर नहीं होता था।

'इन्हें 'फ़ोटोक्रोमैटिक' कहते हैं।' रंजन ने उत्साह से उसके चेहरे पर आँखें गड़ाते हुए कहा।

नरगिस ने बहुत सँभालकर चश्मे को उतारा और फिर मख़मल के केस में वापस रख दिया। एक मधुर-सी मुस्कुराहट उसके चेहरे पर खेल गई।

'हाँ रंजन, यह वाक़ई बहुत ख़ूबसूरत है,' उसने कहा। 'मगर इसे लगाकर मुझे रोशनी के रंग का पता नहीं चलेगा।'

रंजन उसका चेहरा हैरत से देखता रह गया था।

❂❂❂